[格拉克文集]

Julien Gracq
En lisant en écrivant

# 边读边写

【法】朱利安·格拉克 著
顾元芬 译

华东师范大学出版社

华东师范大学出版社六点分社　策划

朱利安·格拉克(Julien Gracq, 1910-2007)

# 目 录

文学与绘画 /1

司汤达——巴尔扎克——福楼拜——左拉 /9

美景与小说 /69

被看作终点站的普鲁斯特 /77

小　说 /88

写　作 /112

读书偶得 /131

熟读深思 /145

文学与历史 /166

德　国 /174

文学与电影 /183

超现实主义 /196

语　言 /203

著作与记忆 /208

诗人的住宅 /213

文学世纪 /222

## 文学与绘画

事实上,很少有这样的画家,一开始艺术创作,就完全体现出个人技巧、表现风格及笔触浓淡。所有的艺术家,似乎都经历了一个缓慢的过程,在大众关注下缓慢进展,逐渐形成独特的风格,实现自己的宏愿。对于文学而言,由于写作和编辑是学校教育的基础,则另当别论:许多作家,出版第一本书起,人们就能预见到他们将以笔为生。我们的确应从他们的小学、中学进而大学的作业和随笔中,找一找他们逐渐成熟的轨迹。同时,也有这样一类作家,当然不一定是少数。成名时写作技巧还没成熟,甚至过了很长时间,在读者关注下,逐渐达到尽善尽美的程度。我可举出一些作家的名字,前一类有:克洛岱尔(Claudel)、瓦雷里(Valéry)、司汤达(Stendhal)和蒙特尔朗(Montherlant),后一类有:夏多布里昂(Chateaubriand)、兰波(Rimbaud)(他这样的文学神童很少见)、普鲁斯特(Proust)和莫里亚克(Mauriac)。

发展上的迟缓,要付出一定的代价,长期做着如茧蜕皮般痛苦的练习,可部分手稿和练笔没能出版。当然也有好处,努力过程中的些微进展,人们都能感受得到,这是那些

"天赋作家"体会不到的。

*

这就是写作技艺中的"慢",几年来,我感到气馁和灰心:作家花时间置字于纸,如音乐家花时间置符于谱。整理文字和誊写的工作,像注入使人清醒的冷水,在激越的思想和安静的文字间达成转换。画家和雕刻家令我羡慕之处,也是他们的作品给人惊喜的地方,起码我是这样想的,让停滞的时刻消逝;绘画笔法和雕刻技巧经过创作、定稿和修改,构成了奇观①。

*

有时我想写一些东西,质疑人们对现代造型艺术尤其是绘画的过誉。市场上,绘画要比其他艺术有优势。没明说,也没留下什么文字,但布勒东(Breton)事实上想到了这一点。

不必问原因,长久以来,在话语和图像之间的开禁过程中,一神教把图像扔进火堆,仅仅留下了书籍。话语是种启蒙,呼唤着一种超越;图像是凝固的,散发着魅力。书籍让生活渐行渐远,而图像静止不动、充满迷惑。一方面,以一种或多或少明显的方式,企求着内在;另一方面,企求着超越。中古时期的文学,特别是小说,尤为突出。希腊悲剧,作为古代文学的象征,严格遵循规则,仅以最终的静默为目的。高加索山上的普罗米修斯,成了一座完美的塑像。

看到博物馆画幅,按流派和年代分类,我就感到惊讶。

---

① 安德烈·马尔罗(Andre Malraux),《不可靠的人类与文学》,伽利玛出版社,1977。在此书中我们能找到其他的一些反响。

博物馆只反映了它们产生的年代。一个世纪的光阴在画卷上铭刻的，是最生动、最富于想象力的史料，但它们总是首先被穿越世纪的能力所分类，并烙上印记。绘画和雕塑如此，写作稍许不同。事实上，写作只有永恒能改变。这种相对的无意义，正如积极的文化元素：一个时期的艺术，由文学传递着一切产生积极影响的因素；绘画使生活有时变得愉悦，但不会改变什么。众多的书籍却年复一年地在传递着，改变着。因为文学，特别是小说，本质上给出了一些可能的建议，这种可能只会在意愿上改变，而绘画却不能给出什么建议。

*

日常生活中，人们会情不自禁地边走边遐想，一边行走在沉闷的物质世界，一边为了自己舒适，用简单的工具改造着这个世界。很难让人们不去想，小说是另外一回事，因为人们确信要从中获得知识。事实上，小说中的人物和现实生活中的一样，来了，走了，说着，做着，维护着自己的角色。然而，某种因素会极力靠近，且毫无声息；人和物，彼此完全成了小说的题材——行为，作用，积极，被动，纠结在冲动、驱使、扭结的链条里，这些因素使小说有了灵感，把鲜活的生活糅进文本，处乱不惊地进行着主观和客观间的转换。

在小说里，能否像现实生活中一样，找到这样的人：面对可随心所欲的物质世界，拥有一切的自主特权？来看看鸽子窝里工作的小说家吧，从容地进行着炼金术式的蜕变：像一脚把小圆桌踢到墙角，猛的抛开主人公苛刻的道德意识，因为现在首要的是加入人物：胖的、瘦的、高的、矮的，把他们放入环境里：菜园的小径、剧院的大厅、落日的余晖。

只有从这种意义来看，真正的小说和绘画有关系：诗意的画。小说里的形象唾手可及,里面来源于生活的情形,为读者所特有,是凝固在画布上的形象,是一幅幅立体感强而又逼真的画。正如油画是一幅几平方分米的彩印画布,小说就是上千行墨印的符号。小说的"生命",通过直觉的领悟,只给小说中人物的唯一形象,给这个现实世界,事实上是读他们的人让他们动了起来。这与一幅画的"生命"也没什么不同,在画里是色调和平面这些毫无生气的元素的结合。这种感觉给想象留下了更自由的空间,面对一部作品时,占有更大的优势。从根本上说,小说和绘画没有不同,都是在鲜活灵动和死气沉沉中实现着调和。例如巴尔扎克的小说,我们不会把它想成一座房子,在里面打扫打扫卫生,我们更容易把它想成一座哥特式教堂,为了节省,可能会拆除一些拱扶垛。

\*

当画家、雕刻家、音乐家及大多数手工艺家谈论起艺术,从眼到耳,我都会被他们的敏感、天真、公正、直接及喷涌而出的活力所折服。作家谈起文学,通常一切要么夸大,要么缩小。就好比在文学题材中加入酶使它发酵,从而一步步地转化成文字。文艺评论就是文学错综复杂的交错。画布对于造型艺术,正如一片完整的草原。对于作家来说,他们想重新塑造的文学题材,就像是食物从牛的第二个胃到了第三个胃。

\*

弗拉·安哲里柯(Fra Angelico)的蓝色和金色:光闪闪的祭台。维米尔(Vermeer)的蓝色和黄色:充满着灰暗,泥土般暗淡的颜色贯穿始终,好比艺术的世俗化,也包含着题材的非精神化;这位荷兰画家用的色调,是大地的精华,而不再是弗拉·安哲里柯画作《圣母往见瞻礼》中的景象了。自拜占庭及弗拉·安哲里柯以来,画作再不敢穿上斗牛士服装,即便今天权力机构也不再允许。

此外,写作题材的不断扩大,艺术家的创意从思想、眼界逐渐转向文字、色彩,似乎任何艺术发展成熟的过程,都有笔调受到局限的趋势。古典艺术方面,这点很明显,比如拉辛(Racine)。

*

一流的绘画或雕刻作品,才会在画布或大理石上留存女性逝去的倩影。摄影或电影都做不到这一点:用现有的标准来评判的话,此前三十年,或不到三十年前,那些女性的面孔无一例外地会显得过时,因为鲜活的面容不是依靠化妆或造型来体现的,这些东西都会随着时间而逐渐变化(虽然比较缓慢),就像衣服的裁剪一样具有时代性。所以,可以想象,甚至在最伟大的文学著作中,这种逐渐过时的演变过程也是无可避免、显而易见的,例如,普鲁斯特小说中,"眼泪随时夺眶而出"①的奥黛特·德·克雷茜(Odette de Crécy),比1914年明信片上的轻佻女人好不了多少,像玛丽·碧克馥②扮演的角色一样。艺术家塑造的女性美,只为了附和当下的

---

① 格拉克凭印象引用了《在斯万家那边》的段落:"他用另一只手沿着奥黛特的面颊轻轻地抚摸;她睁眼注视着他,带着佛罗伦萨那位大师所画的女人(他觉得她跟她们是相像的)那种含情脉脉而庄重的神情;她那两只画上的女人们相像的明亮秀气的大眼睛仿佛要跟两颗泪珠那样夺眶而出。"(普鲁斯特,《追忆似水年华》,七星文库,第229页)
② 玛丽·碧克馥(Mary Pickford, 1893–1979),好莱坞著名女影星。一战期间及一战之后,她的经历折射出了美国电影的发展。她本人金发碧眼,优雅脆弱,与她主演的《卖得风情》的角色形象截然相反。她以该影片获奥斯卡最佳女主角奖。

审美要求,而画家,只专注于画布与画中的人物,至于作家,因为无法真正显示人物形象,所以能随心所欲将塑造的人物无限度地拔高。

*

具象绘画作品中出现的彩虹总是一种不幸,原因何在?当然,可能是炫丽夸张的美丽,使画家放弃了这个题材。更可能是另一种原因,彩虹不入画,不是技术上不可逾越的难题,而是承认了画家的失败。就像一部交响曲,彩虹还只是一个引子。这些绘画的禁区对文学同样有意义。

*

艺术的复本。乔治·德·基里科(Giorgio de Chirico)的作品在比利时画廊展出。在目录的首页,介绍艺术家的文字下面配有照片:穿着法兰西学士院院士的服装,宽大,厚重,他满脸思索的表情,反而让人觉得有些迟钝,头发花白,双手交叉在挺起的肚子前,会令人想到穿绿衣服乔装的挖土工人,又会想到安格尔(Ingres)的画作《路易·伯坦像》。他已八十高龄,经历了五十年的学院派生涯,现又重作了三十岁时的作品,只是把那些元素重组,像拆拼玩具一样。画里还是那些元素,丝毫未改动:古城费拉拉和杜林的街道、拱廊和广场的真实戏剧性,成为他不断表现的景象。广场中的但丁雕像,阳光将长长的阴影投在地面,把物体永远铭刻于记忆深处,显出清澄而又疏远之感。这些都一再出现在他的画布上。这些画作,仅仅是为了迎合市场的需求,我们很难把它们和半个世纪前的作品区分开来。同样泛绿的苍穹下,天边一抹黄色,同样的拱廊,同样阴影遮掩下的矮墙;在我看来,所有这一切几乎从一开始,就抹去了这位超现实主义画家理应表现的美好。

事实上,这些在文学上有些不可理解。德·基里科近期作品的名字充满歧义,甚至比图画本身,更能体现出衰落。可举出这些作品:《红塔》、《一条街上的忧郁和神秘》等。所有诗歌作品中,存在着几乎是情欲的要求,隔了五十年的时间跨度,也不能仿效。但在绘画方面,想到耄耋之年的提香,下肢瘫痪的雷诺阿和基里科,我们会说,这些作品不单单靠艺术家深刻的内容来体现价值。当一扇门被费力地打开,一个通向宝库的入口被发现,画家会有自己新的发现和体验。

\*

读了马蒂斯(Matisse)关于绘画的文字:一些信件、访谈、技巧方面的笔记,有时候是几页更广泛的内容,我们可以把这些叫做关于信仰的声明。从中我读到了艺术题材的淡定、新鲜、正直、认真,这些永远令我欣喜。如马蒂斯和勃纳尔(Bonnard)的通信,他们就像是两个修士,在互相彬彬有礼地询问他们共同事业的进展,毫无私心地互助,想更进一步贴近事实。

只有两位学者毫不掩饰自己的经历,毫不隐藏自己的想法,互相通着信。他们在为免疫或基因方面的难题寻找解决办法。可惜不是两位文学家!否则的话,没准是两位现代的马拉美呢。

也有作家之间的通信。暂且不去理会福楼拜和马克西姆之间的通信往来,也不管马拉美和象征主义诗人间的鸿雁传书,至少我们还可举出,近一段时期保持通信往来的纪德(Gide)和马丁·杜伽尔(Martin du Gard)。他们之间的通信没有超越相互批评的阶段。在逐渐完善①和寻找绘画天堂的过程中,这种互助还是适用的。

在与艺术关系的本质上,内在的不同,使作家与几乎所有的艺术家分离。可能有音乐圣人,我们都会举出巴赫;有雕刻圣人,那些建造大教堂的雕刻家;当然还有绘画圣人,比如毕加索;勿庸置疑,他们求美,但更求真。然而却没有文学圣人。已逝画家的祭坛让我们能够祭奠空灵,从维米尔到夏尔丹再到塞尚;兰波、波德莱尔也好,克洛岱尔、拉辛也罢,亦或是司汤达、卢梭、福楼拜,无论是谁,都不能成为一个整体,他们的伊甸园永远都是岔路丛生②。

*

在最后的十五年,我们的文学发展史似乎并不是那么值得一提,相比之下,出版业和书业得到了更大的发展,这些发展是自古登堡以来,从未出现过的。至少在短期内,文学史放慢了发展速度;书的发展史完全取代了它的位置。然而,如今在文学上出现了一个新现象,就是它反而被绘画史所占据了。对于我们而言,这些时期的内容是丰富的:油画的发明,绘画由墙壁走上画架再走入顾客手中的纽带形成等等。这些时期的重要性,与其说是在于那些大家和流派,不如说,它更在于技巧、材料、基底和市场的变革。

---

① 指圣女泰蕾兹(Sainte Thérèse d'Avila, 1515-1582)的《完善之路》(La chemin de la perfection)。
② 指阿根廷作家博尔赫斯(Borges, 1899-1986)的短篇小说《小径分岔的花园》(Le Jardin aux sentiers qui bifurquent)。

司汤达——巴尔扎克——福楼拜——左拉

    每个时代的艺术都有其内在的节奏，和生命呼吸的节奏同样自然，同样由内在自发。它比其绚丽多彩的外在，也比萦绕于这个时代的主要影像更深刻。它让生命捕捉到这种呼吸，实际上也是让它存在：仅因这种节奏，人们开始循节拍而舞蹈，仅依这单一形式，它巧取并诠释生活，就如同留声机上的声针，只能读出依某一规律且固定速度播放的唱片。莫扎特的演奏速度与瓦格纳的大相径庭，但是，如同与《曼侬·莱斯科》或《天真汉》一样，它和《危险的关系》也保持一种紧密的根本上的联系：《费加罗的婚礼》以它特有的速度，与同时代的代表文学，自然联合在一起。这同另一时代很是相像，瓦格纳的《庄严的慢板》与波德莱尔和坡甚至整个象征主义文学也是极相称的。一个同样重要的节奏的变化，比如一个和演奏速度同样性质的放慢，可能比小说素材的变动或人物构思的修改更加重要。这种变化划分了小说的历史，一边是《贝姨》和《巴马修道院》，另一边是《包法利夫人》。归根结底，可能就是它来主宰和支配这一切的。小说经历了一种超压，情节杂乱无章地接连发生，内容也飞快地旋转行进，如同将容器里的水，直接倒置清空，就像人们总是试图完全通过一个极狭窄的管道，来实现文学上的发泄。这种超压使《人间喜剧》从开端堵塞至结尾，它也给予巴尔扎克的作品，在某一焦躁不安的世界中的令人窒息的浓度，我们说，这就涉及到了这个世界的内在张力的界限。《巴马修道院》中的"快板"，也更加快，这就是那种没有行李的旅行者，他们当然也就不会为巴尔扎克的大型行李车所困扰。如同在《情感教育》里一样，在《包法利夫人》中，福楼拜的"速度"，完全是一种对过往经历的回顾，像是一个男人从高处俯视他的伴侣。从这一点来看，福楼拜的"速度"在普鲁斯特和巴尔扎克两者之中，更接近于前者的"速度"，它可能并不是那么的属于充满不幸的小资产阶级意识的季节，它更像是属于一种探索型小说，其活力已耗干，完完全全渐次地转化为一种忧伤的反复探究。让我们重读那些19世纪的名著，当作他们是主人公对生活的最后一瞥，这种截图式的捕捉，使一个生命的整个过程鲜明起来，我们把它归于垂死之人最后一刻的挣扎：《红与黑》和《高老头》一开始就摒弃了这样的一种杜撰，同时用他们所有的篇章驳斥了这一杜撰；但是通过那些迟钝的使人惊滞的"延长号"这也同样形成了一种角度，如《包法利夫人》中唯一尚合情理的角度，它使那些场景一个接一个地粘连起来，完全是回忆里的生活，没有真实的开始，没有任何疑问，连属于未来的最微弱的悸动也没有。让人沉思且深陷其中的"速度"，有着梦幻般脆弱的着色。这并不仅依托于某一特定的人物和某一主题的限制，事实上也远胜于此。它更像是整个时代低沉而有节奏的低音。《情感教育》是一部与《幻灭》极相似的作品，他们的一些幻想点是重合的，尽管如此，如果我们愿意的话，这种"速度"可以让这相似性变得几不可察。

\*

司汤达自诩在作品《论爱情》、《自我崇拜的回忆》、《亨利·布吕拉尔传》中(《巴马修道院》不在其中),那些隐秘的形象得到了最好的保护。然而小说却毫不留情地将其从内心赶了出来。因为小说要从作者那里冷酷地获得那些最后的储备,即便是诗歌也比小说掩饰得更好。小说要求的极高的至关重要的代价,是其中的一方面原因。正如上世纪末的一位漫画家①,要到快天亮时才离开盛大的晚宴,因为在他看来,将近凌晨,时尚女王才会真正放松,以本来面目示人。特别是没有哪种颜色能固定不变,除了一大堆颜色勾兑的不褪色的那种。所有彩虹般炫美的小说,即使魅力无穷,岁月也会无情地将其擦拭。极其敏感的情绪能使"短暂的"诗歌变得多彩,长久存在。魏尔伦的诗集就满是这样的诗句,像蝴蝶的翅膀一样闪耀,又像有隐形的固着剂将其保护。然而,小说不是如此。两次世界大战期间文学创作甚丰,尤以盎格鲁-撒克逊文学为最(如罗莎蒙·莱曼、玛格丽特·肯尼迪等人)②。那些令人振奋的小说,像风鸣琴一般,带有一种女性特有的细腻、敏感;然而,尽管质量上乘,轰动一时,却没有一种形象能真正触

---

① 这要提到漫画家乔治·古尔萨,也叫 Sem,让·科克托(Jean Cocteau, 1889-1963,法国作家)对此说过一段话:"我的职业使我疲惫不堪。那些成功的女人们,你们想做什么啊?她们一直这样,如果我想看到她们放松、露出素颜的样子,恐怕我得早上四五点的时候窥探。"(让·科克托,《画像-回忆》,格拉塞出版社,1935,第96页)
② 一战和二战期间,两位英国小说家大获成功,他们是玛格丽特·肯尼迪(Margaret Moore Kennedy, 1986-1967)和罗莎蒙·莱曼(Rosamund Lehmann, 1903-1990),玛格丽特·肯尼迪以小说《忠实的心》(The Constant Nymph, 1924)成名,罗莎蒙·莱曼的成名作是《尘土》(Poussière, 1927)/《邀请跳华尔兹》(L'Invitation à la valse, 1932),《坏天气》(Weather in the Streets, 1936)。

动人心,难免落得"去年瑞雪今何在"的结局(如《街上的天气》不是让人忽略的小说,如今似乎也很难被人们记起)。小说仅靠真实情感的热忱推动远远不够,这种真情实感应该使选择的、积累的、沉睡的形象复活。任何一种真实的、隐秘的肖像都代表了小说家充实作品的真实材料。小说家从外界收集"小的真事",而不从资料中获取。拙劣的小说家,我指的是聪明的、冷漠的小说家,他只是从外部激活,总之一句话,太忠实。在他看来适合某一主题的固有色彩,自认为巧妙、别致的主题,事实却并非如此,首先要不止一次地了解自己的调色板,由主题来决定,这一过程之路是曲折的、充满各种可能的,最终能留下的印象,是属于自己的。

福楼拜有一半的几率在主题的选择上出错,因为他认为作者的自主性应当受到尊重。他在《萨朗波》的写作上付出了多大的牺牲!而事实上,在真正的小说家眼中,是主题的选择成就了福楼拜,而不是个人发展的热情使然。

\*

如今,司汤达、巴尔扎克、福楼拜和普鲁斯特,法国小说界这四位伟人中,似乎只有巴尔扎克被文学批评界忽略了:有关他的研究数量也许远远没有其他三位的多。"以作品挑战既定的身份地位"[1],但是,最终巴尔扎克与传统小说之间

---

[1] 巴尔扎克曾写道:"达夫尼和赫洛亚、罗兰、亚玛迪、巴汝奇、堂吉诃德、曼侬·莱斯戈、克拉丽莎、洛弗拉斯、鲁滨逊·克罗索、吉尔·布拉斯、裁相、朱丽·德·埃棠芝、托比大叔、维特、勒内、柯丽娜、阿道尔夫、保尔和维吉妮、珍妮·迪恩斯、克里弗豪士、艾凡赫、曼弗雷德、迷娘,塑造这样一些形象,来同社会上形形色色的人物媲美,较之罗列各民族彼此近似的史实,研究业已废除的法律的要旨,编造愚弄百姓的怪论,或如某些玄学家那样给各种事物下定义,这件事岂不是要困难得多吗?"(《人间喜剧》的前言,七星文库,第10页)

的距离却是最近,因为每个人都希望使自己的书能够与传统小说保持距离,如此,铸成了所谓的荣耀,还有 1978 年最苛刻的文学研究人员的"小甜点":他们认为雨果的作品既是小说,也是诗歌,将雨果的作品作为法国小说的标杆。

同时我承认,当我产生重新打开它的冲动时,特别是对一些被我们认为或多或少离经叛道的作品,当然这只是相对于典型而言:不是对《幻灭》、《贝姨》、《欧也妮·葛朗台》,而是对《朱安党人》、《幽谷百合》、《碧雅翠丝》。巴尔扎克的标准,也没有勾起让我想要重读的太大乐趣。在读完《老姑娘》以后,我还惊讶于这个供应商的作品中质量的差距(由于尊敬,对于阿兰①作品中的差距我们视而不见)。《老姑娘》行文草率,废话连篇,玩笑刻板俗套,人物描写夸张且带着粗糙滑稽的模仿痕迹(Athanase Granson)②,这让我震惊于这次重读,以至于有时我不敢相信自己的眼睛,愤怒不可自抑,我几乎就同意了圣伯夫③的论断。

如果巴尔扎克的作品问世以来,曾经受到热烈的追捧,像儒勒·凡尔纳的作品受到其编辑海泽尔(Hetzel)追捧一样,如果我们阅读巴尔扎克的作品时,没有将小说与其产生的画面分开的习惯,就像阅读《气球上的五星期》(Cinq semaines en ballon)或者《北方反对南方》(Nord contre Sud)那样,

---

① 众所周知,朱利安·格拉克(Julien Gracq) 1928 至 1929 年间是阿兰的学生,在高级文学班和亨利四世高中读书。从他的作品中我们能找到阿兰本人的影子和关于他教学的回忆。(第 686 页)
② 阿塔那斯·格郎松在《老姑娘》中是一个当地的天才,他在本省很封闭,并且受着贫困的困扰。他喜欢科尔蒙小姐,最后在这个老姑娘结婚那天自杀了。
③ 我们知道圣伯夫(Sainte-Beuve, 1804—1869,法国文学评论家)在《两世界杂志》中对巴尔扎克有严格的评论。但格拉克在此可能想到的是圣伯夫在《我的毒药》中所写的更严厉的批评。(《我的毒药》,科蒂出版社,1988,第 118 页)

我倒觉得,有时候,这样感觉会更好些,我们能够更清晰地抓住巴尔扎克作品的主要特点。他将每个人物几乎是隐藏在物质关系组成的双重网络之中,不像其他现实主义小说家那样,他的小说人物真正地被包裹在其中,每个人物都不可能脱离这样的网络,他们好像洋葱皮紧紧地包裹着葱心,塑造出各种人物,就好似我们身临其境一般。这些包裹物有最内在的,比如衣物、家具、房子等,也有最外在的,比如亲戚、社会关系、工作、企业、财富等。由此,我们会为巴尔扎克小说中众多迥异的人物及其命运而倾倒,但是,咱们想象一下吧,加勒利·巴尔卑斯家具厂(Galeries Barbès)的家具、曼纽夫朗斯猎枪厂(Manufrance)的猎枪、《研究者和好奇者的中间人》(*L'Intermédiaire des chercheurs et des curieux*)杂志社发行的月刊,哪一个能在数量或质量上,与《人间喜剧》三四十部作品中巨大的跳蚤市场里旧货商店的货物相媲美呢?巴尔扎克不止一部作品,——我们尤其要承认,巴尔扎克不应被放在研究领域的第二梯队——其作品的实质似乎并非人与世界的关系,也不是人与同类或者社会的关系,而是人与令人吃惊的物质媒介之间的关系:无论是动产还是不动产①。

*

司汤达总是以轻快、活泼的口吻谈论 18 世纪的社会阶层冲突(皮拉尔神父、拉莫尔侯爵)。对于巴尔扎克来说,18 世纪好像从未存在过。两人之间不仅在小说空间上互相排斥,而且看待历史时刻的视角也不同。正是由于视角不同,

---

① 安德烈·布勒东对现实主义小说表示了不满,现实主义者们也做出了回应:"描写!什么也不能和虚无相比……"(《超现实主义宣言》,《全集》,七星文库,第 314 页)

与故事相比,司汤达的作品有一种距离,这种距离使他的书可能比任何一种其他的特征更深刻。《红与黑》无疑是司汤达的天才之作,然而有时似乎与年表顺序相反,与拉克洛、狄德罗观点一致,讲述着波旁王朝的复辟时期(1814-1830)。这不仅仅是依赖于叙述语气,依赖于觉醒意识的无所不在,依赖于普遍存在的怀疑主义。黑暗,是社会结构的必然产物,我们在巴尔扎克作品的每一页都感受得到,而在司汤达的作品中,却是另一种半仙境似的现实。先把《巴马修道院》放到一边吧,在那儿金钱不起任何作用,这部田园小说里,富人和穷人之间的社会关系被处理成类似国王和牧羊人的关系。拿《红与黑》做例子吧,尽管整体明显是现实主义,不得不注意到,巴尔扎克式的两种现实——金钱和社会地位的提高,都被处理成童话般的纯洁方式。尽管于连机关算尽,那五百法郎也还是通过一封神秘的匿名信才到他手里。此外,在于连"野心家"生涯的任何时刻,意图和结果之间都有着千丝万缕的联系。因为对巴尔扎克这样的小说家来说,他乐观时就计划着成功,而司汤达这类幸福的小说家,或多或少是奇迹的宠儿。我们能从司汤达书中提炼的唯一的社会道德便是,目标毫无用处,除了传递给生命一种运动的信念,在运作的过程中,幸福就有机会出现;而且这是宫廷贵族、18世纪沙龙这类"成功"阶层的道德。拉莫尔侯爵和莫斯卡伯爵,这样的一对落伍弟兄,分别是于连和法布里斯人生道路上的良师益友。

\*

关于《红与黑》的策略。我认为对于历史学家来说,这部作品中的人物名字都是不可译的(尽管不止一次,但是关于那些阴谋的翻译,还是言语所不能表达的)。我的信条也是认可这一点的:小说里一切都是虚构的;司汤达甚至成功地避免了提到当时君主的名字。作品中的人物,是如此的活灵活现,假如将主人公与那个真实的历史人物放在同一个场景中比较的话,我们会感到一瞬间的僵硬与拘谨,因为突然之间有一个固定的,但想不到的共同点将这两个人联系了起来:此刻,这个小说中的人物就不仅仅只是一个挂在衣架上的摆设了。因此,当我们将《善意的人们》①与《红与黑》中的人物进行对比之后,发现前者确实逊于后者。

并无针对性的异议,只是对历史小说一种反对,那些本来真实的人物在这种小说里,都处于唯一的境况中,那就是大部分人都自动变成了虚构的人物,《三个火枪手》、《战争与和平》都是相同的情况。这种本质上的自然变化在《玛戈皇后》之后变得明显起来,这部作品中已经没有一个人是虚构出来的:这几个残存的小说人物,卡特琳娜·德·梅迪奇与阿朗松伯爵将会突然感到一种局促不安充斥在他们传奇浪漫、充满征服欲的阶层里。

\*

斯卡拉大教堂,那不勒斯的圣卡罗大教堂以及罗马的阿根廷剧院的房间②——宽广的房间依照房客的品味装饰了

---

① 朱尔·罗曼的系列小说中,古勒乌是一位左派的发言人,经常参加世纪之初的部长级别的讨论,且参加了一战的会议;院长密欧奈是一位卷进政治阴谋中的教士;庞加莱派他到罗马打听红衣主教,庇护十世的国家秘书菲力·德·瓦尔的私人生活。
② 斯卡拉大教堂(位于米兰)、圣卡罗大教堂、阿根廷剧院是司汤达时期最著名的充满激情的圣地。司汤达在《1817年的罗马、那不勒斯和佛罗伦萨》中曾多次提起,并且细致描写了火灾后重建的那不勒斯的圣卡罗大教堂。(《意大利之旅》,七星文库,第32页及之后)

壁毯、家具、华盖,好像租给了时光或特许给生活一样——在司汤达生活的时代,这些地方都曾是真正的度假屋;然而,与我们的风俗习惯相反,这些度假屋是为了感受公共交通的拥挤和人群准时离开这座未被这个时代沾染的宫殿时,那种摩肩接踵的热闹。

\*

然而,随着写作手法的逐渐成熟,巴尔扎克始终没有偏离诙谐讽刺的风格:作品贴近现实,节奏明快,具有启发性,不落俗套。通过艺术的变形和加工,起到不错的效果。漫画属于造型艺术,在外形的变化(虽然有些低等)方面杜米埃表现最为出色,他是一位大画家,地位处于雕刻家伦勃朗与《喧嚣》①之间。实际上,如同在当代,有如科莱特一样的作家,终其一生都是由威利②、一些私人关系,及有时与有些走样的塞纳河右岸的社会关系指引前进的。右岸的优雅性、艺术性、新颖感、成就感与自我融合的团体的定见很少有共同点,比如说,纪德与克洛岱尔,应将他们重新置于巴尔扎克的身边,以便更接近他的志向,其所在阶层带有很强的说俏皮话的特性,杜米埃、居伊③和伽

---

① 《喧嚣》,1832 年由查理·菲利庞创作,目的是反抗路易·菲利普及其统治下新闻界、回声报及漫画的打压,其中,伽瓦尔尼与杜米埃的最为著名。
② 威利是科莱特的第一任丈夫,激励妻子出书以供养家庭。在《我的学徒生涯》中,她对这一段经历做了一个简短的总结,讲了威利是如何丰富她的第一本放纵笔记的,说他为这套著名的系列丛书《克伦蒂娜》做了很多贡献。威利在很长一段时间都与前妻保持联系,曾多次引荐妻子进入戏剧界及通俗喜剧界以使《克伦蒂娜》成功上演。
③ 康斯坦丁·居伊(Constantin Guys, 1802-1892),素描画家,水彩画家,波德莱尔认为他是"现代生活作家",并为他作了一首诗《巴黎人的梦想》。(《巴黎人画卷》,《恶之花》,《全集》,七星文库,第一卷,第 101 页)

瓦尔尼①在新闻界(对此非常着迷)发表文章支持这一特性。在这个世界上,成功的标志并不是耐心地慢慢在一边精心地写作,而是一记瞬间使巴黎人产生共鸣的重拳——不是司汤达有些阴暗的微妙的社会边缘感,而是乔治·桑的引人瞩目的历程,或梯也尔的那种由《国家》杂志②引发的迅速攀升的名誉。

\*

总之,无论读者喜欢司汤达还是巴尔扎克、福楼拜亦或其他人,无论他的小说单薄且充满殖民色彩,亦或作品的修饰好似森林中无边的藤蔓植物,无休止地强调和修饰自我,所有这些都已不再重要,其新颖之处在于带领读者进入一个完全脱离历史轨迹的"某时某地",就像地理学一样,它是文学上的伊卡利亚岛③,意大利语构成的和音回荡在岛上。当加里波第与塞萨尔·博尔吉亚④起锚时,它一直飘摇在某个地方,并不因工业或商业而繁荣,而是因为道德和激情(其中

---

① 伽瓦尔尼(Gavarni, 1804-1866),画家,多产的石版画家,素描画家,同样因波德莱尔关于他的讽刺资产阶级和交际花的上流社会习性的画作而出名:"我把医院美女,那些粥粥群雌,留给伽瓦尔尼,萎黄病的诗家。"(钱春绮译,人民文学出版社,1991。——译注)("理想",《忧郁与理想》,《恶之花》,《全集》,七星文库,第一卷,第22页)
② 《国家》是阿道尔夫·梯也尔1830年创办的,在一群亲戚及一位叫J·拉斐特的银行家的帮助下,与波利尼亚克部长的极端政治作斗争。是宣传奥尔良党人的最积极的机关刊物,几个月后,梯也尔参加了1830年的起义斗争,成为七月王朝的几位关键人物之一。
③ Égée海上的一个小岛,从共产主义理论家卡贝(Étienne Cabet, 1788-1856)将自己的理论写在著名的作品《伊卡利亚游记》(1842)前言中之后,伊卡利亚岛就成为了乌托邦与理想中的天堂的象征。
④ 近几个世纪以来,这两个名字被视为是可能有着共同愿望的,坚持希望在意大利实现联盟的组合。

就有言论自由),那里的历史名胜有帕拉迪奥①的住所和比拉奈兹(Piranèse)的监狱。对于政府与警察而言,它就是萨德笔下的"黑人"(hommes noirs)形成的宗教团体——某个通过戏剧、方言歌剧来对话的地方,这一切寄居于无法定位的历史的"无主之地"(no man's land),是抽离时间注重精神层面的人们的地盘,在那里——革命这个词得打上引号,虽然人们经常提及——拜伦和马兹尼②也许会相识在这里,或许还会与卡萨诺瓦(Casanova)和贝尔尼(Bernis)主教谈天说地。如果读巴尔扎克或是陀思妥耶夫斯基的作品,它们会使我的世界观产生一时的变形,就像其他作品一样,然而,当我闭上双眼,我的世界观却没有改变,永远不会改变。但是,如果推开贝尔(Beyle)③作品之门,我会觉得在阅读司汤达的作品,我好似重新回到了度假别墅:感觉如释重负、无欲无求,整个世界一下子处于真空状态,轻飘飘的;一切都那么不同:空气清新、风景如画、食欲旺盛、生活轻松,甚至与他人交往打招呼都那么不同。每个人都知道这一点(也许,大家得意地重复着这一点,因为这一点被经常提及),所有小说家都会建立一个"世界"——司汤达,他自己,也多少如此:他为真正的读者们开辟出另一番天地,超脱于时间之外的一处僻静的地方,并不真实存在于时间与空间,只是为生命中那众多个星期天留一间庇护所。在那里,空气更加干燥,更加令人振奋;在那里,生命的流逝更加从容,

---

① Andrea di Pietro (1508-1580),绰号帕拉迪奥,建筑师,因《建筑四书》(1570)和在威尼斯建造的圣·乔治·马焦雷教堂而闻名于世,由于为威尼斯贵族建造的别馆风格独特而受青睐,并因此得到了他的别名。
② 马兹尼(Giuseppe Mazzini, 1805-1872),意大利革命家、爱国者。
③ 司汤达的真名。

更加新鲜——是处于自由状态中多种情感的伊甸园,生活的幸福灌溉着它;在那里,一切都不会太糟;在那里,爱由灰烬中重生;在那里,甚至连真正的苦难也会化为令人微笑的遗憾。

\*

如果司汤达既没有写《红与黑》,也没写《巴马修道院》,他又会是什么模样?如此天真的问题有时不禁会在我们心中产生,除了这两部成就司汤达的巨著,他剩下的作品显得分散,随波逐流,感觉未完成。他像一位业余的多题材作家,思想充满了灵感与火花,却无法通过作品加以表现?他像卡利邦①这个文学形象,用借鉴和抄袭来掩盖自己的无能?除了《追忆似水年华》这部巨著,普鲁斯特的其他作品就像被遗弃的边角料,这些作品绝不会让读者联想到它们出自一位天才作家的笔下。它们有时是省会才子写的一些古怪的小文章,有时又像一个很有天赋的拙劣作家为衣食之需而作,有时又好像是一个陷入无写作欲望的题目,不知如何组织语言的作家笔下乱七八糟的话。书中无一丝痕迹显现出作者的才华——就是这一直困扰着我——司汤达留下了十或者十二个计划中文章的开头。问题又一次被提出了,使人困惑的是,从一段意料之外的文章到众口称赞——奈瓦尔②认为具有代表性的问题,但司汤达-贝尔,在他的多重身份之下,这一问题未被提及。确实,《亨利·布吕拉尔传》的三条线索在

---

① 卡利邦,一个令人讨厌的侏儒,粗俗,顽固,在莎士比亚的作品《风暴》中,与风神阿里克作对,对格拉克来说是一个熟悉的参照物。
② 在《首字花饰》中,格拉克曾经说过"他的和谐而偏僻的天赋使奈瓦尔在《空想》之后写出了《小颂歌》"(149页),他在《狭窄之水》中又一次提到过这种说法(534页)。

今天显得不容置疑。有可能在 1840 年时,对与他通信的人来说,对他的姐姐包丽娜或梅里美、雅克蒙①来说,这些线索就不显得少,只不过作者署名是贝尔,并可能给它一种效果,就如朱尔·勒纳尔的《日记》有一个引子一样,而在 1978 年,这些被署名为司汤达,并且不断地从《红与黑》与《巴马修道院》的光影笼罩下,渐渐显现出无法估量的价值。一种独特的逆光效果,突出了被贝尔缩减过的长篇大论:对他来说,光荣真真切切是死亡之光,他并不是事后用言辞打弱一个人,我们认识很久的人的精神(一个只知道平庸的人),而是让他非常精确地加入进来,并使之凝聚成他的代表作。这种整合作用,在雨果的《见闻录》或福楼拜有关旅游的文章中并无任何程度的显现,且与他们大部分文章风格不相一致,但司汤达的文章中,他每一份笔记中,充满了这一写作手法,在他的主要作品中占据着牢不可破的位置。

*

从拉法耶特夫人到司汤达,从司汤达到普鲁斯特,分辨能力的增强,就很可能是写"心理小说"过程最清晰的迹象显示。但是,如果有进程,也不会有一个越来越严密的含义:更确切地说,是一种内在魔力的解放,洞察入微,含义丰富,作者只是为这一幕发生在内心深处的戏剧找一个表演舞台,然后,借助作者的艺术毫不夸大地将这种欢乐传递给读者。小说中的心理状态是纯艺术的描写,同时夹杂一些积极的启示在其中。

---

① 维克多·雅克蒙(Victor Jacquemont,1801-1832),旅行家,探险家,自然主义者,在欧洲时,他属于司汤达的小圈子。他旅行期间所写的《给司汤达的信》在 1933 年发表。

司汤达与巴尔扎克来自于两个不同的世界,虽然他们的年龄仅仅相差 16 岁,但是他们小说创作的手法和风格却恍如隔世。各自倾向于文学时代的两极,一位代表文学时代的开始,另一位代表文学时代的终结,他们好似站在被车水马龙的街道分开的房屋的两端,竭力将手伸向对方。从阅读《巴马修道院》——书中龙巴蒂和阿尔卑斯山的美景令人想起华托画作中柔和朦胧的感觉——到《碧雅翠丝》的开头,小说中货运列车进站卸货的场景,十分美妙,这种阅读过程突然使我的意识陷入巨大的空洞:桑塞维利纳女伯爵的府邸是怎样的?巴马的街道是什么味道?然而,在巴尔扎克的作品中,由描写滑铁卢战争开始,很容易让人通过作品看到 19 世纪的浮夸。当巴尔扎克的才能之光初放,还需等待福楼拜严格教诲之时,我们是多么欣喜于司汤达在创作方法和情感表达方面的少许"滞后",使得我们能够更清楚地看到两者的不同之处。

*

为什么司汤达的内心狂躁而古怪,他总在宣扬自己的准则,为什么迷茫的布勒东顺着通向浪琴钟楼①的大道悠闲地散步,或者是在大街上尾随着驯马场可爱的小姑娘去买小黄

---

① 暗指《可溶解的鱼》中的一段:"我从未曾像现在这样轻松过。从很久以前我就知道,我人生之路的一个磁极,应该是位于和平街及歌剧院广场拐角处的光辉灿烂的广告牌。比如说,站在那里,我就不知道接下来该去哪里了。"(布勒东,《全集》,七星文库,第一卷,第 394 页)

瓜①,这些细节把我们的心房获了,然而,无论是雨果还是福楼拜的笔触,都不能吸引我们(我是随机选择的)②?

突出的自我中心意识(如雨果的自我中心意识),习惯忏悔的特性(布勒东从无这一特点,虽然外表有些像),这些都不应该算作理由。应该算入理由和应该单独算一个理由的,是一个由一段长且独特的感情波动产生的罕见巧合,有些乱的律动使作者创造出了《习惯》一书及其言语的韵律:富有生命的语调生成了一篇迫切的文章,一种行事风格,一种风采和一种特殊声音。

\*

拿破仑的失败给了司汤达一个机会。第一次"在杂货店的成功"③最终失败之后,他正竭力在拿破仑军队里谋个一官半职,这时他可顾不上什么叫人言可畏了。在贝尔主义者面前,从来不谈论1806-1814年,因为这段时间里司汤达并

---

① 这段文字反映的是《连通器》中的一段插曲:"我的惊讶,说出来并不害怕被人嘲笑,当她屈尊请我陪她去隔壁猪肉店买醋渍的小黄瓜时,我的惊讶无法掩饰。她顺便向我解释说,她每天像这样跟她母亲吃饭,她们两个从来没有心情欣赏饭菜的搭配。我在猪肉店前又看了一看,突然之间,很不可思议地又对我的日常生活产生了好感。"(布勒东,《全集》,七星文库,第二卷,第158页)

② 在瓦雷里的书中,关于司汤达与布勒东的比较并不罕见,而且结果经常总是赞成,就如《笔记本》中的注释一样,比如说:"我第n次重读了《尼古拉先生》。他的果断的确是比贝尔要重要得多,他的语气和方式实在让我无法忍受——他的自由思想的自负感,伪装真诚的可笑举动——等等。他是一个演员。一直在表现自己。1830年长胡子的演员。(瓦雷里,《笔记本》,七星文库,第二卷,第1231页)

③ 借自布勒东的词,在《迷失的脚步》一书中用来描写雅克·瓦什:"我又看了一下这件搭在他肩头旅行用的,颜色有点暗的旧大衣,他就这样搭着衣服谈论《在杂货店的成功》。"(布勒东,《全集》,七星文库,第一卷,第201页)这句话恰巧印证了司汤达准备去马赛他朋友那里偷闲,他的朋友,梅兰妮·顾拜尔,是一位女歌唱家,于马赛的一家歌剧院接了一份工作。在马赛的几个月,司汤达写出了《查理·莫尼尔与西》,但毫无工作激情。

无新作问世,不仅仅是因为工作①占了他生活的一大部分,还因为官方事务繁忙的司汤达(尤其是1810年之后)写作欲望大概减了很多,因为他的工作使他可以随心所欲地在大众面前讲话,就如人们想象的一样,这种生活方式填补了不少他的欲望,也更适合于他。在他人生剩余的被迫空闲下来的孤独时光中,来拜访他的人并不多,即使是在意大利,他的孤独感也比别人要强,生活上的困窘,独身生活,一直不与镇民交往等等,毫无疑问都使他感觉更孤独。他是巴黎河边的闲人,是意大利的外乡人,而且,在意大利还没有旅游签证。文学填满了他公共生活的间隙,晚餐过后的法式幽默,曾是司汤达永远处于社会边缘的生活亮点:从1815年之后,司汤达的薪水变为半薪,这就是他的生活来源,对我们来说很好,与生活的开销比,可能对司汤达来说不多。

因为我们什么也不用考虑,在司汤达的生活当中,生活的面目——对他来说,可能更甚——仕途过早地结束了②。我们在他身上看到了一个从不退休的"永远的作家",幸运的是,我们只要翻译贺拉斯(或卡帕尼③)就好。但最终,还

---

① 1806-1810年,司汤达担任"临时战时副委员",之后任"战时委员",因此一直被公务缠身,为表弟和他的保护人皮埃尔·达卢的事务奔忙,负责后勤军需补给事务。从1810年开始,他被任命为最高行政法院助理办案员,负责"监督帝国的不动产审计工作"。
② 1830年七月革命之后,多亏朋友们的多方活动及外事部长莫雷的努力,司汤达谋得了特里埃斯特执政官一职,之后在拒绝奥地利政府的《裁判书》后,在教皇国任执政官。他死前一直在此任职,曾多次请假。
③ 约瑟夫·卡帕尼,《艾丹一生》(《艾迪那》1812年)的作者,意大利人,司汤达的《艾丹、莫扎特和梅拉斯达斯的一生》(1824-1815)曾借鉴过他的这部作品。卡帕尼评论说"路易·亚历山大-塞萨尔·邦贝"(司汤达曾用过这个笔名)剽窃文章,并在报纸上评论过这件事。论战无果而终。最后在《艾丹、莫扎特和梅拉斯达斯的一生》(《全集》,维克多·德·里多与E·亚不拉耶维尔主持编定的新版,1970年,埃乌勒版)这部书的最后部分提到了论战的一些片段。

是来得晚了一些。

*

实际上,谁曾在《红与黑》这本书面世之时读过?让一部巨著不被注意地度过一长段时间的秘诀,也就是这本书用过的秘诀:罩上仿古的外衣,完全用书内部的气质和新颖感觉磨损外衣。几乎在雨果的《欧那尼》这部戏剧出现的第二天,就出现了《红与黑》这部浪漫主义巨著。这是以司汤达的第一视角来写,整部作品就像一种思想,又像是18世纪不出名的犬儒主义大师的落魄继承者,有些可笑麻木,距离巴尔扎克的儿子克雷毕甫的时代更近了,而且这件陈旧的漂亮外衣装饰了书的其余部分。今天,我们只能在这本书中发现内容上的更新,深度上的变化,与18世纪优雅干涩的小说不同;当时的人们只能从中发现挖苦怀疑的痕迹,对他们来说,大概显得有些老套。从我们的角度来看,司汤达已经不是他了,与他的同时代人相比也无甚优越性。除此之外,他们看到了另一面:极少但并不是极特殊的情况,在一个时期,一本书,就像这些门扇,因杜尚(Duchamp)的机智巧心,而在开启一扇门的时候只能将另一扇门关上,反之亦然①。

*

有一种司汤达的写作手法,是18世纪表现最严格、洒脱的一种,司汤达总能在它的引导下写出令人震撼的死亡,在

---

① 马塞尔·杜尚曾经将他的工作间改成一个小型的房间,有卧室和浴室。一扇别具匠心的门扇,给了他一个选择,打开门是房间里的工作间(浴室的门),关上这扇门就是浴室。由此,杜尚创造出了一个特殊的词,表示同时开放或闭塞。

战争中,决斗中,被刺杀,或是自杀;他的书中充满了教士普雷沃口吻的话语:"看,这就是莱斯科:他今晚就去与神共进晚餐了!"①用诙谐的口吻描写战争,描写贵族式的偶尔说教。如果我们先把护教论与传道的口才问题放在一旁的话,17世纪传道是非常重要的,可以巩固并扩大宗教的基础,《颤音》重点标出了濒死前的回想,一生的道路,19世纪的日期。雨果的《死刑犯的最后一天》是一幅讽刺画,在当时文界,用夸张手法大肆宣扬文章的开始部分。

尝试——然而,福楼拜在那个时期是一个忍耐的代表;尝试着想象一下听到《包法利夫人》临终前的夸张遗言时,17世纪读者的惊愕,甚至是18世纪读者的惊恐(尽管有卢梭)……

\*

司汤达的创作有的迫于生计,为了糊口,有的风花雪月,鼓乐齐鸣,有的完全是抄袭之作,所有作品体现出的文风却能产生直击人心的效果,这种效果究竟从何而来?没有一位作家能让我有如此的感受吧?为什么这种散文从头到尾,都没出现一套明显的,同时又强烈生动的发自内心的"个人化"的优质系统?我有时觉得有个理由悬在我心里。这种文风不是可以说出来的,也与词汇、通俗的表达方式,与未来的联系无关。但它拥有敏锐性,洒脱性,几乎完全不连贯的自由性。其他种类的散文,每个句子只留下很小的空间,供幻想

---

① "我们刚走了五六分钟,就有一个不认识的人认出了莱斯科,他往四周看了看,像实施一个不幸的计划。'是莱斯科,'他说着向莱斯科开了一枪,'他要去与神一起吃宵夜。'"(普雷沃,《格力奥骑士与18世纪小说家曼侬·莱斯科的历史》,七星文库,第一卷,第1301页)

接下来的诗句的形象、韵律,甚至是语调。将我们吸引到对话中来的,不是歌德与艾克曼之间符合教育学的谈话,而是那个时刻期望跨过可预见的,优雅的,意料之外的,有时又如精灵一般的"突变"的歌德。而在我看来,司汤达的文风绮丽,以至于我们阅读之时片刻之间就"沉迷其中",这中间的秘密应该是探索一种与博絮埃(Bossuet)和夏多布里昂文风正相反的笔调,并不是一种独特的写作手法,也不是一种整合的天赋,更多的可能是存在于一种优雅高贵的才华之中,有一些消极的;总是变着花样超越读者的期待,作品的走向与读者的惯性思维之间有巨大的差别,总是让人出乎意料。

\*

当我们提到巴尔扎克的时候,有一点是我们首先应该注意到的,却在半途之中不经意间忘记了,就是每次我们将他与其他大作家作比较的时候,他不仅仅是第一个全面的职业作家,而且是法国小说家职业所熟知的第一个正式"供应商"。他并不和司汤达、福楼拜以及普鲁斯特属于同一类别(我们同样用这一体育术语来指示某部分的作家,对其来说借此将他们对照比较也是完全合乎规定的),而是与大仲马、欧仁苏(Eugène Sue)、左拉、蓬松·迪泰拉伊(Ponson du Terrail)和泽瓦歌①同属一类(这里的分类并不是以质量为标准,而是纯粹按性质划分的)。一个生活富裕的艺术家,像福楼拜,他总是展示出最好的自己,时不时地,在一部作品中,倾尽所能,毫无保留;而另一个,巴尔扎克,每晚盯着他的票据簿,清点着他白天所写的页数。这两者之间的差距就像大

---

① 米歇尔·泽瓦歌(Michel Zévaco, 1860-1918),武侠小说作家,著有《帕尔达央》(Pardaillan)系列。

赛在即,为了温布尔顿(Wimbledon)或者大卫杯(La Coupe Davis)的征战,职业网球选手和业余选手之间的不同状态,前者坚持每天五个小时的训练,而那些业余能手却选择每年进行两到三次的不间断练习直到精疲力尽。巴尔扎克状态(就像我们谈及发动机的状态一样)是一种对于一个作家来说需要保持的状态,也是一种总是在其最高水平之下徘徊的状态。他总是巧妙地使用一些上下间的过渡使自己得到些许的休息(对巴尔扎克而言,发展和加强的机制,仅仅是靠一些纯粹词面上的手法变化来完成的,这也是他最常见的自我保重的方法,在创作的过程中,在快喘不上气之时,合理地安排休息)。而福楼拜出于对某个作家在《女人三十》(La Femme de trente ans)这本书中风格的过分在意,而逐一比较每个形容词在程度上的轻重差异,这显然是一种误解。

"最终她推开了门。交合发出的吱吱声徒然地刺激着耳神经。虽然他的听觉相当灵敏,但是他几乎像是被粘在了墙上一般,一动不动,仿佛沉醉在自己的思绪之中。灯笼发出的微弱光晕照在他的身上,在这些昏暗的骑士塑像旁边,他仿佛置身于这个光与影混杂的地带,总是站立在哥特式教堂下黑漆漆墓地的墙角边。冷汗一滴一滴地从他宽广而发黄的前额渗出来。一种难以置信的勇气照亮了他极为紧绷的脸庞。他的双眼中闪烁着火光,眼神坚定而冷淡,就像在注视一场正在他眼前展开的黑暗中的战争。纷乱的思绪在脸上一掠而过,精准、确定的表述却象征着一个高等的灵魂。他的身体,他的态度,他的比例与他原本的天资相一致。这个男人拥有所有的力量与能力,他注视着黑暗,仿佛在看一幅可以预知未来的可见图像。习惯于看那些充满能量的巨人形象,他们聚集在拿破仑的身边,被一种心理上的好奇所吸引。将军并没有注意到这个非同一般的男子身上的奇特性，但是像所有的女人一样，被外部印象左右，伊莲娜（Helène）感到被这种光与影、激情与宏伟的混合所吸引，被一种诗意般的嘈杂所吸引，而这嘈杂赋予这个陌生男子吕西番（Lucifer）的普通外表，像其在崩溃后又重新振作一般。突然，脸部暴风雨般的表情像变魔术一般缓和下来，他无限的帝国版图也许就这样在不知不觉中如洪水般扩张起来。他的前额闪过一股思想的激流，这一刻他脸部的轮廓恢复了原来自然的形态。被诱惑者（Charmée），要么由于这次会见的奇特，要么由于她所涉及的奥秘，这个年轻的女孩可以欣赏一种平静而充满兴趣的面貌。她停留了一会儿，置身于一种妙不可言的寂静中，年轻的心灵被某些莫名的慌乱纷扰所折磨着。之后，要不就是伊莲娜发出了一声惊叹，要不就是从理想社会回到了现实社会中来，听到了另一种不属于自己的呼吸声，他把头转向主人家的女孩，隐约地在黑暗中看见某种生物壮丽的形象和雄伟的形态，大概可以看做是天使吧，就这样一动不动地注视着她，模糊如幽灵一般。"[①]

也许任何一本脱离巴尔扎克的小说都是无法长久相传的，如果我们将他一点点地对照着与其他著名作家相比较的话，但是他却志不在此；早在政治这个东西从天而降的前一个世纪，他将"大众"的概念放入到文学作品中，描述可使之改观的道德，在一些作品片段中进行着实践，而在《人间喜剧》这部宏大的作品中，他也的确一直在践行着——从数量到质量上。也许从某部前人创作的浪漫主义小说开始，巴尔扎克已预感到(他在事后努力使各个单独的故事融入到一个

---

[①] 巴尔扎克，《女人三十》，第五章，"两次相遇"，七星文库，第二卷，第1169-1170页。

有机的整体——《人间喜剧》中去)所有文体背景变换了分量,就像我们把一颗石子投入到小河里似的,而从本质上说,就像一次爆炸后洞穴里产生的回响一般平稳而四散。正因为这传奇的小说串联,《人间喜剧》第一次展现了这天才一举,这不仅仅带来了很大的反响,而且很多读者纷纷给他来信:《人间喜剧》就像电网互动一样,使得调动一部分不相关的小说的潜力来服务于另一段或是无精打采或是令人泄气的故事成为可能,而且,事实上,这部表面上如此变化无常的作品的奇迹正在于此,所有的感觉从转移到退却,最终通常在到达读者的时候消失不见了。小说所做的保留将它们自己聚到了一起,就像一个游戏交流盒。这感觉并不仅仅控制着一个部分,而且在瞬间来增补缺失之处。

在这些建立了综合关系的道德中,巴尔扎克以完全的清醒状态和时不时的预先难以察觉的表演来结束。在《老姑娘》(*La vieille fille*)中,他写到苏珊娜,一个缝补女工,小时候在听到别人讲述公爵女儿玛丽·德·韦纳伊的故事时,就感到她勇敢的冒险家天职被唤醒了。于是,小说的第一段在《朱安党人》里展开,在莫里饭店,再确切一点,就在他所生活的阿朗松,他把类似的生活经历一点一点巧妙地安插到这部小说里,和瓦格纳引入的情感充实法同属一类。瓦格纳将《特里斯坦》这部作品中马克国王的主旋律作为另一部作品①中,描述鞋匠萨克斯坠入爱河之后的主旋律。这是最初的浪漫主义小说的雏形,随着时间的发展,在《人间喜剧》中,各个因素相互渗透,血液流通一般相互联系。常青藤最终要

---

① 在《工匠歌手》的第三幕中暗喻这种过渡:"孩子们!/从特里斯坦和伊索尔德那里/我知道一首悲伤的歌/汉斯-萨克斯是聪明而有控制力的/马克有他自己的幸福。"

加固自己深埋在墙缝里生机勃勃的根部,那是他当初唯一能依靠的地方。

*

司汤达:18 世纪作家,在路易-菲利普时代发表作品——克洛岱尔,其小说直接影射了在埃米尔-孔布的第三共和国时期教皇英诺森三世下的时代,而巴尔贝·德·奥勒维利(Barbey d'Aurevilly)却是第二帝国的朱安党人——这种差距暗示着一种大有创新希望的境地,因为这使得人们处在一种退可守进可攻的状态之下。作家们具有同样的优先权(如夏多布里昂),时代的偶然性使其不得不生活在历史的交接时期,他们所经历的那个戛然而止的时期带来的极度重压,被个人历史的后退所产生的影响取代了。作家们那一段处于落后文明的人生历程,转而进入到一个现今发展的时代,或者相反的(像克洛岱尔或是高比诺[Gobineau]),天生就会产生这种类似的效果:关于洛特雷阿蒙(Lautréamont),探听是好的——据我所知却至今无人做过。

*

关于司汤达的旅行游记《罗马、那不勒斯和佛罗伦萨》(Rome, Naples et Florence),让·普雷沃(Jean Prévost)①谈及了"技巧进步"和"创作的弱点"。游记中写到了初到农舍的晚上,没有对之前整夜未眠的片段的回忆,却提到了想要在蝴蝶的翅膀上拍打整个乡村。司汤达的魅力在于,他只想要通过作品,通过放任自然的手法,让读者有一种即使作者掌

---

① 让·普雷沃,《司汤达的创作:论作家心理和写作技巧》,法兰西信使出版社,1951。

握着大局,但阅读的随意自然的心情仍然占据上风的感觉。"创作的弱点":事实上,还有什么比《红与黑》这奇怪的组合显得不适当的呢?沿着韦列尔和巴黎两道长长的沙滩,各自伴随着一段通向修道院或是牢房的近路,两条细枝:一个有节奏的跛行,却极为令人不快:有谁会关心呢?这种运动——司汤达几乎只是在运动——是不平衡的,不对称的,每一秒都在唤醒着离心力。也许对一个作家而言,没有什么比每时每刻都紧握着自己的生命之流还重要的了,自从断断续续读完《生命之流》之后,它的来到就像每个人都知道,两个之中碰撞上了其中一个,另一个也会接连而至,总是被放逐,总是偏离轨道,而从不在意是否仪表堂堂地处在合适自身的某个阶级里。

经常遭到别人的批评,却很少事先操心写作的迫切动因,也不关心读者的倾向,在他的眼中,书就像一块展开的田地,他像丈量员一般,在其中寻找一种对称,寻求一种和谐,而这其中所揭示的所有的工艺技巧就像是流体力学。

\*

正因为我有很强的好奇心,在这么多年之后,拿着《红与黑》,不断地重读其中的一些篇章,我感到有点理解是怎么回事了;我带着消遣的心态,竟然不可思议地和司汤达产生了共鸣,并明白了他是如何安置这些词句的:这些并不是在瞬间同时绽放光彩,而是在他的笔下,慢慢显示出神采来。我吃惊地发现他隐没于外部世界,而又突然出现在这里,显得那么虚弱、无力、稀薄,完全脱离了他曾经的不同凡响,就像当我们踏上多姆山的山峰时耳边的噪音,突然间经由孤立的墙面间的空隙而产生,各种各样象征性的注释解释着时间和地点:韦列尔的椴树,修道院的大门,雷兹旅店梅红色人字斜纹布的帐篷,阿里戈旅店的钟声。正是他刻画外部世界的手法,就像刻画人的内心一般,随心所欲地将其打磨得光滑而精炼,并且不着痕迹(公园、步行街、沙龙和剧院),这使得司汤达与18世纪紧紧相连:拉莫尔府华丽的客厅,如我们所知那样,其作用就只是在于为谈话提供尽可能的便利。然而,当其作用开始变得多样化的时候,切实的接触使人产生了强烈的兴趣,就好像在黑白研究中,间隔的颜色中浅色的笔触那般;她们轻而易举地带着预言的性质:人们能从中轻易地发现书的开头,除了著名的韦列尔的彩色玻璃窗光泽之外的许多版本——而且更为简单,例如:韦列尔的台阶,拉莫尔府(还有脚手架),信札或者短文集,所有无一例外地属于结局沉重的小说。在小说中与在作者自己的生活中一样,司汤达表现出一种本能的对手稿的蔑视,总将其看做某种可能的物证一般;上面所记录的总是人们想掩盖的,想伪装的,想掩饰的或是为了保密以密码形式书写的东西。

　　重读后会有一种与众不同的感觉,我曾经有一种偏见——我已经写过了,我反对作者在小说叙事的过程中加入自己的思想。这与小说的生命没有紧密的联系。《红与黑》的创作正好相反,司汤达将自己的思想融入作品本身,故事就这样时刻都被那些看不见的连接符打断着。其小说的特别之处,第二次再读时丝毫不容置疑的,当然也是少不了这种意图完全隐没于叙事之中,不留痕迹地隐藏作者思想的独白。这令我突然想起在《女恶魔》①(*Diabolique*)中的思考,即作者面对小说叙事与读者之时所处的位置。当巴尔扎克

---

① 与在《偏爱》(*Préférences*)中对于奥勒维利的《女恶魔》的研究有关。

以一页页的书稿,连篇累牍地(比司汤达还多)投入叙事和评论中去的时候,似乎通过腹语术的效果,给人一种他在讲另一件事的感觉,当然不是说如小说中的某个人物,而更像某个额外的为了评论而生的英雄人物,还有点像庸俗化悲剧中的领唱,他是舞台上的角色,而不是台下的观众。这里的浪漫主义投射的确很猛烈,以至于作者自身从中找到了灵感,而从另一边找到了平衡;甚至当他接过话来的时候,他已经不是我们中的一员了,而是被分开的,处于类似沃盖寄宿学校、葛朗台家或是古董店的地方,在那里他仿佛是为了所有要被转移的东西,而进入了我们的思想。他的介入有时候时间很长,人们难以容忍,就像人们不能忍受的希腊唱诗班(如果在我们看来正好借此稍微暂停一会,那是因为他们身在其中)的题外话一样。而司汤达,他从未把自己置身于《红与黑》里。当他停下故事的讲述时,他站在自己的立场上,作为一个小说人物和读者之间的中间人——他时而面对着读者并把他们拉到一旁,和其分享他对自己将去的那个世界的看法,时而背对读者,打断小说人物的话,出其不意地向他们强调他的思考方式。在我们和小说之间,当情节活跃快速的变化被放慢时,总是会有中介人的出现,或者更确切地说是调停人,一个居间调停的跑龙套的人,这不像通过屈光镜反映作者的创作手法,倒更像一个既是翻译又是主持的人。这就是为什么当我们在说陀思妥耶夫斯基的世界或是卡夫卡的世界的时候,并没有谁说起司汤达的世界:他的世界是唯一的。但是这个世界神秘而阳光灿烂,让读者在这样的世界里,好像漫步在某位能赋予生命新的意义的天才身边。然而仅仅是在荧屏上我们能看见它无所不在,这与其说是一份不知疲倦的、变形的想象力,还不如说是对生活的迷恋,是不知疲倦般活跃的、贪婪的性情,向着变化莫测,向着诱惑,向着取之不尽的迷霓闪烁。一个并没有被改观的世界,却仅仅是简单地使激情再次澎湃。

我再次回到对塞利纳(Céline)的思考中,他曾经给过我很大的冲击,而且我也曾经引用这样一句话:"当我们没有带上足够的音乐使我们的人生起舞……"①当我们出于这样或那样的原因,没有带上充足的音乐,就是这样,也只有这样,司汤达就是不可取代的,因为仅需几小时他就可以把我们重建。他并没有什么大发明,他自己也知道(他仍然需要基本的故事梗概),没有太多的技巧(尽管他自己以此吹嘘),没有神奇的想象力(他并不在乎),也没有人们所说的,那深度心理的挖掘(对他来说得益于描写的生动性和刻画的技巧性)。这快节奏的调调并没有表达什么,突然的断奏显得生硬而干瘪,这些都只属于他,但是就节奏而言,这样的生活让人不可抗拒地随之跳起舞来。

*

"当我到了想要了解一些东西的年龄时,我引起了一位老师的注意,一位四十岁的老师,他为我详细讲解了《红与黑》这部作品的优美之处。然而最近对这本书的一次阅读,

---

① "可能也是年纪出卖了他,而我们受到更糟糕的威胁。我们没有太多的音乐让生活随之舞蹈。所有的青春都和死亡相连。在真相的寂静中走向世界的尽头。"(塞利纳,《茫茫黑夜漫游》,小说,七星文库,第一卷,第 200 页)类似的表述曾在《首字花饰》(Lettrine) 第 176 页中引用过。我们知道"小乐曲"是塞利纳所中意的一种形容艺术的表达。在 1957 年,对于玛德莱娜·夏普萨尔(Madelaine Chapsal)的追问:"你如何看待你所创造的东西?"他回答道:"某一种音乐,某一种小乐曲被引入了风格,这就是全部。"(玛德莱娜·夏普萨尔,《作家亲言》,U.G.E.,总 18 卷,选自第十卷,1973,第 100 页)

却让我尤其注意到了它的不足之处。有人对我说,巴尔扎克在《红与黑》这部书刚一问世时,就写了一篇关于它的著名文章……为什么所有的版本都没有巴尔扎克的这篇文章呢?"(蒙特尔朗:《作品集》[ *Carnets* ])

让我们略过巴尔扎克关于《巴马修道院》的著名文章吧。蒙特尔朗并不喜欢《红与黑》这部作品,对于这一点并没有什么值得说的:文学本身就像民主一样,仅仅表现在投票的不一致上。但是,我对仔细品读作品很感兴趣,因为确切地说,这是对司汤达作品的所有过敏反应的试金石:司汤达的作品中没有细节描写之美,然而于斯曼斯恰恰有。对于为了对角色进行法语描述而进行的信息采集工作,在司汤达的作品中会比在巴尔扎克或是福楼拜的作品中少十倍:作为小说家,司汤达只强调整体,这种特点,他的情感中几乎能完全体现出来(总是我曾经提到过的那种欢快,而那种欢快在他的作品中的原词是"*vivace*"[轻快],明显或不明显的,这几乎是一个精神节奏,或内心波长的问题:就我而言,莫扎特的欢快让我厌烦就像司汤达的欢快让我欣喜)。至于"心理学家式"的细节描写带来的美感,还要把话说回来:这种美感来自于纯粹的灵魂创作(或更甚),是任何标准都无法衡量的,我不明白,是这样激烈的思想碰撞,突然释放出这样的火花和创意,进而形成了自己的风格:阅读司汤达小说中的心理描写,令人有如临仙境一般的感受:读者会有冲动希望小说中的心理描写都是真的。自从我第一次读《红与黑》开始——当时我肯定也是似懂非懂的——我一点也不相信枯燥冗长的心理学真实存在——它完全将情感的东西变成了优雅的逻辑推理:当时,我就觉得,这不过是一种创意,一种诗意的诠释,这部小说本身的细节也是令人陶醉的叙述,无非为了满足读者的快感。

也许,蒙特尔朗根本无法理解司汤达的原因,在于他们之间存在着如此多的不同之处,使他们形成了鲜明的对照:从表面看,他们的作品完全不同,正如契诃夫和托尔斯泰这两位作家的作品;往隐深处讲,二人的秉性也大相径庭,性格的东西是无法替换的——就像某些伟大的演员总会在扮演角色过程中打上自己的烙印。实际上,就他们而言,角色并不重要——观众要看的是演员本人;他们的言行举止,他们走路、打招呼、抬头的方式。然而,在由小说改编的影视作品中,当一位演员受到毫无保留的欢迎时——原著作者的"存在"却受到挑战——这一点容易被忽视,无论在原著还是改编的影视作品中,作者的"存在"都是非常重要的。可是,司汤达却无法跨越屏幕这道门槛,其改编作品削弱了他作为创作者的"存在",相反,蒙特尔朗超越了这道门槛。但是,当涉及到故事性的时候,这种自我的存在却是粉碎性的,真是一件无可奈何的事情。例如,在《沙漠玫瑰》①中(我很喜欢这本书),作者的"我"贯穿于整本书的四百多页之中,我却不觉得厌烦,可是,其故事性却多少显得有些支离破碎。

*

在《乡村医生》、《乡村神甫》甚至《当代历史的反面》中,巴尔扎克好像是一位社会和谐的规划师。就他而言,社会进步的关键在于贵族和大资产阶级的开明专制统治(必须是强有力的专制统治!就像《乡村医生》中,贝纳西斯[Benassis]医生夜间释放大修道院的傻子那样),但是,永远不让爱好炫

---

① 译注:全称为 Histoire d'amour de "la Rose de sable",蒙特尔朗创作于1954年。

耀、不择手段发财的农民暴发户阶级(例如《农民》中的里固[Rigou])干涉政权,因为他们是贵族和大资产阶级统治的障碍(选自巴尔扎克《农民》一书)。这折射出一种完全"极端"的思想倾向,它来自于实践,即在法国重拾俄国卡特琳娜二世统治手段的实践:利用大资产阶级,赋予其执法权和广泛的合乎规定的权力,例如殖民、管教、监督方面的权力,同时,让其帮助、教化和启发未开化的农民阶级(巴尔扎克几乎将法国农民与俄国农民等同视之)。在法国,这一伟大的由贵族统治的社会梦想,一直持续存在至1871年国民议会的显贵和布洛格里伯爵(Broglie),梦想将农业为主的法国转变为某种反对中小资产阶级的经济型旺岱(Vendée),将大地主和神职人员都转入贵族自己的麾下。在《乡村医生》中,这一梦想从头至尾表现为积极的因素,而在《农民》中,这一梦想则变为负面的东西。

"一旦农民摆脱了单纯农耕的生活而拥有随心所欲的生活,或者拥有自己的土地,他们就会变得难以控制。您将会在塔布洛(Taboureau)①身上隐约感受到这个阶层的精神面貌,表面简单,甚至土得掉渣,但是,当涉及到利益之时,则绝对深不可测。"(《乡村医生》贝纳西斯之语②)。这不正是俄国沙皇时期对生活绝望的自由农民的写照,完全与《农民》一书中的农民形象如出一辙吗? 于是,支持君主政体、反动的巴尔扎克不经意间迎合了俄国沙皇的社会政策。

---

① 译注:《乡村医生》中的人物,他是没有受过教育的农民,靠着放高利贷发家,经常会找医生咨询一些法律方面的事情。
② 巴尔扎克,《乡村医生》,选自《人间喜剧》,七星文库,第九卷,第436-437页。

*

我没有一秒钟相信,巴尔扎克竭力在作品中避免体现自己创作者的身份,虽然他自己吹嘘没有这样的事情。这本不该是作家的雄心所在;这种行为是过分的,同时又显得不太够。过分,是因为每位艺术家都明白,文学从本质上来讲是虚构的东西(关于文学虚构的话题,布朗肖先生[Blanchot]已经花费众多篇幅进行了讨论)。不太够,是因为创作者都清楚,虚构的人物具有优越性,它们能够对现实生活中有血有肉的读者产生影响,作家若想在小说人物身上刻上自己的烙印,不是一件很容易的事情。普鲁斯特对这种优越性进行了完美的定义:读者的情绪处于小说之中,自比为小说中的人物,与之感同身受,小说人物经历的所有偶然事件,似乎都是读者自己经历过的;读者与小说人物,你中有我,我中有你,难以分清——就像科克托(Jean Cocteau)的《圆桌骑士》中的恶魔基尼菲尔(Ginifer),它是构思巧妙的全新创作。它只存在于真实生活中每个人的内心,依靠着书中人物梅兰(Merlin)的魔力,使得每个人摆脱了表面的身份特征,虚化为小说中的人物。①

*

巴尔扎克的叙述方式是过于讲究的(overdressed),人物从头到脚穿戴的细节,房间里的家具、铺陈、装饰,一应具细

---

① 译注:让·科克托(1889-1963),法国诗人、剧作家,梅兰和基尼菲尔是其三幕剧《圆桌骑士》的两个人物,梅兰身上有作者自己的影子,基尼菲尔是梅兰的学徒,他是恶魔,却不会拼读代表恶魔的字母 X,因此,被认为具有双重人格。

地全部描述清楚,好似美好时代的客厅,更何况,他正处于新旧更迭的时代,各种时尚和风格可以并存,无法相互替代,可以同时存在长裤与短裤、靴子与短帮皮鞋、第一帝国时期的风格与七月复辟王朝时期的风格(其中又包含路易十六时期的风格)。无论在哪里,奇特的物品越丰富,越能吸引大家的眼球,例如:屋内的陈设,还有衣裙之飘带、裙腰、小饰品,甚至其布料的纹理皆如此。巴尔扎克的描述中,有只字片语会令人想起赫伯特·乔治·威尔斯的《隐形人》①,只有包裹着空洞躯壳的衣物才能显示其真实存在。

似乎没有一位小说家曾经运用这种瞬间追溯的本领,这种追溯向读者描述着各种服装、家具、汽车,读者由此看到了"当代"家具、古董家具,甚至汽车博物馆才能看到的当时的汽车上安装的"螺钉"。这些使其作品表现出对既往事物直接而无法替代的热忱,同时,又展示出荷兰或威尼斯家庭室内装饰的诱惑:虽然属于过去的作品,他可以在自己的书里使那些陈词滥调的东西化腐朽为神奇;当时的社会面貌、流行的东西、直到现在还玩的文字游戏,种种似乎都已超越历史的长河,始终保持着鲜活,某种程度上甚至变为永恒。

\*

"高级警察会使自己的激情保持沉默"(《朱安党人》②)。在巴尔扎克的作品里,诸如此类的句子(有很多)像一颗子弹一样,突破喜剧的滑稽可笑,使读者似乎看到纯粹

---

① 译注:赫伯特·乔治·威尔斯(Herbert George Wells, 1866—1946),英国小说家,以科幻小说著称,《隐形人》是其作品之一。
② 巴尔扎克,《人间喜剧》,七星文库,第八卷,第 1195 页。

的严肃戏剧,这里,戏剧人物——所有的人物——光荣而尊严地重新演绎着自己生命的喜剧,每个人,自然地,以自己的方式。

*

一本书的闪光点有时会随着时间和心情发生变化(甚至于内在的平衡),这是多么令人感叹的事情啊!如今,我完全找不到二十年前阅读《巴马修道院》时的乐趣,比起十五岁时阅读《红与黑》的乐趣,它又相差甚远,永远无法企及。故事情节的各个部分——例如,拥有多本护照,还有,与警察就吉来提(Giletti)之死发生的争论——我再次阅读之后,感觉它沦落为流浪冒险之类的流行文学,对此,我似乎难以释怀。至于法布里斯,就像飘落的树叶,对他的感觉也是一瞬间发生了变化,这个充满魅力的糊涂虫,时而让人觉得可爱,时而却让人厌烦;他只依靠诱惑力才能吸引读者,司汤达的小说皆是如此,他需要读者的重视。这种令人陶醉的年轻人的诱惑力,或许可以由电影或戏剧直接表现;小说远没有这样的能力,它的表现方式只有人物对话。不同于巴尔扎克,司汤达的人物对话中,词汇的丰富和文字的优美显然欠缺。这种对话没什么过人之处,除非涉及可有可无的底层人物时,才会出彩。小说人物身边总是些有智慧的人——沙龙里的唇枪舌战始终不绝于耳;法布里斯,当他说话时,方式与莫斯卡(Mosca)或者欧内斯特四世(Ernest IV)没有什么不同。因此,这种诱惑力是整个故事情节发展的需要,它是叙事过程中独一无二的载体,一点一滴地逐渐内化为读者需要的东西,除了法布里斯之外,伯爵、女伯爵,有时甚至是王子——

这个以"国王之子"①为核心的贵族社交圈,正是展示这种诱惑力的"集体力量"。这部小说的魅力在于,类似于四组舞体现各阶层那种无法分割的人物关系,还得益于漂亮的树木花草、湖泊以及烟雾缭绕的远山衬托出的意境,——这种东西只可意会——如果非要用另一种方式来说明我重读这部小说的印象的话,那就是《发舟西苔岛》(*Embarquement pour Cythère*)②。

　　直到第二卷以法尔内塞塔为中心的章节,这部小说才又达到了应有的高水准(文字还不错)。至于第一卷,在重读这部小说之后,我不得不抱怨司汤达只能让我大呼不可能。由《巴马修道院》改编的电影里,演员演绎的法布里斯这位大主教竟会令人想起《芳芳·郁金香》中的人物。随着情节深入,小说营造出令人振奋的朦胧气氛,其中的每张面孔都有少许相似之处,就连春天的植物跟一年中的其他季节也并无二致,小说的诱惑力也由此逐渐增强。"朦胧"也许是因为书中的一切突然一蹴而就:这是写作才能捕捉到的忧伤:整个意大利,一半真实,一半幻想,像一股香气,突然涌入司汤达的脑海中;就在此刻,这股香气都变为专属于个人的东西。这一专属时刻,容不得半点喘息,它是多么稍纵即逝啊:好像时

---

① 戈比诺(Gobineau)的种族主义名言,在稍后的章节中还会出现(第601页,"国王之子"的贵族统治),但是,格拉克已经借自己的小说《阴郁的美男子》中的人物阿朗之口使用了这句名言(第一卷,第217页)。在《七星》中,戈比诺用这句话意在指代一种贵族群体,虽然他们没有出生在贵族家庭,却追求身心合一、自由自在的贵族生活方式。既然已经在自己的小说中用了这句话,格拉克又再次将其用在《巴马修道院》的人物身上,必须指出的是,《阴郁的美男子》是格拉克最接近司汤达风格的小说。

② 译注:让-安东尼·华托(Jean-Antoine Watteau, 1684-1721),法国画家。《发舟西苔岛》是其作品之一。

间催促着它似的！如何才能合理地比较《红与黑》与这本书的优劣呢？

到了小说的最后几页，故事情节的叙事节奏不断加快，令人眩晕。不幸而迷人的莫斯卡伯爵，多少能引起读者的怜悯，最后追随坏脾气的公爵夫人而终结，像草堆的一根根稻草，被龙卷风吹得四处飞舞。欧内斯特四世中毒之后的场景和情节则显得那么不可思议。我如此钟爱的司汤达式的"快板"节奏此刻演变为"疯狂的快板"。

\*

历史课上讲的意大利是个浪漫的国度，若将法布里斯暂时脱离这样的幻境，他的人生轨迹该是多么奇怪，多么"逆向"。在这样的轨迹中，竟然能将圭恰迪尼（Guichardin）与梅特涅（Metternich），博尔基亚家族（Borgia）统治下的罗马与玛丽-路易丝统治下的帕尔马①混为一谈！还在青少年时期，他就陷入了历史的狂风暴雨之中，他曾经奔波于滑铁卢；刚回到意大利——那时，他还不到二十岁——一切却似乎永远地被遗忘，好像从未发生过什么一样；这个人物被创造出来，似乎只是为了展示其生活的一面，这种写法真是无法解释：没什么可写——除了爱情——可写的只有不知名的小国首都那点儿风流韵事和尔虞我诈。这的确也是一种人生吧，

---

① François Guichardin，意大利名字为 Francesco Guicciardini（1483-1540），为教皇服务的政治人物，著有《意大利史》（*Storie d'Italia*，1561 年仅出版一次），由于这本书，他被列为当时伟大的历史学家之一。此处，他代表文艺复兴时期的意大利，不同于神圣联盟时期和梅特涅时期的意大利。Klemens Wenzel von Metternich（1773-1859），在德国出生的奥地利政治家，是他所在时代最重要的外交家之一；博尔基亚家族号称意大利第一个黑道家族；玛丽-路易丝是法国皇帝拿破仑的第二任妻子。

然而,却是平庸的享乐主义者的人生,就像俄国人俗话说的"多余之人",宫廷中多余的诱惑者。我清楚地知道,这也是司汤达自己的人生轨迹,自从 1815 年被历史大事件①放逐到沙滩上,他的梦想只是在米兰拥有一间阁楼或者在斯卡拉拥有一处住所。1815 年,这位十分年轻的过气者,却获得以后作品的思想源泉:法布里斯也一无所有。况且,如果以某种方式阅读的话,这部小说好像迷人的皇冠,可以使本来空虚的东西放出光彩。法布里斯是众人梦想中的理想儿子,对于这个人物,司汤达倾注了心血来创作,出于创作者的天真执着,他将所有好的东西放在这个人物身上,除了一样,这一点会得到证明,也是唯一没有赋予这个人物的。他将自己的形象投射在人物身上,将令人难忘的与拿破仑的短暂会面那份幸运借给人物,使人物变成另一个成功的"司汤达",更年轻、更漂亮、更富有、更具诱惑力、更自信,却不是一位创造者——也因此——他塑造出一位奇怪的青少年时期就功成身退的人物。

\*

司汤达的小说是丰富的,透过这些小说,读者会感觉到好像沐浴在夏日黄昏金色的光晕和令人回味的祥和②之中,隐藏其中的还有某种躁动,这种躁动有时甚至是疯狂的。读

---

① 指 1814 年波旁王朝复辟,因为支持共和,司汤达也遭遇了不公待遇,放逐沙滩上只是比喻。
② "为什么人们喜欢听别人不幸中的吟唱?因为这种方式是隐晦的,不触及自己的情感,同时又能让人们对他人产生怜悯之心;它将干涩的不幸变为了令人回味的不幸。"(司汤达,《1817 年的罗马、那不勒斯和佛罗伦萨——意大利之旅》,七星文库,第 23 页)

者的感知力似乎也具有了双重性：一边感受"人类细碎的脚步"①造成的复杂纠结的情绪，一边感受老天的厚道，缓缓落山的太阳，光线一点点被吞噬，最终在大地上消失的舒缓情绪。在我看来，《巴马修道院》从头至尾的全部情节，就是在类似于黄昏阳光的光环下逐渐显现轮廓的。虽然严格来说，它与巴尔扎克的《空谷幽兰》和托尔斯泰的《哥萨克人》属于一个水准，我还是偏爱这部小说。总之，抛开写作背景，相比之下，可爱的陀思妥耶夫斯基稍显狭隘：读者感受到人类的封闭，又回到我称之为"灵魂"地狱的地方。确实如此，从另一方面，贝尔纳诺斯的作品应验了尼采的那句话："人类，这个词是基督教的侮辱。"②这里，我不谈论帕斯卡尔，他的愤怒我才刚刚摆脱，不明白他为什么那么仇恨人类、仇恨自己。这是离经叛道、"欢乐的被驱逐者"的文学（如阿兰所言），我已经无法忍受。

\*

从意大利喜剧来看——她比法国喜剧可能更具特色、更原生态、更质朴——司汤达把令其迷恋终生的异域风俗美图，像朵日本小花似的采撷并使之绽放：1800 年的一见钟情——即他第一次南下意大利——是他一生结晶的最佳例证，任何事物都难以使之消融。由于这些风俗的存在，平庸

---

① 这里再现了布勒东的话："时间，就像雪球，滚动着收集起来的只有人类细碎的脚步。人们只有在动物的皮囊下窒息才能为阳光让出一处位置。"这是《迷失的脚步》中关于雅克·瓦什的文章开头（布勒东，《全集》，七星文库，第一卷，第 227 页）。这里，就像《首字花饰 2》（第 280 页）中，格拉克重拾这句话，却没有考虑布勒东说这句话的原意。
② "Welt ein christlitches Schimpfwort"："人类，这个词对于基督教是侮辱。"（《瓦格纳事件》，《全集》，伽利玛出版社，1974 年，第八卷，第 54 页）

的生活没能抹去一个国家和一个民族的魅力;这样的生活在萧瑟、冷清的格调下,反使这种魅力更显深沉、浓郁,正如我们努力呼唤时却消失不见了的心爱之人发出的诱惑一般。对他来说,意大利总是半斤八两地和戏剧、歌剧表演掺合着,也就是和一种意乱神迷却从不妥协、紧张动荡的生活结合在了一起。因此,他几乎一生都拥有不凡的机会,借此经历一些因缘际会的现世爱情之外,还可以轻而易举地保留投入新恋情,继续散发个人魅力的能力。

*

小说家作品中的意识流。在普鲁斯特的作品中,泽农之箭目前仍悬停在半空中,正如一部电影定格在一幅画面上似的——其中《追忆似水年华》的场景被设计得如身临其境一般。在福楼拜的作品中,这就像一个陷入沼泽的人使劲将自己从中拔出,但却由于不可抗拒的惰性被冻僵了一样。每个自然段结束时,都回归到一个连续不断的水平线上。那支箭在司汤达作品伊始就出现了。但是,陶醉于这种不曾昭示天下的纯意识流中,其对于情节发展的设计就变得有些模糊。书页中不加区分地涵盖了两天或两周的事情,因此,《巴马修道院》中,在没有任何提示的情况下,情节发展速度的不断变化常使读者措手不及,这反而令人们对短暂情节的均匀发展变得无动于衷。而福楼拜,当他将一个长时中断置于故事中时,正如《情感教育》的结尾里,带着那略显沉重的正直,他运用了信号码,另起一行,改换了时态,进而达到了完美的效果。

他去旅游了……①

　　我喜欢司汤达,我敬佩他,我们之间的审美距离足以使我懂得他具有这种天赋,能够将始于如脱缰之马般的意识流的喜感和自由之情表现得淋漓尽致。但是,福祸相依,他亦是这种激情的受害者,因为他不加节制地运用这种灵敏多动的感情以求使人满意。他的作品中散发出时间的沉重、日积月累的功力以及忧郁的悲剧情调,但他却没有办法使人们体会到(连他自己也没有感受到这一点)。噬人的蠕虫在他的书中从头贯穿至尾。他的作品中有一些老头儿的角色(尤其是一些龙套角色),甫一出现便一劳永逸地定格在那个年纪上了,正如谢朗神父、布拉内斯神父②;而在他塑造的英雄角色身上却没有一丝衰老的痕迹。莫斯卡伯爵曾不止一次地准备要退休——更确切地说是他谈论到了这件事——这不过是以退为进,被金钱和加官进爵的热情驱赶着而使的障眼法罢了,最后还是在塔里兰发了回财。在 20 或 25 岁的时候,于连·索雷尔被送上了断头台,法布里斯被藏在修道院里。吕西安·娄万看起来是要更成熟些的,但书的结局可没这么想:他所描写的事物的世俗命运有其自己的遭际。

*

　　透过司汤达、歌德和夏多布里昂,长时间以来,我对罗马

---

① 这是《情感教育》中第三部分第六章(即倒数第二章)的开头。
② 《红与黑》中,谢朗神父在司汤达的笔下是一个正面的教士形象——心地善良、宽容、如父亲般慈爱。他保护了于连·索雷尔并教他拉丁文,还被所在小城的当局迫害。《巴马修道院》中,布拉内斯神父在一定程度上也扮演了法布里斯人生中同样的角色。他让法布里斯继续拉丁文的学业;之后,当法布里斯被警方追捕时,他把他藏在钟楼里并提前告知他牢狱之灾。

式的浪漫风格心驰神往,尤其是罗马的乡下,那是一种处女地般天堂的意境。我每年夏天常在锡昂玩味那两大卷德国浪漫派艺术家的画作,里面满是用干净、整洁的暗箱手法,小心翼翼描过的萨宾山和阿布鲁左山的美景,其中坐落在奥莱瓦诺村的圣-维多利亚山,更是被画坛星宿们多次表现过①。柏辽兹的《回忆录》诙谐地表达了他对被流放于此地的不屑一顾:作者在那儿百无聊赖,在要塞纳沃尔大水泛滥时,他的眼里只有沼泽中的泥泞之行。那里可是夏多布里昂梦寐以求的魂归之地呀!这一切都把我的思绪引向了1830年的罗马,阡陌小草,疟疾横行,空寂无声,山羊群虚弱的咩咩声,阴影笼罩下瘦削人生的漂泊不定,这些都让作者厌恶罗马②:他只梦想着罗马斗兽场重新载满了欢呼的人群,圣-皮彼得教堂穹顶下回旋着享誉世界的音乐。在这复杂、暴躁的冒失鬼的作品里,充斥着回响于萨宾森林里《埃涅阿斯纪》的吉他声和莎士比亚诗篇的乐音,像艺术展中光怪陆离的展品,其中还预言了从未在现实中成形的音乐美国化。

他关于意大利的章节使刚读完《罗马、那不勒斯和佛罗伦萨》并沉醉于其中的读者,顿感冰冷骤雨从天而降。他是对的还是错的?在意大利人中,他只认识一些泊车工、警员和几个玩世不恭的无所事事者,然而,除了这些人的肮脏、悲惨、野蛮,司汤达以一个风景画家的身份还看到了别的东西

---

① 格拉克所翻阅的两大卷是《德国浪漫主义,素描画》(慕尼黑,勒格纳和伯恩哈德所作,1974 年)。实际上,奥莱瓦诺景点是众多德国浪漫派画家经常表现的绘画主题。
② 这幅罗马的图景会在格拉克另一本书《在七座山旁》中被再次提到,其中作者把对司汤达的回忆和对《托斯卡》的再现结合了起来。(第 935 页)

吗?他坐在 sediola① 上,看到的是大路上的游客和"垮掉的一代"之间的壕沟。假使夏多布里昂以一个大使的身份在那里逗留过,他的看法还是会大大不同于司氏和柏氏的。对感情和文化的三种反应,亦是观察的三重境界以及三个截然分开互不透风的世界。要找到一个参照物,就必须想着联合国教科文组织的几个高官、包机上的游客和刚到达加德满都脚下的嬉皮士眼里不同的现代印度。

\*

我们不可能面面俱到,但关于巴尔扎克笔下的城市,左拉笔下的、《情感教育》中的巴黎却谈过很多。对我而言,那都不及司汤达笔下的城市特色鲜明:断断续续的闭合城墙的集聚——沙龙,花园,剧院——这些都被用来造就了艺术的快事以及爱情、谈话和阴谋诡计的乐趣,并被用极其抽象的缓慢情节一个一个连接起来。大街(在《悲惨世界》那样的小说里常常见到却好像只有一条)在司汤达的作品里并未出场,他只写了一个咖啡馆,居于街道和沙龙之间,但还是嫌那社会混合体占的笔墨太多:因而相遇之处总少于起冲突的地方(《红与黑》里那个贝桑松的咖啡馆②),那里人们不怎么去,去了迎接他们的只是一场当众凌辱或你死我活的决斗。

---

① "我坐着 sediola,神游于月光之下。我喜欢亚平宁山脉在隐隐繁星照耀下的模样。Sediola,顾名思义,是一把被固定在两个极高轮子中间的小椅子。它由一匹健步如飞的马带着,一个钟头可以走三里地呢。"(司汤达,《1817年的罗马、那不勒斯和佛罗伦萨——意大利之旅》,七星文库,第 96 页)在司汤达的时代,这种轻便的交通工具经常被在意大利的旅行者们作代步之用。

② 于连·索雷尔在去神学院的路上途经这家咖啡馆,对店里的女店员耍了点小计谋,差点儿引起了和她保护人的决斗。(《红与黑》,上卷,第二十四章,《长短篇小说选》,七星文库,第一卷,第 369 页及以下)

对司汤达来说,神秘、经过遴选、无懈可击的人物以及城市的精华在于——就着那捆绑起的、沙沙作响的窝棚——静谧之夜的华灯初上。商号格子间的密不透风就是规则;互相渗透只发生在温度和气压相同的相邻牢房里,那里所有的交换都是循环往复的。

*

我总是对一种误解感到甚为诧异,对于许多作家来说,小说只是一种认知工具,一个揭去面纱、释疑解惑的途径(甚至普鲁斯特也认为他的荣耀在于发现了某些心理学规则)。小说是世界的附记,它并没说明什么亦未揭示什么:这是一个7岁小孩刚开始埋头读书就晓得的事(不过他一定有足够的学习时间来勤勉地将这事忘掉)。小说不过是创作的寄生虫,它的出现和发展并没有从根本上改变其类别和效能:兰花就是附生植物。

我不知道什么是浪漫主义的本质特性。面对着司汤达、陀思妥耶夫斯基和狄更斯,人人都能推断出浪漫主义的独特风格:她完全证实了读者的亲身经历。阅读一本小说(如果它值得读的话)不是对于读者或多或少经历过的事情重现或升华,而是一种不可实现的经历:她是一种直接的、新颖的经历,可能以一次相遇、一回出游、一场疾病或一份爱情为题。去年我重读了《巴马修道院》,因我带着一种批评的视角,读时我愈来愈在敬佩和愉悦中深感惊奇;其中只有一丁点是真实的:《三个火枪手》里历史、社会、政治或心理学的真事可比这里要多得多。那里有种深受爱戴、略显疯狂的念头,被一种实现者的欲望引诱着,从头至尾都不可或缺,但在陀思妥耶夫斯基的作品里——我敢说——没有一丁点儿是真的,他有别的事要干。

*

我大约 20 岁的时候读了司汤达的专论《论爱情》。然后我就差不多把它忘了。近来我重读此书时才发现，著名的结晶理论在我头脑中随着时间流逝，而经历了一次下意识的衰变，这确实很奇怪，实际上一页页翻来，我们早已倦了，萨尔茨堡松脂渐渐盖上枝桠的图景，在我记忆里早已被另一幅取代：一个微不足道的变故顿时使屡试不爽的法子失效：爱情不再是愈久愈浓，而是被任何一个可使其飞黄腾达的女人占据着①。图景不是真实的——但却和司汤达本人的一样现实，至少不比其假：那是在古典主义的"供应商"们将心中深埋的真相交换出后，对其服务毫不费力的尖刻讽刺的绝佳例证。

*

司汤达求助过其深知底细的特权阶层，这使他有可能是或将来也是小说家中最不为大众喜爱的。当我们阅读巴尔扎克或左拉乃至福楼拜的作品时，我们看到泥瓦匠站在墙角下，诚实且毫不偷懒，和他做的活计相映成趣：这里并没有悄悄加入文中的阅读秘诀，因而我们无从推断出，是否存在那些过早的特殊文化实践。但司汤达的文学魅力，甚至比普鲁斯特还要高深，只有中等教育水平以上的人才能读懂。这是

---

① 这种"醍醐灌顶"理论——不再是一种漫长的成熟过程——在《阴郁的美男子》中被热拉尔提出以反驳司氏的结晶理论，这个理论被视为对歌德《亲和力》中的观点"婚姻的社会虚伪"的支撑："上下浮沉的投机社会仍被一见钟情驱使着。"（第一卷，第 170 页）

因为一些暗渡陈仓的模仿滑稽语言用法,在其作品里潜伏四散,这同时也构成了其一半的创作魅力,而这些只有在学院的课程中才能学到,同时也需要远离学艺和主管教士进行早熟的本能思考。我曾见到过两三次长于阅读的自学成才者,我试着让他们读贝尔(司汤达原名亨利·贝尔)的作品,反而使他们不快:他们面对着那些书只有强颜欢笑地发觉,自己在这内行人所著,译成密码的散文前终究还是无所适从,那里面司汤达写作的秘诀从不曾挑明(intelligenti pauca①),他作品里声调的色差却是连续不断的。这样的经历使我懂得,事实上,司氏的作品里没有一页纸不曾挑衅般地,以暗含符号代指不言而喻的阅读密码。同时左派的政治倾向显得十分坚决(表现为激进地支持布朗热主义),文学创作上也无可救药地变成了"红脚跟"。他对出身决定命运的反讽揶揄和对公共事务尖酸刻薄的评论之间的碰撞,将他的仰慕者们截然分开——没有一个政党人士敢不将其对司汤达作品的欣赏遮遮掩掩。

\*

几部被遗弃的司汤达选集的开头:

"公元182年5月一个美丽的清晨,莫斯科尔老爷,身后跟着十二个骑士,进入了阿尔克莱特村,此地距格勒纳德一

---

① 司汤达在《拉辛和莎士比亚》的卷首题词中提到了这句谚语"明人不必细说"。皮拉尔神父、贝桑松神学院院长即于连·索雷尔的保护人也说过这句话:"谢朗的信很短,"他像自言自语似的,"intelligenti pauca(明人不必细说),时下的人,用笔都不简短"(《红与黑》,上卷,第二十五章,《长短篇小说选》,七星文库)。这句话在司汤达其他著作中的各种场合也出现过。在《首字花饰2》中,格拉克评道:"'明人不必细说'是司氏的口头禅之一。"(第298页)

里左右"(《幽灵与宝匣》)

"在公元182年夏天一个阴冷潮湿的雨夜,波尔多驻军96团一个年轻中尉从咖啡馆出来,他刚在那儿输掉了所有的钱"(《媚药》)

"城堡里敲响了年夜的钟声,舞会就要结束了"(《梅娣儿的浪漫史》)

不管怎样,人们知道瓦勒里恐怖政治可不是吓唬人的!这些作品的背景一旦被设定在西班牙,就一定会与梅里美的十分相似,不是因为故事发生在西班牙,而是由于意大利不在其中了。如果真的有意大利所赋予他那幽灵爱情的出口,司汤达就是梅里美第二了。贝尔并不具有童年所给予大部分作家的叹为观止的天赋,他的青年时代和意大利神秘的宗教之旅代替了这些。装疯卖傻所博得的同情,被焕然一新的阳光驱散开去,这一创作长处使他选择了自己的绿色天堂时代①。

\*

对女性(德瑞那夫人,比索夫人②,克雷莉娅·孔蒂)的崇拜如爱情的价值一般,在司氏的作品里列首位。但在拉克洛的作品中却并非如此,那被当做了诱惑障碍赛中通向皇廷的障碍。更确切地说,一个世外灵魂的选取符号,一份完全

---

① 在《Moesta et errabunda》中暗喻了波德莱尔的诗:"然而,童年爱情的绿色天堂,那充满短暂快乐的无邪天堂,难道这比印度和中国还遥远?悲哀的呼喊能把它召回地上,清亮的嗓音能让它生意盎然,那充满短暂快乐的无邪天堂?"(忧郁和理想,《恶之花》,《全集》,七星文库,第64页)

② 故事中实际上是叫做布瓦索夫人(Mme de Boissaux)。在邂逅之后,菲德尔体验到了一种让他眷恋一生的爱慕:瓦朗蒂娜·布瓦索夫人是虔诚的。"在一个如此美丽的女人身上,只有一样东西能够打动他,就是那眉眼之间透出的深深的虔诚。"(《菲德尔》,《长短篇小说选》,七星文库,第1292页)

爱情寂静主义的禀赋，就是贝尔所怀的不为人知的憧憬，就是《红与黑》以及《巴马修道院》篇末的画龙点睛，也是使他的小说如浓汤般香醇的真正力量。

\*

司汤达心理学真正想要表达的是由瞬时的紧张状态所引起的情绪波动，这种瞬时效应有时会影响到司汤达作品中人物的情感起伏，而这一点与巴尔扎克作品中所表现出的观点截然不同。《我》(*moi*)这部作品象征着一个缓慢的开端，它契合了20世纪普鲁斯特的思想，进而超越了福楼拜和左拉。

\*

通过辩论、对话等多种方式，《巴马修道院》中的真实人物不再由相同的体性所组成（即司汤达理想化的意大利式），而是加入了许多紧密相连的成分，将社会等级的差异抛到一边。例如公爵夫人与卢多维克（Ludovic）的对话，没有任何身份等级的差距，他们很快成了亲密的伙伴。另外，哈斯（les Rassi），法比欧（Fabio Conti），阿斯卡涅（Ascagne），巴保纳（Barbone），哈维斯（Raversi），这些反面角色，和大仲马作品中的人物性格一样简单纯朴。在《巴马修道院》中，君主或仆人，富翁或流浪汉，乞丐或大臣——彼此熟知并互相接受。而《红与黑》中发生的故事却与之相反，书中人物的价值并非在于才华见识，它们远比不上拥有特权贵族的背景。读着《巴马修道院》，我仿佛置身于令人陶醉的主旋律中，多样的音色，精彩的乐器演奏，都带给我无限的满足感。

反复出现在《红与黑》人物身上的那些纯洁的本质和司

汤达式的头脑风暴,在《巴马修道院》中几乎不存在,更多的是不间断的兴奋反应。当我们想象着赫纳尔夫人(Mme de Renal)被抛弃在维和耶(Verrieres)的时候,不得不承认:我们应该为了读一部最好的小说而想象着自己身临其境。我重新打开书页,唤醒沉睡的心灵,我读大仲马,一个悲天悯人而又充满阳光的大仲马,他沉浸在自己小说的爱河中,也正是这爱支撑着这部伟大的著作。但这并不是桑塞维利纳(Sanseverina)对法布里斯的爱,抑或法布里斯对克蕾莉亚(Clélia Conti)的爱,这是小说家对自己作品的爱,如同伊甸园重回梦境。

\*

根据小说式的力学理论,《巴马修道院》影响了三种相互关联的速度:滑铁卢的速度、故事本身的发展速度,最后一部分的速度。简洁的摘要、梗概,灵活多变的情节使故事的加速发展更具说服力。但是读者一般很难被说服再去浏览相同类型的作品,即没有过渡、情节快速发展的故事,而滑铁卢故事中冗长的序言,也没能成功地将作品的其余部分连接起来。

\*

副词"有力地"和形容词"崇高的"是司汤达文学著作中的两个关键词,它们恰到好处地被运用在体现人物的个性当中。作者毫不吝惜地反复使用这两个关键词,其中之一用于修饰怒火冲天的个性,另外一个常常用于修饰随处可见的眼神——在难以察觉的滑稽的微笑中,在略带酸味儿的温柔中,我们不难发现作者惯用的表现手法。

*

在巴尔扎克的作品中,人与其住所的关系是必不可少的,其他的小说家往往会令书中人物变换住所,而巴尔扎克则直接令其迁居。巴尔扎克构思创作小说均以伟大的激情作为支撑。但是巴尔扎克,这个有着旁人难以置信的精力的小说家,似乎不能将一种占支配地位的生活置于小说的中心,从而导致其小说中的人物吕西安就是于连的翻版。

*

在接下来的百年间,(由路易-菲利浦的君主统治作为开端)社会的进步彻底切断了法国政权的通道,使之有机会发展成为一个传奇般的社会复合体,而巴尔扎克则成为首批在新社会展露文学才华的小说家。路易十四时期所建筑的简洁有力的金字塔构造,在每一层阶梯上,都不允许财富、威望、权力的汇合,第五共和国期间同样如此。我不愿强加给这段显赫的历史些什么,但推动社会进步的原动力中,法国小说的作用绝对不能被忽视。

这次统治阶级的分裂导致冲突不断、兵连祸结,但却给小说家们提供了创作的时间和空间。在当时社会中,各阶层的处境是他们丧失了在现实生活中坚定不移的立场。整个社会受到多方面的制约,与此同时又在多方调停的努力下,缓慢又曲折地分裂着。例如在《一千零一夜》中所表现的人的野心、贪婪、附庸风雅的丑态、家庭伦理关系等均不受世俗的约束。

\*

我们错误地称之为妥协,它满足于协调一部小说的内部平衡,像福楼拜这样的小说家,他们努力使一个封闭的、不可拓展的空间内部重获平衡。而巴尔扎克的作品则与之恰恰相反,他的创作总存在于高深的境界之中,保留着一片未被开垦的处女地。于他而言,作品内部的失衡就如同向一颗未熟的果子注射兴奋剂,或是给饥渴之人提供一顿饱餐,反而更加激发他创作的热情,所有涉及失衡的难题,都变成了他创作灵感的源泉,而这个精力充沛的作家也总能重获平衡。

同样值得注意的是,在司汤达的《巴马修道院》中,他任意嬉戏养育人的大地,毫无平衡感而言,而在《红与黑》中,他却很注重作品内部的平衡感。

\*

凡事因魅力而动,而魅力来自于直觉与本能。就思想深度而言,所有作品的艺术水平趋于等同。具有艺术风格的神经质的作品同样使我反感,例如福楼拜、左拉在其作品中反复使用抽象的主题,并用不定冠词加以修饰:"忧愁摇曳,温柔将他包围"等等,双重的不确定性导致精神层面的无条件退让。

从文学观点看,他们没有看到由于粗心大意而丢弃的丰富充实的内容,而是在强烈地追逐着字句的重复迂回,这就如同放弃面包去捡指甲大小的面包屑一样。在这仅举雨果作品中的一个例子:

他看见了巨人的脚印。

每个作家在现实生活中对于语言差别的感觉都会有所

不同，绝对的校正只能让灵感变得平庸，从而埋没语言的美丽。为什么摒弃词语的重复，是因为词句迂回的矫揉造作让我反感吗？您是否想说"天在下雨"，那就说天在下雨，即使是一场瓢泼大雨。

*

的确，《萨朗波》(*Salammbô*)是文学作品中的异类，就如同一个巧夺天工的中国式楼阁一般，迷失在了浪漫主义的花园中，其条理清晰的行文令人惊叹，好似一个人常用铅球和哑铃来锻炼一般令人不可思议。然而，如果我们把这部作品看完，一种古代异教徒的阴沉乃至压抑的情感便流露出来。这种情感的表达既不拘泥于杂乱的陈词滥调，也不臣服于谵妄的东方风格，又不依靠原始的场景描写；这种情感饱含一种能够穿越人类灵魂的推动力，尽管从来没有任何事物可以战胜人类灵魂，甚至皈依宗教的灵魂都不能做到超俗；人类之间永远不会存在共同的祈愿。滑稽的是这部历史巨片中的一切都是不真实的，然而或许核心思想除外：以最令人怀疑的方法获得的感情，然而最后却令人感动，相比于基督教，甚至整个圣经世界来说：这都是先于"意识"和该隐的惩罚存在的一个时代①。

*

不考虑内容的丰富程度，与自由歌颂某一主题而闻名的作品相比，我更喜欢放在时代背景下的小说巨作，就像塞尚所想表达的一样——这才是作者创作的动力。所以比起《尤

---

① 雨果在《世纪传说》(*La légende des siècles*) 中的一首同名诗，结尾是："眼睛在坟墓中望着该隐。"

利西斯》和《追忆似水年华》来，我更喜欢《红与黑》和《包法利夫人》。正如比起拿着平衡杆走钢丝的杂技演员，我更喜欢看徒手表演一般。为了影响到人们的思想，就要以解开作品中错综复杂的情节为代价来释放情怀，这是一种武器，一种浪漫军火库中最富盛名的武器之一，人们却弃之不用：潜在的连续性和无间断的章节，在小说最后几个场景才来释放累积的压力。因此，堆积的情感如子弹般得以从枪口中，以最大速度喷射而出。

伴随小说作品诞生的资本化进程（这个词或许过于商业化，但我找不到更好的词来表达）无疑对小说的发展起决定作用，它是浪漫手法这门技术中被探究最少的部分（当然这种手法是不可能学会的，不会因为后天的学习而应用到写作中）。在任何情况下我们都应相信，资本化进程与对它崇拜时间的持续有莫大的联系，而且很容易受到"返回上游"①的干扰。

\*

福楼拜作品中句子的降调很沉闷单调！有时，他是真切的，他以相当生动的语调开始，然而就像欢快奔跑的小溪一样，都会不可避免地注入池塘。短短长格的节奏：短——短——长，在福楼拜笔下就像呼吸一样自然。他的作品通篇充满了对跌宕起伏的命运的抗争。

\*

重建过去是十分困难的，正如福楼拜在创作《萨朗

---

① 《返回上游》(*Retour amont*)，勒内·夏尔在1966年发表的诗集名称。(《全集》，七星文库，第419页)

波》时面临的困境一样。古代文化战争留下的残疾人中,失去四肢的人所占比例甚小,总之杰出的作品得以恢复名誉的比例还非常高。然而,以前的伤痕累累的战士们的聚会,却变得和俾斯麦时期的德国大学之间的同行宴会一般。

*

有时候我没有能力去鉴赏那些没有情节、没有华丽成分甚至没有出彩诗句的朴实无华的,不会与友人谈论起的作品。但是这些作品并不是不能给人一种温暖的阳光灿烂的感觉,这种感觉在神秘的寂静中低吟"是的,生活就是这样"。

写《西尔维》(*Sylvie*)的奈瓦尔(Nerval)和托尔斯泰一样与众不同,同样给我一种这样的感觉。巴尔扎克的作品,令人热血沸腾,有时甚至会令人头晕目眩的,十分少见。福楼拜在遭到别人冷眼相对,甚至把他放在放大镜下来突出身上缺点的时候,也没有一刻忘记过自己的使命。普鲁斯特也是如此,长篇的细节描写在当时看来过于繁琐,很惹眼,一些精神麻木的人迟迟不能接受和理解,就如同一种新气候的产生一般,其实是一种魔力的前奏。还有司汤达:他拒绝落入世俗的圈套,是一个特别愤世嫉俗的人,往往会用放肆的言语和奚落讽刺来反省自己,同时抓住读者的心。

当然,他们都还有其他优势。或许这种有感而发或是受文章的启示所得到的鲜明观点,正在慢慢落伍,而生活却保持不变。对于那些可以让我的心灵得到安宁的作家来说,把心灵闲置,慢慢去感悟,才是必要的,这将会在精神的田野上开启一扇更大的门——正如德加所说的,带着美好回忆的幸福感觉,时刻在路上①。二十岁,甚至三十岁的时候,我还觉得生活如此广阔,可望而不可及;痛苦的余味总是从生活的纷繁复杂中产生,又在诸多可能中悄悄退去。年龄越大视野越小,变化多端、难以捉摸的普罗透斯(Protée)就是这样被禁锢的。生活离我们更近、更稳固、更确定了。

*

我重新拿起《情感教育》,却又不能理解人们所赋予这部作品的巨大荣耀②。福楼拜把不满迁怒于所有人物,使他们全部机械化,全部都装模作样;多么可怜的木偶啊!都说由于受到专制统治,作家的思想就会发霉,就像整个法国上空覆盖了一层雾一样(这就是为什么关于1848年革命的著名思想会比其他任何时期的都突出和鲜明)。有时令我感动的是,福楼拜身处一种无力的境地,他无法给他的女主人公真正的生活;她太过于被萦绕心头的回忆所困扰,小说里的她像一片白纸一样,在爱情强烈的光照下如同曝光的相片,所有的光彩都不复存在。

在《包法利夫人》一书的描写中,福楼拜摒弃了他一贯应用自如的暗示、回忆的手法。他应该说出所有一切,因为他从来不在自己不知道的东西上加入自己的想象。在枫丹白露的那一片段中,对树林的描写简直就与《旅游指南》和《蓝

---

① 这一表达出自德加写给罗拉·弗洛利什(Lorens Frölich)的一封信;已经在《睁大双眼》(Les yeux bien ouvertes)中引用(见《偏爱》第一卷,第844页和注释3)。
② 《情感教育》中对现代特色的偏爱——"和同辈人差不多的见解",后面他指出,是从1963年《首字花饰》的一页中"字母的世界"里得到的灵感。(第209页)

色指南》上描述的风格一样：单纯地描述了散步的人在每个地方所作的短暂停留。

"最后，他们下到了花圃里。"

"这是一个巨大的矩形，放眼望去，黄色宽敞的过道，芳草地，成排的黄杨树，金字塔形的红豆杉……"，等等。

"半个小时后，他又重新开始攀登埃普利蒙特高地了。"

"在凹凸不平的峭壁下，之字形道路爬在低矮的松树之间……"，等等。（枫丹白露的峭壁凹凸不平？①）

这部作品有大量对于家居的描写，家居的选择也比巴尔扎克要小心翼翼：瓷花瓶、披肩、低筒靴、羊绒围巾、长大衣、小桌、挂毯、餐具、鱼锅，使包法利夫人从里到外褪去了土里土气的气质，福楼拜是多么用心良苦！仿佛从家居服饰一直到更小的细节都由作者精确地控制，所有的一切都很适合这个时代。而这种看似低调的探险旅行是怎样把君主立宪制这座大商店的资金慢慢挥霍完的，又有什么关系！福楼拜下降的沉重句法仿若往句子里注了铅，一直吸引着我跟随他艰苦地漫步：读《巴黎的秘密》（Les Mystères de Paris）时轻松了十倍，而读《悲惨世界》时我感觉轻松了上百倍。

\*

再次读《情感教育》，就是为了减少和同辈人在见解上的差别。然而最终我的见解还是没有发生变化。小说中最成功的人物或许就是阿尔努（Sieur Arnoux），但是这个人物的风格塑造十分贴近介于拉比什（Labiche）和巴尔扎克中间的轻喜剧（奇怪的是，对于贝吕松[Perrichon]，作者的回忆总是

---

① 《情感教育》，《作品》，第二卷，七星文库，第354页。

不止一次地出现在我的文章当中）：勒然巴尔特（Regimbart）是拉比什笔下的典型人物，无论从名字还是从他的事物反应都可以看出来。多么意想不到的传奇人物形象，他仅以一种单调的姿态就保证了作品的效果，在弗雷德里克（Frédéric）眼前被塞内卡尔（Sénécal）打倒的迪萨尔迪耶（Dussardier）又是多么深入人心！至于最终在整理书中纷乱的关系和感情时，就像一次抗争，是如此的没有说服力，如此的不自然，如此的牵强，这样只会把小说的意义缩小。在福楼拜的世界里，则仍是另一种高度与气魄，一个简单明了的犬儒主义世界，一个对莫泊桑起到启蒙作用的世界。

*

与以嘲讽精神最终淹没单调一致的《情感教育》相反，对《包法利夫人》的平衡与影响帮助最大的，是所有与女主角相关的人物，不仅是赖昂（Leon）和罗道尔弗（Raudolphe），还有瑞斯丹（Justin）父亲卢欧（Rouault），甚至是查理（Charles），他们都有时会或多或少地在强烈的火焰照射下反映出一些共同点，这些人物像卫星环发出的微弱光亮一样围绕着爱玛（Emma）（因为从头到尾都能从文本中体现出来），但他们又能毫不掺假地把那些怪诞的人物连接起来，像郝麦（Homais）、比奈（Binet）或者是布尔尼西安（Bournisien），然而从书中可以看出，爱玛几乎从头到尾都没有注意到他们。在重读这部小说的时候，最打动我的并不是福楼拜所强调的，爱玛爱情失败和幻想破灭后的痛苦，而是种在女主人公心中那种强烈的火焰，在沉睡的诺曼底的一角中如火把般熊熊燃烧。这次重读之后我越来越有感触，爱玛精彩斗争的失败，绝不是我们常说的讽刺。因为，总体上而言，在她从一开始就处于没有希望的环境中,她所能尝试的都会去尝试,这需要的是勇气,这种忧伤的、令人着迷的消极状态形成了今天的名词"包法利性格"。这不仅仅与果断精神有着紧密关系,在这本书中,不止一次地甚至可以达到勇敢的地步。最终,在最后的几幕里,福楼拜公然地转变了她的女主角,死气沉沉的荣镇(Yonville)也开始混乱:这闪现的热情的火花差一点就点燃了村庄,然而这把火被惩戒性地预防了。

这种无度的渴望生存的狂念使人们开始苏醒,渐渐覆盖了这个小镇,最终像一颗定时炸弹似的爆炸开来,这也在很大程度上保证了文本的伟大之处。陷入困境对于福楼拜来说是再平常不过的事,这一次他并没有察觉到,平衡之中却重新找到了他诗人的潜质。一部代表作的观点会再次随着时代而改变:关于法国妇女解放运动的作品像1968年时期的法国一样("采取现实的欲望"),通过比较与爱玛·包法利的差距,促使人们对表层事物进行反思,同时也为我们留下了文献。当今,与失败小说和觉醒小说一样,改宗者的小说仍然处于未开发状态。

\*

当我读《娜娜》的时候,我突然感到受龚古尔奖青睐的作品的影响是如此之大,它甚至超过了《卢贡》系列中的其他小说。这并不是糟糕的品味,毕竟,这也不重要。对我而言,最有损左拉风格的是他的句子结构,不断突出的句子使读者感到不适,就像一个单腿支撑或旁边有家具却只能站立的人,站在我们面前会让我们感到不适一样。

书中最精彩的部分是在报复的时候,文中所重复的场景的氛围,戏剧的内幕着实吸引人的眼球。左拉显然注意到了舒适这一方面以及资产阶级式的平和,他们的守门人,熟睡的懒猫,戏剧的后台,不声不响地住在昏暗地方的人们控制着舞台,因而使这个冷清平静的舞台上,到处都会出现意想不到的强光,尤其是蒙巴纳斯剧场里,所有房间、楼道、走廊的窗户,都朝向那个阳光普照下的面积巨大的公墓①。

左拉的小说长时间都遵循着在真腔(暂时失去活力的娜娜,带着装饰的蹩脚演员的情人,在繁荣中闲荡的迈着步伐的人)与假无畏(滑稽的饮食,房间变成待客室,把顾客安置在厨房里)之间不稳定地平衡着,直到最后高潮的时候出现过激的场景,堪比克洛维斯·图耶②的图画时,他就跌进了本不情愿的滑稽的地步。很久以来我就坚信自己的观点,要知道左拉这个"史诗般的"幻想出来的畸形,被批判者们扬名,远不值得错爱。他最好的音域事实上是位于中音区,当他爬到高音区时,他几乎总是跑调。然而他有一种方法预防这种情况的发生,就是当唱到小字三组 do 的时候他就挺起胸来,巴尔扎克却从未允许自己这样做。

\*

对于一个作家,要想做到经济节约的一种可能性,就是不再把简单的相关资料的卡片纳入小说,而是把已经用文学形式制定好的材料融合其中,如:论文、回忆录、证明书等等。

---

① 这些描写显然是在回忆《渔夫国王》(*Roi pecheur*) 在蒙巴纳斯剧院的重复上演。在 1949 年的春天,朱利安·格拉克总是会去观看这部剧。

② 克洛维斯·图耶(Clovis Trouille, 1889-1975) 原在格河湾(Grevin)博物馆从事蜡像涂改工作,1930 年开始其原始情色图画事业。其作品体现出的反教权主义和随心所欲的色情(*La Partouse*, 1930; *Justine*, 1937)使其受到通过写作来表达他们兴趣爱好的超现实主义者们的赏识。在 1947 年,其画作在马哥特(Maeght)工作室组织的超现实主义世界展览会上展出。

我认为左拉是第一位敢于尝试的人。当我读《崩溃》的时候，我很清楚的一点是很难完整地理解麦克马洪①的副将的航海日志。这就使他的小说到了历史的暧昧边缘，就像回归野生的树木想到自己曾经被嫁接过。

左拉史诗般的声誉全部是建立在勇敢无畏的精神之上，因此没有什么能使我取消这个念头；而《悲惨世界》则同时把勇敢无畏的精神与难以超越的榜样融合在一起。像《萌芽》中的矿井，勒巴哈都、拉里宗②甚至是冉·阿让的下水道，普路麦公路的花园和巴士底狱的象。卢贡-马卡尔家族系列事实上给文学带来的新的元素是小说新特点的预兆。

*

左拉小说里所有的房子、公园、家具、服饰让人感受到的是一种标签和目录，这与巴尔扎克不同。从这点来看，在《贪欲的角逐》中，萨卡尔公馆的冬日花园，其植物学统计到了滑稽模仿的地步：这是一些植物园的棕榈温室里带标签的采集品。在巴尔扎克的作品中，那些屋内到处摆放的旧货，如此特别并具有侵略性，以至于让人感觉它们被长期深居简出温存着的同居者使用着，我们也就使这一些说法变得比较合

---

① 乔治·比博斯克（Georges Bibesco）王子的回忆录《1870 年发生在贝尔福、兰斯和色当的战役：普鲁士第七军》（普隆出版社，1872）成了小说第一部分的主要来源。左拉的文献里包含了关于该著作的两篇相连的概述。亨利·密特朗（Henri Mitterand）对这两篇概述进行了研究，并在其有关左拉的出版物中写道："乔治·比博斯克的著作激发了左拉的灵感，使他关于麦克马洪在沙隆组织的军队行军的叙述曲线和节奏得以成形。"（左拉，《卢贡-马卡尔家族》，七星文库，第 1372 页）左拉确实查阅了一些关于 1870 年普法战争的著作。

② 勒巴哈都（Le Paradou），荒凉而又有些迷人的花园，作为《穆雷教士的过错》的爱情故事背景。拉里宗（La Lison）——栩栩如生的火车头，是《人兽》中的一个中心角色。

理:这个储藏室让人强烈地感觉到人类居所的简陋。甚至是旧货商的储存室,都让人想到了用缝纫线头绕成的巢以及披肩的边纹、烟头、秸秆、马鬃和火柴头。巴尔扎克描写的环境里,所有都是用人们身上的服装表现出来的,好看的、变形的、磨损的。然而,对于左拉,自从他脱离了大众阶层,一切就像在《蠕虫》和《妇女乐园》中刚交付的订单一样。

*

左拉:《崩溃》。作者通过参考论文、真实的报道,毫无疑问还有口头的证词写下这篇小说。它的真实性可以称赞为几乎能全部恢复原貌,直到绝对能看到色当战场,也就是说能够到达现场的极限,再没有任何的资料能够满足了,即便是最具想象力的小说家。因为以无限制的转换交替为前提的情况下,没有任何一个出现的对等物能够从内部,把战火下军队的生活写照,以及军队所在地所展现出来的不寻常的世界活灵活现地表现出来。这个世界的精神化学的基础材料保证了它的稳定,并转化成雾气,以及它的时间和空间(只举这个例子)都经受着单一的扭曲化。

不管怎样,脑中总浮现出无数的记忆①,是关于在雷恩和色当交界处,麦克马洪的军队失去控制,让人感觉很悲凉的故事。在荷兰弗兰德的沿海湿地地区行走,路线曲折,要穿过厚重的、沉闷的、阴绿的寂静地区,沿着最北部、东部、东南部航行,隆隆的汽笛声掩盖了爆炸声。萨斯德纲地区凌晨

---

① 这些回忆与步兵排的撤退那部分有关,通过连续的夜间行军又重新在提尔特召集起来,他们于 1940 年 5 月 22 号在那里登上了火车。这次夜间行军就像在《首字花饰》和《路》(*Carnets du grand chemin*)中的一些文章中说的那样,在另一篇文章中也提到过。

两点,所有的灯都熄灭了,天桥、烟囱、起重机、闸室在昏暗的夜晚抹上了一层月光,就像在漆黑的湖水中浮动的一艘小船般美丽的作品。格拉沃利讷的不眠之夜,直视着加莱地区屋顶上渐渐变红的黎明时的景色①。在敦刻尔克的泰泰盖姆地区②,大雨敲打着两排被英式卡车推倒的树木环绕的堤岸。

  然而,在 1940 年,仍有许多余地让人想象。自拿破仑三世以来,小道消息在战争时期发展迅猛。麦克马洪士兵中的最后一个,在去色当的时候了解到战争的情形,因此报纸上毫无保留地公布了战争失败的清单。在 1940 年,思想完全是处于被管制的状态,梦想中令人震惊的从容洒脱,是能把零散消息聚集在一起的唯一办法。

---

① 格拉沃利讷西部的"虚假黎明"归因于加莱的战火,它受到古德里安装甲部队的攻击。
② 位于敦刻尔克东南几公里的泰泰盖姆小镇,处在英法联军撤退的路线上。联军为抵达桥头堡,丢弃了所有的重型设备。关于这个小道消息,格拉克在《林中阳台》中给出了一个生动的例子。

## 美景与小说

美景之中是谁在对我们耳语?

当人们拥有欣赏广阔全景的鉴赏力的时候,我认为首先是给人以想象、让人胃口大开的空间的展开,也就是说这条随着时间长河流淌,并以虚拟的形式展现出来的生命之路。这条人生之路因为具备条件,将来也会成为快乐之路。所有的美丽风景都是对人们行程的一种邀请,是在路程中与之交流的一种狂热。灰暗的地带、丝丝缕缕的亮光、陡下的坡路、可涉水而过的河流、山丘上孤独的房屋、所倚靠的黑木,还有深处那阳光照耀下的薄雾,就像在美景消失处那持久不灭的荣耀,也是白昼之中最值得一提的时段,又像我们生活之中让人难以捉摸的预言。"长时间沉默的故乡在延伸……"①然而,他在说着话,含糊却掷地有声地说着那些好像突然要从很远的地方来到我们面前的事物。

---

① 以《牧羊人的房子》倒数第二节为结束:"而你,懒惰的旅行者,你不想/把你的额头靠在我肩上做梦/来吧,通过安静的门口/带给我所有人类的画卷和纯洁的精神/在我门前重燃你的生命/在这个沉默的故乡中长久地延伸。"(维尼,《命运》,《全集》,七星文库,第 128 页)

这也是为什么景色中色彩、阴影和光线的分布,成为显示时间和季节标记的物质上更为明显的部分。这样使得风景更丰富美丽,因为它更紧紧地把需要在时空中去感知的生命空间的自由连接在了一起。而在人们的目光之下,被正午矿化的风景又变得暮气沉沉,然而早晨甚至是晚上的风景都不止一次地达到过预言中的明朗,在那里所有的都是道路,同时也是预感。在对地球外貌的描绘中,未来的深渊如此稳定牢固,刺激人们半预言式的思考,地球似乎也像是在向未来旋转。在《圣经》里,摩西的奇特形象之一就是预见能力每次都不可分割地与他联系在一起。

\*

纪德有理由把对山岳富有诗意的高度评价与瑞士加尔文派的道德主义相结合吗?(一种纯粹的品味,或者更确切地说,是追求一种无杂质未受污染的风格,渺小人类的新教恐惧症所强调的是——道德价值的提升以及为此所付出的努力逐渐接近顶峰)。事实上,对山岳的热爱是由于卢梭才在加尔文教的环境中出现的。在拉丁语国家中,要使人接受这一见解无疑困难重重:在《新爱洛漪丝》问世后的一个世纪当中,有七十多年的时间,夏多布里昂仍大体上停留在"可怕的深渊"①这一传统观念上。但是山岳的发现仿佛是令人激动的源头——在人类的地理世界观中,所有重大事件的改革——都另外有了充分的理由,从一个地区的敏感性特点意外地延伸到整个欧洲。

事实上并不是山岳,而是一组牢不可破的海洋与山岳的

---

① 夏多布里昂在1822年的维罗纳会议上走上这条"大胆"之路,在1828年前往罗马,最后在1833年来到威尼斯。

联系,甚至说是一条海洋—山岳—森林所构成的三角链,目睹它了从 19 世纪初以来确确实实的提升。它那倍增的魅力在当时变得如此不可抵挡,以至于莱蒙托夫,一位史无前例的文学先驱,初次感受到了艰辛,在俄罗斯风光中,只能区别出他想在高加索山脚①下,寻找到的这两种完全次要的独一元素。正是在英格兰,奥西昂和拜伦(莱蒙托夫极其感激此人)的英格兰,风景画家进行了这场敏感的改革,而在黑夜与梦想领域中具有独创精神的探索者——德国浪漫主义,则较少参与其中。事实上,在所谓的欧洲浪漫主义的产生过程中,出现了一种功能的分离,它在很大程度上是由民族和宗教情感特征,以及历史进程的加速所带来的感受不一的冲击所决定的:在大不列颠的精髓中具有广大前景的景观觉醒,在德国黑夜与梦想的发现,在法国从 1815 年开始的历史及其所属形态普遍衰朽的悲剧感。在组织形式上欧洲最早的集体创建(不论是文艺复兴还是宗教改革都不曾有过的)是浪漫主义,它表现出了西欧文化中民族形态间具有实感的相互依存。从它产生伊始,它就从没有任何延误地推广新的欣赏方式:第一次,从马德里到莫斯科,所有的隐晦领域未曾阻止它,莱蒙托夫几乎是立即对拜伦做出回应,即使那些神圣同盟的时间边界,各种形式的政治和宗教审查被渗透的可能性微乎其微。在米开朗琪罗亦或是马丁·路德时代:一种非凡的自发性一致的共振现象,随后在所有范围内从未如此完美地发生过。什么也没有出现,尽管有些迹象,但是在光明璀璨的 18 世纪的欧洲,那个时代尤其是政府担当责任,并认真对其审查监督,这种意识形态的扩散完全符合法国人的理智。

---

① 高加索的景色被莱蒙托夫在小说《当代英雄》以及他的许多长诗中提及。

我不是抱怨现代建筑的所有方面。当有间隔时,高楼大厦间广袤的平台上就被铺满了大理石,从四方广阔的天空一角一直延伸到脚下,那些水池和游泳池边冰冷的栏杆吸引着我,每一次,无论是在纽约,在芝加哥,还是在洛克菲勒中心亦或是在密歇根湖的湖面,我都会见到。从战争开始前,特罗卡德罗那高高的墙皮已脱落的露台就吸引着我。这天下午,从蒙帕纳斯火车站回来,沿着通向露台的楼梯登上去,一种同样的吸引力再次向我袭来,如此强大:这些美丽宽敞的场地由锐利的角、平展的棱构成,让我的呼吸更深沉轻快;在这充满变化的巴黎风光里,那些被强有力地切断的坚硬的东西(有时是石块,有时是空气)围绕在我周围,掉到我身上,感到仍旧那么密那么硬;我缓缓前行着就像附着在被截断的透视彩绘玻璃窗上——冷风吹荡在空旷的场地上,却没有卷起一片树叶甚至一粒尘土,我顿时无比清醒。

再一次来到这里,带着《巴黎梦想》,波德莱尔非常深情地走向一幢具有现代风格的建筑,可是他早已预感到新时代在向更远的方向前进——与爱伦·坡的正相反,他的《阿恩海姆乐园》仅仅是完全被水流和青葱翠绿所削弱了的最大程度的建筑视觉效果——勒诺特的建筑处处充斥着芒萨尔风格[①]。

---

[①] 爱伦·坡的这部中篇小说详细介绍的是,沿着一条缓缓流淌的河走过所看到的景色。仅仅是在最后一句以一种含糊不清的方式提及这个水路所通向的奇异建筑:"……一幢一半是哥特式风格,一半是撒拉逊风格的建筑看起来像意外地腾飞在空中……"(爱伦·坡,《散文作品》,七星文库,第956页)

\*

一处风光的图景被制成,例如故乡的风景,如同从童年的时候起,我们把它保留在身边并时常查看——在那里季节性的变化并不被看作是真正的变化,但是更确切地说,可以被看作是一些持续感受到的简单物质特征——从周期性的循环组合到有规律的运动变化。例如,在圣弗洛朗,直到今天我都是透过窗户看风景,这些循环周期对于杨树来说,从将树砍倒,然后再成倍地种上大约是三十年,对于柳树来说或许更长,可是一幢建筑的持续和更新周期,有时候要超过百年,如今还有明显的增长趋势。很久以前,久到我小时候,在岛的岸畔我家的房子正面,有一排傲然挺立的成年杨树,它们是属于我的;在天气晴好的一天,只要一看到我的帕台农神庙下方的圆柱,我就不会再感到任何的困惑。自此,我看到了两个完整的周期,在按照建筑学的规定持续着——过于简单的季节循环往复也意义深刻,就好像在浓味蔬菜炖肉里加入香料,使味道更加浓烈。

\*

阿登高原:《魔戒》中提到的老林①有被围困的社会:老林中的一切树木通过将自己压枝、插条、移植而向外延伸;没有哪个真正的森林可以与这座因海西运动②而产生的森林相比。

我再次来到上塞纳比尤特斯,它从 1955 年起,就坐落在

---

① 在托尔金的三部曲《魔戒》(1954-1955)中,"老林"指书中幻想出的矮人霍比特人为了他们伟大的旅行而穿越的充满魔法和陷阱的原始森林。
② 译注:海西运动是地质史上一次著名的造山运动,由德国海西山得名。

这片未被破坏的林中空地上,除了梧桐咖啡馆变成了一家档次稍高的饭店,那里每个周末都提供猪崽肉拌小红莓①。坚固的房屋一直耸立在从阿勒到色当的道路上,年复一年地被不断生长的灌木丛所吞噬。从列温到上塞纳比尤特斯的路上铺满了沥青,但是早已渐渐被毁坏并且逐渐地改变;狭窄小道的两边,散散落落地长着一些高大繁茂的蕨类植物;在马尼斯的树林里,我的面前出现一条通往伐林区深处的小路,早上十点钟的时候在被阳光笼罩,还泛着潮气的矮林之间散步是那么舒适,在潮湿的树叶上闻到了秋天的味道和泥土的清香,让我有了身心被洗濯涤净的渴望。这个充满原始气息的小角落每一处都被我拥有,找寻到的变化也渐渐让我把故乡的某一个角落与之混同;这些天真的见证人划出的那块土地,对于我来说将真正成为终将过去的历史的一部分。

*

在居斯蒂纳的《俄国来信》②中,让我震惊的,不是政治观察家如此敏锐的观察力,而是对景色的那一瞥,通过描述,

---

① 上塞纳比尤特斯是聚集在教会圣地周围的小村庄,与在法国阿登高原上的列温小城的东面相距十二公里。它在《林中阳台》中以勒法里兹的名义被描写。梧桐咖啡馆这个名字仅出现在这部小说里。格拉克曾于1955年10月的某天,通过在阿登高原散步的机会游览过这些地方。在某次同G.恩斯特的交谈中,说到他的小说从这次短途旅行开始就已经写完,"快速认识阿登森林"(赫尔内,1972,第216页)。
② 居斯蒂纳侯爵(1790-1857)的《俄国来信》——《1833(1834)年的俄国》——确实该将名望赐予这个"敏锐的观察家",他揭发了尼古拉一世时期俄国政府的粗暴行为和隐秘弊端。早在一个多世纪之前,居斯蒂纳就提出要坚持民族特色,"非斯大林化"则将其提上日程,这些好处值得让他们恢复利益。格拉克,他的一位具有历史意义的知交,在这些信中尤其注重景观印象:一本非常不错的读物,它倾向于号召意气相投的人,并且在书本和想象力之间自由穿梭行进。

都市里的空间布局(空气流动在巨型广场上,尖顶和圆顶建筑的缝隙间,柱廊间,大江的岸堤上,像是领着我们参观这座城市)都自有其存在的意义,并各有他们的奇特之处。合上这本书,圣彼得堡那非常有吸引力的景象浮现出来,这是一幅空旷的首都城市的景象,宏伟的建筑矗立在广阔的视野中,贴着花岗岩护栏流动着的暴涨的河岸边:北欧的空地上,有一些毫无生气的景象容纳分散了人群和声音,那里有一匹疯狂的马,驮着少量东西急匆匆地奔驰在道路上。地平线处的城市生活太懒散庸俗,那里就算是把耳朵高高挂起也听不到半点回音让人不知所措,甚至连自己的声音都听不到:一座首都安静得有些不寻常,诡异的就像是夏天里下起了雪。还有俄国那一望无际的平原在这里也被稍稍提及。它隐约其辞地被介绍——或者更确切地说仅仅被隐约其辞地提到——在宽阔的林荫道尽头,路的迹象渐渐消失,徒留树木的影子,那些不明原因消失的路早已被并入树林,消失在栅栏、木棚和木柴堆之间。泰加森林通过这座城市的每一处缝隙吸收着新鲜的气息,就像是门外面的野兽鼻尖在喘粗气。

\*

  几乎所有的西欧思想家和诗人,都特别注重那些能唤起觉醒的想法与见解(意思就是与世界精神的脱离),并且总是一贯地忽视那些——繁重笨拙的语言所体现的意义就是通常用来被忽视的,否则将不受欢迎——"睡着的时刻",重新统一的时刻。

  再有,在觉醒时与其说它几乎总是关系到一种早就清醒了的状态,不如说它所指的是一条通道。科学中的意见达到一致的可能性是那么微乎其微,就像在真正兴起阶段或者信仰逐渐消逝时期的西欧文学！恰恰相反，我没有包括《年轻的命运女神》，所有生动情节的再现，就是为了把它当作出发点和更加敏捷的意识基础。①

西方哲学：在最大差距间，人类要系统地思考与世界有关的。这种敌对压力有所放松时的所有状态：睡觉、做梦、神秘的状态，沉思或者只顾温饱而缺乏精神的生活，情感的分享，或者原始文明开化的认同，还有某些精神疾病已经被它强行贬低了。

---

① 我们不能忘记瓦雷里在1925年，通过他的诗集《字母表》阐明的睡眠状态所带来的好处："动物深度睡眠将要开始；大量温和安静的神秘孤独，生活中，半闭的拱桥传送着我的历史还有运气，你将我忽视，你与我有关，你是我无法言表的永恒；你的珍宝是我的秘密。"（瓦雷里，《作品集》，七星文库，第一卷，第1725页）

## 被看作终点站的普鲁斯特

看到那如此详尽、令人惊叹的回忆录,其中汇集了无数生命鲜活的人物形象,并被赋予任何想象力都无法媲美的真实详细的人生轨迹,我同全世界的人一样不可否认地对《追忆似水年华》充满了崇拜之情。它到达了世所罕见的传奇巨著的顶峰,令后人无比震惊,近乎于狂热,这样的感觉我在最近读路易·吉尤的《黑血》中一处令人叹服的描述时也有:在气候温和并不真正干燥的季节,一些准备出发的人怀揣对未来像是球迷心悸一样的心情,于早餐时分在公证人家里道别。我们较为偏爱的传奇式读物像一只获得了自由的气球,留给我们的只是渐行渐远的感觉。文学作品中的圆满结局也是如此,因为它同样获得了自由。普鲁斯特禁止以他的缺席为代价从而获得新的生命力,在他的作品中丰富的想象力所要传达的比其他任何一个小说家的作品更接近生命之源,那便是记忆。整部《追忆似水年华》是一次新生,是当时的小酒吧中的情节重现,但这次新生又是短暂的,在它再次入睡时,不只是语言和行为被一些老古板重新发现了,他们玫瑰色的面颊和花一样的肤色都拥有了活力。只有欧律狄刻开始完全放松地接近我们,几乎重见天日,不会再回到地狱:青春总是成为未来的萌芽,绝不会有霜冻,它使我们将自己偏爱的小说中想象的人物与自己的所遇、所爱、历险混同,《追忆似水年华》中的人物却不会。法布里斯与神圣同盟的伦巴第之间被切断的脐带(用魔法来吸取精华汁液使一切照常),艾伯丁或是盖尔芒特公爵夫人没能将其与他们的美好年代沙龙断了联系;就像在埃及墓室里一样,苏醒过来的复制品仅仅依靠一些首饰、脂粉、鞋子、梳子、衣裙、葬礼上祛邪的护身符①,就像被注射一剂复活针剂而奇迹般复活,穿着晨衣②的奥黛特再次踏上的,不是我们梦想和预料的道路,而是永远被阳光笼罩的1900年的阿巴度西路。被水浇过的路面凉凉的,还可以闻到刚拉出的马粪的味道,

---

① 格拉克充满传奇的作品中经常引用"鲜花盛开"的埃及墓室(《沙岸风云》,第一卷,第715页;《阴郁的美男子》,同上,第159页),就像文学评论中一样,引文另外具有各种不同的意义。在《恩斯特·容格尔的符号论》中,图像表明了一部作品的现实结晶,其中的价值是长远的,"这种风格保留在目光和相关的东西中"。这里,相反,引文以某种方式评论普鲁斯特的文章,使它奇迹般地从过去实现了新生,但是这得依靠某种技巧。这种在《首字花饰》中出现过的评论,在这里被雷蒙·鲁塞尔作品中的引文所阐明,作为"重造"的创始者,马尔·康特雷尔在他的作品里也指出了。这个令人称奇的内容重新给了死尸一段虚假的生命:"在一次奇怪的记忆苏醒之后,最新的又立即以一种严谨的真实性方式产生,最无足轻重的情节被他在几分钟之内创作;然后,没有时间休息,他不断重复同样一陈不变的事件场景和被指定的动作。"为了他的那一部分,格拉克把普鲁斯特创造的奇迹比喻成装在小袋子里的脱水汤料,把它再放到餐盘里发现还是最好的香料。

② "但是,有时候,在斯万看到的非常空荡的生活的某一个角落,即使他的头脑告诉他生活并不是这样的,因为他不会想象,有一个朋友,感到他们彼此喜欢,却不敢冒险告诉他,向他描述了奥黛特的轮廓,当一天早上,他终于意识到了,信步来到阿巴度西路,那里充满了臭鼬毛皮的味道,在一面写着伦勃朗的旗子下面,她站在那里,上衣上别着一束紫色的花。"(普鲁斯特,《在斯万家那边》,《追忆似水年华》,七星文库,第一卷,第236-237页)

也能听到马蹄踢踢嗒嗒的声音。

*

《追忆似水年华》中各个片段的连接性文字往往很类似于——如串珠结点般根据时间顺序所排列的小说情景——由内核不断分裂增长的细胞。当从未听说过或未曾预料到的兴趣焦点已充分在《追忆似水年华》中得到体现时，他立即将叙述的焦点转向自身，并变成一个新片段的中心，这个新片段立马组成了一种自由形式。同样，难以按照空间、按照年代去连接，正如先前那样，并且反复无常地与一个在混乱的组织中增殖的基本单位相似。一本书中，与作品一同诞生的对于增加和充实的要求往往占主导地位，而非组织形式占主导地位。支配司汤达小说发展的生命之线如此细长轻巧，在这里让位于一种令人压抑但同样生动的呈辐射状扩张膨胀的文章内容。一个没有终点没有等级的社会，唯一生动的是它无止境的秘密发芽的能力，这就是《追忆似水年华》的世界有时给予我们的感受。普鲁斯特的一页文章会让我们想到科幻小说中那些生机勃勃的物质碎片，它们从另一个星球掉落到我们的土地上，没有什么能阻止那难以遏制的如油滴扩散般的癖好。

*

《盖尔芒特家那边》是《追忆似水年华》一书中最精彩同时也是最清晰的一部分内容：它真正恢复了上流社会小说家的原貌，用螺钉固定住的单片眼镜，自由穿梭往来于沙龙之间，处处表现出"我在观察"状态。事实上，它的发现令人惊叹。真实存在的事物支持着这些上流社会的虹彩：写作，盖尔芒特家的财产斗争,公爵与他的经纪人的关系,与银行家的关系,与公证人的关系,与财产管理人的关系,所有巴尔扎克风格的剪裁都赋予这些镜像以第三个维度,都在这里产生——这大概于我而言是在《追忆似水年华》一书中唯一的一次机会——明确的希望。统治阶级表面牢固的经济地位允许流言蜚语的传播,在小说所处时代背景之下,它不支持产权与财权的迅速转移,也不支持盖尔芒特家的沙龙常客的那副作派,这个沙龙本身受到魏尔杜兰的严重威胁。这是一个附庸风雅的时代。但可能普鲁斯特知道这些,并且这样想:所有拉断的绳索、所有被切断的缆绳,是一片天空,可能是一片下层的天空,但仍然是这样一片天:社会的天空,在那儿,盖尔芒特公爵是上帝,他举行仪式并正式即位。

*

普鲁斯特在文学上没有明显的继承者,原因之一在于,这种东西是非常难以鉴别的。他的作品不是表现了"一般"作家的创作,也就是说通过最初的感受对客观世界进行过滤,而是对高超技艺的运用,立马对所有人都可用:文学视觉装备上的一次飞跃。眼睛的分辨本领——内在眼睛的分辨本领——增加了一倍:这就是最基本的革新;它意味着,就像一部调整好的最完善的显微镜,一些领域观测中最细微的细节已经被探索发现,这些新领域的入口至今无法辨别(对于我,经典的包括在《在斯万家那边》中有一章,对于文学,于斯曼说曾经有认知的能力,但从没有过,或缺少必要的探索方法)。

当我说到进步,不言而喻的是,这种眼睛的分辨本领曾经存在,有可能不仅仅不被认可,并且没有发挥任何作用:

所有艺术力量下的征服和收获不是什么创造,而是一些许可,一些僭越的权利,是一个艺术家突然将不可能之事转化为可能。每个时代都有一种微生物,就是文学中所认为的废品,会被不屑一顾地提及,残余的可忽略不计的微生物入口却随着时代移动,这个门槛一直在降低,从17世纪到19世纪,从19世纪到20世纪:对布瓦洛的同时代人来说,巴尔扎克作品中人们穿着的细节跨越了这个门槛(同样,司汤达的作品差不多和巴尔扎克的同时代,这证明了一种突然转换的变化)。在入口中,一些小细节显现了附庸风雅,福楼拜笔下的视域同样如此。此外,决不排除这种入口,不是进步,而是随着时代倒退,文学的质量被当成儿戏;人们思考时有一种趋势,当他们通过此观点比较17世纪和16世纪的文学,一切就如同浪漫文学的圆规开角一般是固定的,谁在分析方面取胜,同时,在综合方面就会失败。被可靠的眼睛或耳朵强有力地加入每一幕场景中,在这其中,它是混杂的,被一群异常的缝合点连接,它没有表现出来,如同司汤达笔下的男主人公,由他产生的最不可分割的资本化,在小说中的每一次出现,允许我们的想象随意混合,几乎进到我们的生活中去了:它们在书中的每一幕场景中连成细节并似乎被吸引了,就如同维亚尔画笔下书房里的人物一般,像是他们倚着的书墙上的砖块一般。普鲁斯特在每一个瞬间将长篇的摘录和心理思考表现在主人公的回想之中,这种必要性来自于:功能性地从这到那,它们扮演了必不可少的角色,这是小说的纽带;它们是唯一可以重新抓住、重新统一,再一次把那些即将分散、即将分成块的人物重新变得更加抽象的方法。每一次他们在小说中亮相,每一个都叫人难以忘怀,从写作自由化的角度看,冒险似乎有点过头了。

对了,我情不自禁:每次在小宫殿中再看到维亚尔的作品时,我就想到了普鲁斯特,在他大量生动的作品中,人物的密度和立体感,其细微差别总是给我留下深刻印象,它们出现得正合时宜。它们如同脆弱浮雕下的凸起物,被深度所擒获,刚刚显露出,不是一堵平滑的隔墙,而是一种生动的拥挤,如同印度寺庙里的墙。有时,有人说这些人物没有持续性,过多地出现在普鲁斯特书中,如同展现给我们的最初的活跃细胞一样,以一种接近原始和创造的结晶形式出现。除此以外,他们在《追忆似水年华》中的风格似乎被真实地验证了。当盖尔芒特公爵夫人——当然,《追忆似水年华》所有人物中,她是最贴近本人的,并与提供养分的集体紧密相连——第一次出现的时候,她的名字,她的处所,她的"那边",与她相关联的上千种变化,已经融入到整个作品中。为了在贡布雷教堂的红地毯上行进,她与象征性的彩画玻璃窗相分离,在此之前——长时间内——回到这里。接下来,公爵夫人的形象没有停止给作品增色,即使缺席,继续在冬眠期提供给养。如果允许大胆回忆,关于小说式的手腕、卓绝的手腕,我会说艺术的效率影响了普鲁斯特,他写了大量作品,司汤达同样有许多旗鼓相当的作品,他的关键人物对于读者有着同样重要的分量。所有作品的诞生和其中的系梁同样被其所吸引。

\*

对我来说,普鲁斯特作品中各个部分的布局有点让人忧虑,尽管某些评论对《追忆似水年华》的结构十分重视。每一部分只设置极少的铺垫来配合下一部分;严格地说,材料的密度及内部稳定已足够让各部分达成平衡，就像在粗质的碎石简单堆砌起来的没有水泥的围墙里一样。作品是按年代连接的，也一直是最含糊的——至少一直到 1914 年战争为止，那里的时间流逝突然加速了。事实上，这种时间的流逝似乎在普鲁斯特作品中直接取决于小说内容要点的多少：故事空泛时一笔带过，故事中的思考、感受、对话很饱满时，几乎停在这里一直围绕他们描写，达到被堵塞的程度，甚至给人这样的印象：它承载如此多溶解的成分，以至于像在严冬中一样会随时上冻。

再次翻开《追忆似水年华》时，我会对建筑学的材料，对已分化器官的细胞构成，对给予人物自由空间的词语的使用密度，对故事中被形象化的时间期限更加敏感。书中的中心部分凭借一种巨大的重要性蛮横地按压自己，所有那些趋于伸出中心部分之外的部分，从未冲破并脱离它而自由地发挥，这里包括读者富有想象力的作品，但这些作品却被令人窒息的散文极其盛行的文学界，剥夺了面世发行的机会；被激发的精神动摇了并开始为自己的利益设想时，普鲁斯特的读者有多少次丧失这样的感觉：在下面的两行或十行里，作者已在路上设下埋伏，将独立的苗头扼杀在萌芽状态；文章已经快速地超过它，在幻想的拉力赛所有可能的道路上都标上自己的所属标志。整部小说中，每次迥然不同的平衡在所说的话和由此而来的冲动之间确立了，这种平衡应该允许读者以自由的形式完成阅读：普鲁斯特的作品中，直白的表达非常多，合适的量度减少了被读者放弃的部分，我们承认这点——作品带来的限制弥补了他规定的另一种限制——我们几乎不能设想放弃普鲁斯特的作品，我们靠它们来吃饱，比起开胃菜它们更是一种粮食。

*

《追忆似水年华》中人物与金钱的关系是我们在东方故事里所看到的那种关系。没有"均等的财富"或者很少,而且只在配角中间;"财富"在任何地方都象征一种不可分割的绝对,等同于保险箱里的财产或者藏有宝藏的山洞,尽管位置不确定,那里金子却像先知的油壶一样涓滴不断用之不竭。故事中那些富人们如此奢侈地生活,挥金如土对他们不过是九牛一毛,他们每一刻都有可能使自己拥有不可想像的财富:维尔杜翰一家,为了庆祝他们的生日,向"小核心"的成员们馈赠一些珍贵的宝石(同样,卡特琳二世把一盘宝石沙拉在宾客中传递),或者乘快艇去进行为期一年的巡航,但其最终结果却只是允许忠心的比什——正是柯达尔规定他去做的——呼吸一下海上空气;带奥黛特去散心的斯万发现在这个季节里去租住城堡很有意思,如此种种。沙龙界这种与其说是法国式的不如说是美国式的行为,让人想到钢铁和铁路大王,而不是美好时代,能稳定地拥有不动产,却在流动资产方面有些短缺。这为《追忆似水年华》关于现实社会真实历史的插曲,提供了一种不真实甚至具有传奇色彩的特性。正像我们时代又重新喜欢上各种风格相融合的状态,阅读普鲁斯特作品的快乐部分取决于作品非历史写实主义的反常精确,取决于这个世界对一部同样清晰的心理学作品的分析和模仿。这个世界建立在庞大的经济基础上,经济奇景使我们回忆起巴尔扎克之前的几千年,越过《塞沙·皮罗多》或《幻灭》的时代,进入到阿里巴巴、阿拉丁神灯或《辛巴德水手》的时代。

《波西米亚的小城堡》——《十月的夜晚》——《瓦卢瓦的歌曲与传奇》,甚至在《西尔维》之外,奈瓦尔作品中有整个沉浸在记忆中的,也有对已逝时光的赞歌,这赞歌是从不久前的甚至是最细小的记忆而来,但作者却写得如同很久以前发生的事,我们从未见过其他任何一位作家有类似风格的作品。这不是对过去的几乎幻觉般的重现,比如在普鲁斯特的最佳时刻,有时非常接近模糊的幻觉,更准确地说却是一种无意识的洞察,在他的散文中被某些魔力所召唤,在发现他童年的房子和花园时被人们所感悟。好像这个变幻的世界曾是奈瓦尔本能无误发现的唯一的地方,并立刻说服我们相信了这一点。做到这一点,根本无需详细看到或听到普鲁斯特的记忆:《西维尔》中看到的,并不是迷人的细节,可用来与《追忆似水年华》相匹敌;而是他独一无二的写作方法,他独特的散漫和自由的漂泊,使我们每时每刻都相信,逝去的时间里无论他去了哪里,都从未在家里呆着。

奈瓦尔式的糊涂与黑暗会时刻抹掉过分的精确,而在这种糊涂与黑暗中,也有这样的感觉,往昔美妙的"衰败"将在普鲁斯特式极其活泼的复古风格下消失,奇特之处在于使人们感受到记忆中直接的侵略性。普鲁斯特作品中,过去从未被充分描述:仅意识上改头换面出现了;奈瓦尔作品中包含了很少的材料,只有色调和灯光,动人的幻灯片接近秋天的枯黄,简单的色彩来给生活着色,即使这生活已逝去(在别处描绘是如此地轻,像隔了一段距离),记忆立即成为永恒的色彩。奈瓦尔作品中从未有对逝去的黄金时期或是普鲁斯特作品中这种对帝国主义的追寻,他的追寻没停止过,却没有执着于消失的宝藏:更多是对他所生活的地方的肯定。奈瓦尔作品中最具回忆色彩的莫过于作家夜猫子式的活动,故事开头,他在巴黎街头追逐一辆出租马车,以便去寻找复活节。正是由于这夜晚的意识警醒,每次只要时代的指针真正转动,它们就会逆时针转。正是弗兰德这个梦一般的夜路,让我们读小说时拥有如此强烈的感受,感受到奈瓦尔从未走完这条路。

\*

无休止的争斗持续在大街、沙龙,流露在人们脸上、目光,停在记忆、风光和嘹亮的噪音、谈话之中,使人们去追寻,在与美食学同等的领域中去品味似水年华,各种特色佳肴同时混合,慢慢变硬、凝固,就像布丁和果冻一样。

\*

《追忆似水年华》从没出现过真正的对话,有的只是描述性片段,好一些精彩的表达("我很了解她想干什么"——"啊!你把我变成了天使")。普鲁斯特唯一不在乎的就是生动,正好与司汤达相反,他的作品形象生动,一无所缺。过去的回忆让他心神不宁,并不能让他找到预测未来的方法,通常普鲁斯特最先想要追寻的,是回忆带给我们的那些东西。闪烁的回忆带给我们闪烁的目光,瞬间固定的画面,像变魔术一样,回忆的碎片交错在美好的现实中,纯粹的现在,固有的现在,也就是全景的、描述性的现在。未来的投影从不与现在交叉:只有他,像司汤达一样,当普鲁斯特在《追忆似水年华》中回忆的时候,他渴望去看看威尼斯,在回忆的色彩中消退枯萎:对读者来说,这不是瞬间的事,好似一面升起的风帆,没能够审时度势,窥测风向。

*

不能过多想象和盖尔芒特夫人、阿尔贝蒂娜或者是吉尔贝特的会面,或把其中一个人物移植到圣-西蒙的《回忆录》,与那里面的人物相见。当时的作品文选中有太阳王宫廷礼拜仪式,另一些则是普鲁斯特式苛求独有的生态平衡,但这无异于沙滩上身体紧绷的鱼。

## 小 说

　　松扣作响,启动运行的那个时刻,被任意抛入一种情况,任意一种物质或精神状态,抛入盲目的冲动,纯粹地来自内心的冒险主义。一部小说的开端,说到底,可能没有其他真实目的,而是创造一种不可修复的状态,一个固定的钩挂点,一组具有抵抗力的信息,使思想不再能动摇。小说的问题中有一个优先问题,我们得将它另当别论,不是别的,正是阿基米德的支点:支撑在哪一点上,才可以离开那个含糊的、可替换的、波动的封闭圈?从哪一点出发,可以让小说的工作逃脱儒勒·凡尔纳的鹦鹉螺号潜艇的命运:寓动于动?让小说的"创造"名至实归的,是小说家能够洞察神秘,像在真实生活中创造发明一样。而这个神秘世界,对他而言——从起始处——是在不能施以援手的情况下,用于挑起、制造对他心灵也是模糊的东西。

*

　　在对一部艺术作品"组成元素"的观察上,我极不敏锐。对于它们本身,也是从根本上无知无觉。作品生命中的所有碎片都一齐向我直冲撞过来。对我而言，一部小说作品中用一个真实的地名是不可能的。以《巴马修道院》为例，修道院所在地巴马城与现实极为相符，但移植入法尔内塞塔（la tour Farnèse），现实便被巧妙地否定。这不是迷惑读者的"小把戏"，而自有小说的尊严和内在的本性，使读者能把握所说的内容，同时，又剥去了现实的参照。

*

谁能否认小说各元素之间所搭建的诸多关系，是作品的一大财富（相当一部分关系是隐含的）？这些关系贯穿无数线索，互相吻合得极细致：假若我们能勘测到——客观地分解，直到极限，这不是不可想象的——只要考虑界定"文本关系"的层级和相互制约关系，掂量每一项轻重，因为阅读进程不能切分，并不是存在与否的问题，而是存在的密度问题。解读，盘根错节中前行，跟随最为显见的脉络发展，而现代诠释者召唤读者做出主动反应，想象身处大都市的交通地图前：成千上万的道路汇聚其中，互不相连，表面上看更不可调度，但只需按下按钮，一条起点到终点最短的道路会闪亮起来。当然，有多少读者就有多少解读，对每个读者而言——如果不是故意为之的边缘阅读（过度诠释）的推崇者——只能找到一条阅读本书的道路，并且只有一条。解读的脉络从不分叉；如在某个时刻，某个人物消失在我们的视野中，我们还是会保留预感，他可能出现在之后的事件中。这预感不会从记忆中剔除：它很快进入阅读过程每一个活跃的整体感受中，毫无察觉地对之进行微调。这碎片记忆已消化吸收——而整体记忆浑然一体，每刻都整体性地活跃着——记忆是随小说的发展产生的，是小说最关键的特性之一，这并非反驳文本中"语义级差"的存在,而是反驳了语义级差之间的隔离。级差没有达到文本呈现的应有状态,并不是由时不时的关注来完成,而是被综合接收,类似音乐中的和弦:一本书丰富与否取决于各"语义级差"的乘加,更取决于阅读中连及一片的回响广度。拒绝任何分割,整体感至上,使得对一部小说的真正阅读成为一种浑然天成的整合,在理解力的乐趣之上(是分解性的),如同聆听交响乐一般升华为根本性统一的愉悦。

\*

瓦雷里对文学的思考,将阅读的愉悦降到了最低点,而对专业审查的关注放大到最大。这种僵化的本性,使他对待每部小说的方式,像体操学院院长批评性交所作的运动缺乏节制:试图规范精力的消耗,而不想认识问题本质。我们不禁问道,他批评小说时,是否情节的自由发展是他批评的理由,而不是对读者产生的影响。相比其他文类对读者的影响,小说的影响是一种密集又难以确定的情感的摇撼:在文学的所有形式中,小说甚至优秀的小说,都是最接近沉醉艺术的形式。如果只限于文学手段和操作方式,将读者朴实的诉求置之不理,瓦雷里对文学的言论令人赞赏:他从未过问作品的消化问题,似乎他自己也从未置身于消费者的地位,而是处于一个食品或重量检验员的位置。

\*

米歇尔·布托尔(Michel Butor)对雨果小说叙述的停顿作过有趣的评论。雨果小说中,叙述经常停顿,并且很长时间,或者由一段内心独白引起,或由一段描述、想象或历史性的扩展引起。他将这些段落比作咏叹调,或多或少保留着戏剧的成分。

这个类比非常吸引人;虽然我不认为它完全正确。传统戏剧的咏叹调涉及到由量到质的转变:密集的情感突然由对话表达,或陈述转为静止的抒情。布托尔所指的叙述的停顿,对我而言,常常是为了完成另一项功能:有计划的延迟,动作的刹止,目的都是为了将所有可能协调、扩展的准备涌向迫在眉睫的顶峰。同理,巴尔扎克的《朱安党人》中,大量全景式拉佩勒琳的描述,是为丰富游击队的伪装而存在,也为了唤起独特的历史和地理的呼应。

这是小说家们隐藏的一个问题,凭借直觉解决或试图解决它,如同统帅确保叙述中成分混杂的成员能协调前进。人物只构成一个峰值,最敏感活跃的一面。任何一部小说都背负(这个词在这里毫无贬低的含义)独有的装备,或多或少,或明显或隐藏,或强制或随意,但从不会空缺。从《克莱芙王妃》(*La Princesse de Clèves*)或《阿道尔夫》单一的心理独白开始,既没支援也没行李,直到沉重的方阵,在行进中,有辎重运输部队协调一切,看看左拉的社会小说便知。

《巴马修道院》截然不同于《红与黑》,司汤达从头到尾对作品的内在资源,维持一种完全幸福的无忧无虑感。以其自有的方式排列唤起读者的记忆(这是非常少见的),完成得相当成功:叙述一步不歇,从未有一刻减速;这是近乎非物质的启发暗示的巨大成功。神圣联盟下的意大利是整个出场的,不论是自然风光和社会背景,还是停滞的政治气候,不是片段式地出现,是由人物携带到各处,既不显得突兀,也不显得烦冗:小说国度粘在他们的鞋底下。

*

为什么最终"侯爵夫人五点出门"？事实上,两条明显的战线汇合在一起,有效地对小说展开了攻势。一条战线针对"纯粹简单的信息风格",也正是这句话所使用的风格。另一条战线针对小说的任意性。

传统的威慑手段,首先全力进攻拿下对手,恐吓对方。从第二个句子开始,"侯爵夫人"已撤出阵地,转向小说连结与和谐的整体——在叙述内部,关系交织的生活开始唤醒,很快取代了第一个句子中铁板钉钉的断然决定。事实上,一个真正的小说家,《年轻的命运女神》(Jeune Parque)的作者所谓的任意性,不会真正超出他所引用的第一个句子：再没有比断章取义滥用著名的"侯爵夫人"更具代表性的例子了。

瓦雷里采取的直觉式立场也让这一观点更清楚,这是思维面对绝对的创造之始挟带的瑕疵所作出的根本性的退缩。显而易见,没有一个艺术家,对时间艺术携带的残缺起始句,会全然无动于衷。文学,音乐,与造型艺术相反,后者的创作同样会在时间流逝中刻下印迹,却在完成的时刻被统统擦去时间的参照,以更纯净的样子呈现在人眼前,像一个自发形成的回路,既无始亦无终。

也许是瓦雷里的句子耍脾气,小说对他的臣服,加深了对他作为诗人的内在臣服。小说,在他看来不比诗纯粹,在此充当了替罪羊,而诗歌本身不能全然净化：无动机的初始。哪个作家不想切断与尘世的连接——擦净他的开端？

\*

"残酷的"小说。以我(平庸)的见识,有一个内容从未被小说关注过,至少从未足够地关注过。主人公是一个高品位的情人,不是什么唐璜,更不是什么诱惑者,而是那类理想的情人,一再光辉耀眼,音乐界——作曲家、演奏家、歌唱家——赋予他远胜他人的形象。年复一年,他改变着引人崇拜的外表,总是光芒四射,独一无二,令人激荡陶醉。过往的情人们都不会死(她们只会在书中死去)。他有着乐于交往的真诚本性,本质上讲,他同样是职业人士,一个在工作和习惯中生活的人,很少品尝分离的乐趣,他所有的情人一个接一个离开了激情四射的舞台,却很少退出他的生活:她们都进入他亲密的圈子,成了他日常生活中亲切友善的姐妹或邻人。在生命的尽头,他只在古老的迪勒塔斯(Dilettas)和于尼卡斯(Unicas)之间走动,夜幕降临时,大蜡烛被一一吹熄,他像个圣器看管人徜徉在淡淡的烟味里。一个比死物的世界更不幸的世界:一个排空了电的世界。

\*

化学反应分析:一个货真价实的研究,已分解元素的合成从完整性和重量上复原了被研究的对象。文学或文本的"科学":考察方式和破解手段的总和远远低于作品本身体现的,绝对要比作品本身复杂。艺术作品也从来未曾是各类成分的拼合,比如由简单到复杂的叠加,对于作家而言,一开始就被预感到的一个整体,在作家笔下自由、不均衡地生成,在写作过程中渐渐变形。看上去作家随时间载体推进,对工作做了机械的安排,这不过是一种错误画面,类似于逐渐随潮水涨溢的河流：每一页的工作量从表面上都在走向整体，慢慢成形，被感知的整体也无时无刻不正从相反的方向，秘密地在每一页轨迹中引导补给着写作。它日渐完成，每一页经受修改，每一时刻都以完整的姿态呈现；有弹性，可塑，紧密相连。随着作品（我此处只针对单本的小说而言）变得愈发充实，愈发接近完成和终结而表现得越来越沉重。在我看来，批评家们在这点上从不给予一点注意，即使他们发觉了，随着他们的注意力加强，也只会任取一点加以夸大，将小说创作视为自由探险，而不是航行器引导的预备登月的缜密行动。小说家的工作氛围会沿着他的征途一路渐变：开头几章几近潇洒到自由，到最后阶段精神绷紧的艰难航行，这最后阶段的航行中，已达至顶峰的感受与被深深吸引的陶醉印象杂糅在一起，再没有比这更为巨大的区别了，仿佛书本在一点点释放它的物质，最后将你俘获入他的领地（或许，这就是小说家们用他们自己的方式所表现的——虽然如此糟糕——认为他们塑造的人物都从他们那儿"逃跑"了）。有一事实经常令我惊讶，每本我观察过的小说，在它达到三分之二时，都有一个漫长的停顿，这个停顿经历数月惊恐与徘徊，在重新起步或终止之前。这个事实与我完成一部作品前多次感受过的情感类同，更像一种"着陆"——危险的着陆——而不是终止。

\*

引入小说中的东西都会成为符号：其中的要素，或多或少都会让作品改变，正如方程式中引入一个数字，或一个代数符号后一项多余的指数。有时候——不过很少，因为小说家一大重要美德乃是漂亮的完善的直觉——批评风行的时候,我会感到一句我刚写下的句子如兰波所说,恐怖得直立在我面前:又马上回归到叙述中,被文本吸收,被一种无可挑剔的连贯,拦腰截断去路。我感到对于充分生长的精密机体,要细分放入其中的物质所营造的终极效果根本不可能:添加的究竟是养料还是毒药?幸运的是,所有小说特质中,有一种责任的巨大削弱;不要多想就奔向前方,甚至有信心从瑕疵中获益。生命每一天成千上万的可能中,总有几个全然怒放,从大屠杀中逃脱,像鱼籽或虫卵,最终修成正果:如果在城里小路散步,每日会路过上百家民房——我对它们可能毫无察觉,如同虚空——它们仿佛从未存在过。在一部小说中,相反,任何可能都不会是虚空,任何提及都不会没有结果地存在。因为它们接受了写作赋予它们的冥顽的不可动摇的生命:假设我在一则小说中写道:"他经过一幢小房子,绿色的百叶窗合拢着",不会着墨过多,而只是在读者的思维上划过一道指甲痕般的印记,这些印记就会进入到整体,立即与整体相连;警报会震响:在这个房子中必然发生过什么,或将会发生什么,有人住在那儿或曾经住过,会牵连到很远的部分。所有被说出口的,都会引发等待和回忆,一切都记录在案,不论肯定或是否定的,同样,小说的整体性以聚合的形式而非叠加的形式达成。从这点上看,瓦雷里攻击小说的观点就显出了弱势:事实在于,小说家不能说"侯爵夫人在五点出了门":这样一句话,处在这样一个阅读阶段,甚至没能引人注意:呈现的只是那个尚未掌灯的傍晚,一个场景的道具将在帷幕拉开的那刻变得富含意味。即将呈现的那个整体避免在它的完整局面中整个地取走部分,而是将这块补石悬置于半空,任何无端的判断都不能指向某一句话,只有对完整的小说,才能成为最终的评判。小说的机制和诗歌的一样,精细,敏感,只是篇幅的缘故,小说足以让面面俱到的批评失去信心,而对于一首十四行诗,这类批评却不会气馁。真正着手分析一部小说的复杂性,往往会超出思维的限度,小说批评会局限于过渡性或任意性,进行广阔却简单化的重组,划分成块:比如某些"场景"、"章节",这些地方,对诗歌而言是需字斟句酌的。如果有必要,分析过程同样是一句句推进的,每一行都值得讨论,小说中无所谓更多的细节,正如任何艺术作品,它需要的是整体(因为我们说服自己事实上艺术家不能控制所有),每一份批评都会沦为总结、重组和简化,失去它们的权利和信誉,就像它们在其他领域一样。

这些已被说过,用这样或那样的方式,还是再说一次。

\*

瓦格纳引入议题的比例或优先权的变动问题,舞台中人物的语言,乐队像在森林中悠远的声音一般的烘托,为什么不将这些手段运用于小说?让主角们的爱情和争吵,理性和冲突退居其后,让观众这组大乐队的脉搏更好地律动?自从接触抒情戏剧,我就被张大又雄辩的缺口迷住了,这些缺口一直运用于歌唱的连贯中,这些缺口中,不单单黑暗深处的观众,连次中音、低音、女高音都一起静默,所有声音的潮汐一起在它们周围涌动,它们相反倒成了静音。翻涌混沌的启示中,所有泛起的,成熟又超越它们的东西都被禁止。这就是马拉美所谓的诗歌取之于音乐的东西。为什么阻止小说汲取于戏剧?澎湃的听觉上独一无二的时刻,被清晰地唤起,在我看来,仍然侵蚀戏剧旁壁的深处,口子大张,让听众主导的回响进入,成为女巫西比尔和毕蒂,并非只有音乐才有留出空间的特权,让通灵预言的烟雾找到出口。

\*

从 20 世纪开始,小说在人物创新方面已经衰退,这点娜塔丽·萨洛特(Nathalie Sarraute)说的没错。但我认为真正造成这种衰退局面的原因在于,读者和作者一样对构想出来的人物不信任感越来越深。这点上,我看到作者以他伪装的内心自我创作时,有一种过度的自信,贯穿活跃于作品的始终。在马尔罗、科莱特(Colette)、蒙特尔朗的小说中(我并不认为这有什么坏处)十分明显。放入这个幻想的世界的,就是各种表象下,不计其数的可能性下的"自我",唯一不可替代的活生生的典型。自我永远的对话,可无耻替代更为卑微的尝试,即小说中伪造的各种变故、际遇、创造。这不是读者面对人物创造增加的不信任感,而是作者能接受一切的傲慢信念,不单有一再改写的面包和酒变成耶稣的身体和血的神秘,还有着加纳的婚宴般的奇迹。

\*

作家们晚年未完成作品中,往往会徒劳展现一幅新时代的画面,这时代不为他们存在,却胜过任何时代,对于他们而言,心理上好像已无法适应,不同时代的文明与社会如同搭扣突然松开。像儒勒·凡尔纳《世界之王》(*Maître du Monde*),最后未完成的一部作品,死去的前夜才发表。这部小说中,老魔术家隐约看到那个国家大侦探将在文学之地诞生,像摩西看到应许之地,他将会与亚森罗平和鲁尔塔比伊共荣(伟大的艾利山,同样是世界之王,会开启塌陷的《奇岩城》的大门),他还会在普雷里德欣(prairie du chien)①到密尔沃基(Milwaukee)间赛跑,他那吞食灰尘的赛车会适应巴黎到马德里的灼热。同样,我年轻时读过保罗·布尔热(Paul Bourget)可怖的小说——带着被惊吓了的感激,战战兢兢进入战后的"未名之地",——这本书叫《上流伴舞者》(La danseur mondain)。

\*

"我不适合讲故事,因为我过于急躁,过于要求纯净,我的作为恰在相反的地方,我将叙述扫净了。那些金子般的故事后续沉重不堪,我不善于慢行慢止。"(瓦雷里)

带着这样对自身的挑剔,又能如何寄托于小说?小说在制造药性慢的药片。

这种过敏自然无可挑剔,瓦雷里对小说的批判也可一分为二:

1) 任意性("侯爵夫人五点出门")

2) 多种可能性,而这些可能性都"软弱无力"(原文如此),几乎都从未触及到结局。("公爵夫人六点出门")

让我们来研究一下。

"侯爵夫人"比它表现出来的更少变化。如果是"公爵夫人",就会牵动巴尔扎克式的炮兵阵营,一下子引入到另一套社会体系中:沙龙中的高级密谋,甚至加入政治和宗教之争。而"伯爵夫人"是一再使用的显得过于无味的头衔,都无需姓名,除非有特殊需要,比如为了讽刺。"侯爵夫人",更技高一筹,这个词中暗含"精巧""精美"的意味,会像音乐一样

---

① 位于美国威斯康星州。

渗透其中:精致,美好,能唤起高雅爱情的想象,而不会被突如其来的变故打断——这已是叙述中的一个调性转折——这样的选择是被安排的,(在一本书的第一句话中!)小说家可以开始准备冒险了。

"五点"具备了一定质量的光线和空气,这有其重要性,这一时间点更适合于娱乐,也预示了晚餐前的重要会面,这都在计划之中。"六点"是不凑巧的时间点,下午接近结束,只能提示牙医或列车时间表上机械的钟点。"五点"——一个开放的时间点——是小说中最丰厚的娱乐时间点,像第三层是一幢房子最漂亮的一层:马上会有别样的含义一下进入读者的预期。等等,等等……

句子中保持含义和情景的敏锐触觉,是小说家必要装备之一:从这点出发,才能"把握进展",这点在小说写作中至关重要,如同指挥战争一样。小说家一半的才能在于预测:第一页即将完成——甚至第一个句子——只需看一眼各路相交的轨迹,哪些近,哪些远或更远。持续的画面错综相交——补充的色彩涌出——如同带有光晕的画面——对于读者也是一种独特的视网膜化学作用,作者不能无知无觉:每一个时刻,阅读给读者磷光一样闪烁不定的感觉,并不依赖文本唤起的画面,更多在于是否附着了小说的内在价值,而这些都与时间性关联。可以说,诗人给予词语的突兀的关注,小说家也同样适用,只是情况不同,可能不那么精准,使句子显得延后。比如陀思妥耶夫斯基作品中,对话的力量在于——默认的,隐射的,间接的,从来不是明示的——持续在巨大的运动中,一再加大读者的思维负荷,托尔斯泰全景式的宽幅小说,则有别样的好处,出于自发秩序,未曾受到限制或积聚(《战争与和平》带来阅读的愉悦,这在小说是例外,最接近于营养丰富的进食,无时无刻都能自给自足而无需任何预见)。

实际上,如果阅读中读者对文本进行预测,注意力集中,或十分专注,超越了眼光所及,毫无疑问,现实与预测的差别,在一首诗歌的阅读中最小——一首马拉美的诗比起雨果或缪塞的诗,这种差别会更小——对一本小说,差别最大,不仅指剑客小说,更有卡夫卡或陀思妥耶夫斯基的小说。轻信小说和现实生活的相似,可用这种简单的观察来衡量:生活的某一时段,外界只涉及恒定的部分,少部分被过滤为小说,则偏重变化或将要变的部分。这时段发生改变的部分更有意义,小说对时间的选择,并非将来时,而是将来时里的将来时(时间不存在于动词的变位,向前预测的方式会让小说活跃)。

小说中挑衅追求精确的头脑的——比如瓦雷里——往往并不是他们所认为的那样(那些其实不是),而是一种持续的巨大的延后,与诗歌相比,被更为细致地剖析,澄清。这不是方式和企图的天真或粗俗,而是相互干扰、相互作用下不可类比的复杂性,预谋的延后和灵活微调的预测下,达成最终效果——复杂性和交叉性为文学空间又增加了一个向度,在"文学科学"的现状中,只允许直觉式前行和航进中的偶然。一部小说中算得上分量的,诗歌中一样有分量:福楼拜知道这点(瓦雷里认为他愚蠢),他划去的不算少,论细致并不逊于马拉美。但他所呈现的力场,对现今的精确思维,太过辽阔复杂,它所要求的盘算方式还没有发明。

\*

自发的即时活力是小说的一大特征。给困惑当中的小说家一个建议:应该慢慢蹚着车前进。一部小说竟然在现实的时间刻度上制造出来,那一段现实的生活,充满所有的物件、运动和人物,就会让读者看到一系列减速镜头,被难以解释的巨大能量震动,如同 1910 年代的时事电影。阅读缓慢的机械运动才能建立一种相对的平衡。没有这种平衡,即使夏多布里昂的一段描写,比如《梅夏塞贝》(*Meschacebé*),都会转瞬如 7 月 14 日的烟花。

*

小说让人信以为真的一大难处:让人物有外在魅力,内在却卑劣:诱惑者,哄骗者,充满魅力的欺骗者,等等。灰暗的情节会获得读者信任,却找不到有说服力的部分,让小说家赋予人物外貌的诱惑得以凸显。理由是——如果需要,还可以有更多的理由——对读者而言,人物外貌在他情感形成的开始,就几乎完全构筑,作者赋予人物的外貌特征不会改变,也不可能被粗暴地改变。对于读者,小说主人公是"身体在灵魂里面的",像斯宾诺莎提到的那样(这就是为什么,阅读的时候,我们如此难以接受天真的女主角会陷入可怖的诱惑者的魅力中)。有时我想,巴尔扎克那么久那么笨重地徘徊在人物外在描写中,不是简单出于平衡板块的直觉需要:人物外貌干净利落,对于大众,就远不及现实的人物,他的"出场",远远不足以抵得上他的内心。

评论一再认为,小说描写中的直接信息缺少价值,对于能唤起联想的多样化手段则评价甚高。在小说中,文字能让人联想到生活,都不会是一幅准确的画面,总是一直处于动态的活跃系统。人物让人预感到的,即让人猜测到它前往何方,这点比它现在是什么要重要得多。事实上,人物仅仅真实地存在于他们的冲势上（电影比起小说更能说明这一点）。

*

对于一首诗，不存在其他的记忆形式，只有准确的重现，一句诗接着一句诗。没有其他触及的可能方式，只有字字句句在思维上的复活。但对一部长篇小说的记忆，几年前读过或重读过一次，在简单化、重组、混淆、记忆遗失后，再平衡的一系列工作，将提供一种极为有趣的研究话题，如果小说本身不是那么含糊其辞的话。事实上，假设这种研究能提供严肃的保证，它也会给小说的结构，给小说所有秘密的机制提供闻所未闻的信息。

只需比较训练有素的忠实读者们长久以后对同一作品的记忆，让他们以自己的想法重述该书——或说出记得的部分，找出缺失的记忆——记录或多或少沉没于记忆的整片残骸，那些相反一直在辐射的燃烧点，那些使得作品完全重新构筑的光亮。这样，另一部书将出现在原著下——像另一幅画作出现在射线透视下——就好比一国的经济地图，只标出该国的能源分布。

这样对记忆删选，消减到仅存射线下的物质，我们会看到惊人的差异。某些杰作，记忆会将它们差不多重组成一副枯骨，仅保留各章节的变化，它的整体变化的曲线，各比例的平衡，对我而言，在《红与黑》或《包法利夫人》中就能得到佐证（但不适用于《巴马修道院》），其他情况下，整个框架都被消损，只留下一种无形的影像残存：比如《多米尼克》只有一些寒冷的深秋基调，《危险的关系》只剩下抽象干燥的像火绒一般的狂热。《巴马修道院》在我最近一次阅读后，留下的记忆则是另外一种情形：装满金银的商船在遇难后的凌乱残骸。攻入米兰的军队。滑铁卢战役。法尔内塞塔。克莱莉娅的鸟。越狱。巴马王储(从电影里记得)。克雷森兹宫的橘园。一切像一副纸牌被潇洒地打翻,却又都浸入到轻快愉悦的高山气流中。

用记忆去过滤一部作品是那么有趣——从深层意义上说——就像用《追忆似水年华》的方式,已经被记忆完全遴选了!

\*

写作过程中,小说家很难衡量文字中所投入的精力。被引入作品的都很重要,每一处文本的指示,都会在读者头脑中唤起回忆、等待和预感。但小说家不知道是哪几处文字:他把它们都填满了,又让他如何判断?

诗人不会去依靠读者:从头至尾都受摆布,一个词接着一个词,他只是站在最佳到最糟的读者中,就好像一场音乐会,仅仅是演奏家或好或坏。

对小说读者来说,他不是一步步跟随音符和节奏的执行者,而是更像一个导演。经过一次次构思,布景、道具、灯光、表演都难以辨认。不管文本有多清晰——必要时避免多余的幻想——最后还是由读者来决定(比如说)角色间的冲突和人物的外貌。将家喻户晓的小说改编成电影总是让人吃惊,这一点是最好的证明。吃惊不是由于任意改编,而往往是因为依照了文本中的指示,每个人却各自有着自由的解读方式。

\*

我很喜欢一本小说尚存留着——像被潮水冲上浪滩的一口泡沫——那些日常的痕迹,流行的"调子",写作当年的口头语:比如全景式的词尾;《高老头》中在伏盖公寓谈话时的奶油馅饼;保罗·莫朗(Paul Morand)在《夜的开启》一书中,冬季赛车场之夜,确切地讲开始于80年代早期的那个"Outil!"(就是 oui)。普鲁斯特有很多时新潮流的佐料,特别是在圣卢和布勒奇的语言中,圣卢完全是个货真价实的捕蝇器,捕捉了1900年伪象征主义小圈子的语言。那个时代无价值的装饰品仿佛仍然被别针别在那本古老又著名的书页上,好像在说:"我并不是生来就是经典,我也有青春的时候,我不会忘记我的青春,那个即将出版的时刻,簇新的纸页,人们在早报和晚饭后彩排的时候裁开它们,一切和谐无比——我就是这样呼吸,为那呼吸而存在。"被期望的古典主义,将作品与时代的联接割断,取消了它自身的坐标,事实上犯了个大错,读者恰是通过坐标推测作品变迁的广度,指出真正的古典主义:古典主义是无为而冶的;像《阿道尔夫》(我像对任何一本书一样赞赏它),生来就带着刚长出的老年人皱纹。

同样有意义的是,残留在小说中的时间泡沫,会继续魅惑我们,存活下来,也会在戏剧中结冰。比如,任何事都不能让世纪初的成功戏剧变老,比如波托里什(Porto-Riche)和巴塔耶(Bataille)的戏剧。戏剧天生与时代气息和时尚元素紧密相联:它屈服于某个时代的说话方式,在我们看来,就会像携带着甚至是焊接上了最初的观众,带着他们的身影、扇子、裙边、羽饰和高顶大礼帽。

\*

主题。在读他们的言论、日记、札记和通信时,我感到困惑,从未在一个作家那儿发现对这个问题的关心:好像他们书中的主题会源源不断地来到——一段刚一完成，另一段会立即追上来——从来不会像画家那样为绘画的主题烦恼。可对我来说，一个观点或者说一种感情的突然迸发，对一本书的展望是一件那么不可能的事，就像爱情的萌发一般难以预见。

像一直存在一种以非货币计算的财富，在作家那儿定期积累，这种财富，不会流通，不会出借，不会外溢，除非有出自偶然的奇迹——它出现的时候——从一种被简略的原型中，既简单又富有表达性，仿佛可以被握在手心，又有一种无限扩张的可能，像一颗细小的水晶，只需简单的接触，在它透明的外表下，就将一种超饱和的状态结晶成形。不知道是否存在些什么秘诀解决这个芝麻开门的难题——当然，仅有一次机会开启您自有的宝藏——对我而言，并不具有那些秘诀，这也是为什么我写得如此之少的缘故。

现代批评自有很好的理由回避这类问题。而我每次思考文学却必然会触及到它，我始终在梦想：作家们所有的书，曾富含力量，却不能全部问世，是有一个狡猾的偶然拒绝了将它们解放的钥匙。这把钥匙亦即主题，既是启发者也是结晶形成者，仅用魔棒一挥，便可引来丰沛的小说源泉，提供行之有效的思路大纲，汇集起能起杠杆作用的各个节点，将写作的运行置于各种富有表达的标记和推动梳理作用的各种信号之下。主题，有了它，我们就会感到，好像一下子把所有的东西都给你了，因为在你所处的那个激动又盲目的混沌里，突然之间，大团的光与影各就其位，通途汇集，各路力量聚拢摇撼，各种运动相互协调，有一个大方向，既统一又多样，从此唤醒无拘束的多样化世界——因为既有了动机又有了形式。

一个确定的信号,既符合内在主题,又能符合您自身可用的条件,从抓住它的一开始,那些有着更为精确的决断就已在它原初的简明形式中,被潜在地记录下来,而且出人意料的是这个信号几乎完全不会带有一点模糊性。一个真正的主题会有一个隐秘的坡度:如果你试图确定它,甚至在某些次要的细节上,它不会让你遇到什么麻烦,而会指出一道险峻的斜坡,疑惑会像雨水滴落一般,直奔倾斜的方向而去,它只要抓住几条主线,只需一眼即可把握,它几乎可以回答一切。

一个真正的主题绝不会使素材脱离人性化的世俗的整治和规范。对于这一点,我经常想,歌德最了不起的一个地方在于,暂停写作稍作休整时,他会用一种几乎不会衰竭的广度看待主题。我猜想,雨果也完全想到这一点很重要,但他有时会被粗俗的仿造耗尽;只需主题停顿下来,就足够了。

不管怎么说,我对真正的主题的看法十分个人化。这个想法和充斥着要插入祈祷文的摘要完全不同;它更像一行乐句,充满能量,不可分解。

\*

令人吃惊的是,这样一个有限的主题,两个男性之间长时间的对话(如主人与奴仆,师傅与门徒,师长和孤儿,大师和"被拷问的灵魂")通过一个真实或虚构的世界,不断穿透各种层次、厚度,仅这个主题就占据了世界文学名著的大片江山:《神曲》——《堂吉诃德》——《浮士德》(如果不说《唐璜》、《天真汉》或《交际花盛衰记》的话)。单这一个主题就贯穿了欧洲三部伟大的杰作,以及相当多的法国文学巨著。

*

几乎一开始写作时,我就感到了小说的特点,还在使用的文学体裁中,小说是一种对精力无止境消耗的体裁。克劳塞维茨(Clausewitz)书中有一个章节写得十分出彩,名为《战争中的冲突》(La friction dans la guerre)。在小说中,结构的松弛,各部分过粗的调整,摧毁性的揣摩,任何一页都会消耗精力。有人会问,究竟是怎样的力量才让这样磨人的苦力活得以完成?

和诗歌不同,语言指引并改变写作过程中的情节设置,就不再是原初的样子。需要一种"缺失"的状态,一种迫不及待的不满足感,一种印象或印象的综合体,而剩下的工作就是赋予它实在的机体,以一种真实的记忆方式压迫着你——一种准确又苛刻的东西,像要找到一个被忘记的名字——可能本不应该存在,也可能成就一本书——或是燃烧起那台幻想发动机的燃料。风或者气流,也就是那些让语言得以流动的巧合,通常会决定路径;但没有那个永远不可能退休的霸道的幽灵,在海的对岸给他指示,就没人会游过那片未知的大海。小说的特殊困难,在于面对总是处于变化的材料所产生的偶然性的妥协,每一页上都徘徊于没有计划的内容(这是写作中自发的产物)和没有内容的计划(这是试探性的响铃迫切的召唤,尽管还没有材料的支撑),要在这两者之间找到或者提供一个工具,这个工具就是即将实现的那本书。

要紧紧抓住拉直的绳子的两头,小说就是在这条绳上面踉跄地前行着。一切都按一个十分精细到位的计划来进行,整部作品就会僵化,滑向一种制造;一切都受纯粹的"文本构建"的偶然性的指引,一切就会风化成一种没有回响与和谐的述说。叙述是反对纯粹的偶然的,诗歌则反对将任何写作固定或预设。要适应在欺骗意味的半明半暗中前行,不断撇开支路,回归到本路上来。这样,就不能没有一种至高的方向感——在所有相遇处判断——也是小说家重要的天赋之一。穿过一道道风景,远景不可想象,唯一的大道终将出现在他面前,小说家从来不会在视野里丢失那地位特殊的北方指引者。

这个具有磁性的引领者,是否会对不同的小说区别对待?我丝毫不会怀疑,对于两个截然不同的小说家,写《巴马修道院》的司汤达和《大摩尔纳》(*Le Grand Meaulnes*) 的阿兰 (Alain Fournier),他们唯一关心的是通过叙述的展开获得内心的音乐。我倾向于认为福楼拜,至少在《包法利夫人》(他想赋予一种黄色的基调)中是如此。撇开《朱安党人》和《空谷幽兰》,巴尔扎克的小说路径对我而言还是陌生的,《碧雅翠丝》的两部分,很明显,并不是同一灵感下的产物;甚至当我顺从地被小说家拉进来,也还是全然不懂,感受不到是什么引导着他蛮横的叙述。最近发现,于斯曼 (Huysmans) 对转瞬即逝的内心的追逐降到了最小:向心力尽情起着作用;语言无边际的贪食;表达的幸福之感充斥引导着一切:纯粹的没有递进的罗列,各类味道一种接一种冲击着上颚,这是《逆流》(*A Rebours*) 的翻版,马赛克式的连续铺陈可能在《心历路程》(*En Route*) 这类宗教书籍中更为显著,应该从头到脚让一种万能的力量规整,因为它四处分散——津津有味地——计数,回顾,清点,是毫无准备的东拉西扯的幕间短剧。

\*

我们着手一部小说,会允许一些极端的自由处理,但却从来都不会像处理诗歌主题一样,因为诗歌的主题完全处在半途,在连续不断的变化中等待,在词语的冒险中,语言是无限柔韧乖顺的。但处理小说,至少存在一种内部抵抗结构——隐性的阻碍,一触即发的内在复杂的回音,一些自动发生的机制,回击性的现象,一些突然暴露的相反关联。小说家自身的矛盾在于,对于主题,自身的语言会唤起各种可能性,但同时,对于他,所用的词语并不具备诗歌语言的万能力量。小说家对小说的热情并不会被某种神秘的东西唤醒,而会在一个不可变的形象前唤醒,它与写作同时生成,是幻想中的朦胧印象,一些线条,一种节奏,非常具体的迷人的清晰所带来的某些生动,某种意义上说,小说家从未停止用小说的方式试图与它汇合。根据语言真正的力量,小说就是在语言给予它的这种自由中保持生命,凭借一幅苛求的画面对小说家从头到脚的限定,它从虚无中被拉出,本质上这种强迫症并非完全是文学意义的。"令人景仰的幽灵吸引了我,揭开你的面纱!"小说制造者哀求道——但这个沉默者却只将一支鹅毛笔交付给他。

事实上,人们从未进一步研究过小说家和他"以前的"主题的关系:在他开始写作,去碰运气之前。写作几乎会抹去所有酝酿期的记忆,有时这个时间段相当漫长,有时短暂:这是我们把脚手架拆除的过程。和写作过程不可预见的可能性相比,主题就像一种尚未探得的化学成分一样,急于同某些物质合成,而对另一些则不起作用。这也就是为什么小说对约定的规则安排会毫不起作用,而在爱中唤醒的直觉性的亲近却被视为重要:"创作"小说——而不是每时每刻去等候去追随唤醒了的回音与和弦——是服从化学所揭示的几何学。但一方面有和弦,一方面又会有不期的抵抗,这些都只有在"工作过程"(work in progress)中发生,在它的推进中发生,从无二致。

\*

莎乐美-希罗底:自身就非常强大的主题类型,从福楼拜到王尔德、马拉美再到施特劳斯(Strauss),这一主题都只会带来成功(我还记得几年前,在 Koralnik 的电视节目里的那个美丽绝伦的莎乐美,用的是古斯塔夫·莫罗的绘画风格)。听着理查德·施特劳斯的《莎乐美》,我时常会想,这音乐远出乎我的期待。这样一个主题,一切都导致迷恋:在世界终了和开端时黄昏般的双重映照下,在巴洛克式的布景下,逆光下物品的简洁剪影,在精神和历史的双重空间里同时回响的话语。像巴蒂斯特的地下监狱突然附有了一种地下小教堂般的回音式语言———种动作的可能,可自由伸展,附加的场景,或浓缩成一张富有表现力的画。(莎乐美的舞蹈就像古斯塔夫·莫罗的《显灵》[*L'Apparition*])

因此,王尔德和施特劳斯的《莎乐美》实现了任何悲剧未曾完全实现过的高度:在时间与空间上绝对的统一:在唯一的地点,一无所有,只有一小时三刻的连续场景,没有紧缩、中断、分割和一分钟的空隙。听着听着,我入了神,也懂得了三一律笨拙的表述,隐藏在如此荒诞规则之后的苛求:戏剧空间要求绝对封闭;拒绝任何裂痕,任何塌陷,外在的空气绝不能入内,不能留出任何喘息机会让它退步。

\*

马尔罗提出小说家的天分在于"没有被写入叙述的那部分"时,每个文学爱好者都会不假思索地同意这一看法。当我们试图真正地将这一部分分离开来,困难便产生了:并非对智力做清晰的外科手术,确切地说,更像一种血腥混乱的浪费,就像屠宰场所见,骨头与肉,就像"故事"与文本,被血管、韧带和筋膜组成的网络错综复杂粘连在一起。《巴马修道院》或《交际花盛衰记》中所讲的"故事",和司汤达或巴尔扎克的才华有着不可否认的紧密联系,因为叙述与想象系统是联结在一起的整体,没有截然的单独存在,哪怕是嫁接的部分,表面上看是外在的,但在那里也贯通了膨胀的汁液。

当然,对主题的选择,任何小说家都会失误:福楼拜醉心于历史巨著,如《萨朗波》或《圣安东尼的诱惑》(*Tentation de St Antoine*)中的往世书,司汤达写无主心骨的《红与白》(*Leuwen*),我们认为他将之弃于中途也并非没有原因。只有巴尔扎克每一回都会找准机会,他的创作总是向如此宽广的偶然性的世界敞开,也总是会在一场战役失败后,留给自己足够的时间,在"完"这个词降落之前,去一次又一次地赢得另外的战役,就像在马伦戈战役中所表现的那样(当然,事实上,有时情况也会相反,就像《碧雅翠丝》)怎样进一步区分,主题究竟是内部的植入物还是骨质移植? 要是前者,它就不被生长的组织牵连,后者的话,它便和作者的新陈代谢共生息,同时被作家身上的养分所供养,反过来,又对他支持、统辖和整训。谁也不能保证得到完满的答案,哪怕作品本身处于一种绝对状态,这种状态中,只凭原生的敏锐嗅觉,就可在摸索中找到方向。

# 写 作

为什么要写作？这个老掉牙的问题，第一次世界大战后，又引起关注，但总是得不到答案。远不止此，这个问题是否那么简单也未曾确定，一个作家的动机，在写作生涯中会不会变，也同样不可确定。我开始写作时，试图将空间或喷涌的想象具体化，像人们在洞穴的黑暗中喊叫，以回音测量其深度一样。不过之后，在写作中验证自己力量的时刻可能会到来，这时，我们会一步步和身体的衰老抗争，在泉思过剩和贫乏的整顿间隙，有时会有不确定的空间呈现出来，而这时，习惯会产生一种状态，一种防守性的口味，将不可避免萎缩的画面成形，一种预感，一种对内部影像变幻不定的抵触之感，会不可消减地纠结在一起。有时，作家只是想"写"；有时他们只是想和某些事物交流：一句评论，一份感受，一个他们想堆放一些词语的经验，作家与语言之间暧昧又互动的关系就像女主人同女仆一样，甚至有过之而无不及，至始至终，虚伪地互相利用。

为什么不承认，写作很少和独立的饱满冲动相连？我们写作，是因为很多人在我们之先已经写了，其次，我们已经开始写了:恐怕得从第一个从事这项练习的人开始发问:也就是说,这个问题从本质上将没有任何意义。这件事,更多的是自发的模仿:没有一个作家是和整个不间断的作家链无关的。学校毕业,就进入链条中写作的学徒期。事实早已滑入了写作的轨道,倒不如说,停止写作这件事是值得探讨的。

　　写作行为被视为自发的、次要的本性,这样的戏剧过程是 19 世纪的事。但 19 世纪仍对之知之甚少,18 世纪更不用提。一出像《查特顿》这样的戏剧,将会全然无人理解;当时没人会在一清早醒来说"我将会成为一个作家",就像我们说"我将会成为一名牧师"一样。循序渐进的自然的交流,同时对语言生命力令人兴奋的最初尝试,都会先于并盖过对被拣选的符号的崇拜。而符号崇拜这一先决条件,也用精准的方式标记了浪漫主义的来临。没人在浪漫主义思潮前使用这个奇怪的将来时,真正并过度地独树一帜,将笔头工作的格言写成了:我将写。

*

　　拉辛悲剧中有两种并列的诗歌语言。珍贵的语言在高温下融汇,一面使语言变得流畅,一面又经由氧化变为炉渣——独特性使剧中的爱情语言变得不可模仿——不论在《费德拉》(*Phèdre*)还是在《阿达莉》(*Athalie*)中,幻想与戏仿的叙述都无可匹敌。相反,套路、赘言、乏味的夸张、浮夸的陈词滥调都即刻使风格僵化;所有一切成了装饰,冰冷的装饰:幻梦,神迹,对伊里亚特的仿制曾在 17 世纪如此铺张,如今我们已然把它们忘记,只有诗人天赋的衰退还保留着苦涩的痕迹,那些不知所云的诗意,不可化解的忧郁。

　　这些被定位的落后,他曾用笔战斗过的"先发僵化",被创新作家大面积重塑,而且几乎总是关及最费力气的部分,那些为得到一份像样的手稿,用老年的余力来对待的部分。好在拉辛作品中,那些部分仅限于幻想和慎重的"叙述",也就是那些渣滓、已瘫痪的"落后",而对于伏尔泰,整部戏剧都成了苦力无休止的厌烦劳作,强压在伏尔泰轻快的笔上。同样,这之后,窒息的史诗般的荣耀又压向夏多布里昂的笔,幸好他足够富足,终以一大车漂亮的作品得以翻身,比如《烈士》(Les Martyres)或《纳切兹》(Les Natchez),使用的是一种几乎让人望而却步的笔法。

有很多理由可以让我们相信,法国作家被传统沿袭的重负压得喘不过气。法国文学是唯一的,不单一次,而是连续两次面临复古的灾难:文艺复兴,然后是古典主义,这两个时期的杰作,相当一部分是脱胎于"古董"的。长达近三个世纪的时间里,我们运气很坏,文学的陈腐观点从没有丧失它显著的影响。

*

当代文学批评与前几个世纪的不同之处,在于之前文学批评有种明显的立场,它在每个时代都是自然而然的,过去时代的文学批评立场可如此描述:"以此方法,出此原因,察若明镜之思想,当批判 X 先生的作品",而当代批评则是:"人文科学是我的责任,理论上讲,在意义和结构的推定上,我比作者本人更擅长。"第一种情况质疑作者评判自己作品的能力,第二种情况质疑作者理解自己作品的能力,前者将摒弃作家明辨价值的可能,而后者,归类于简单的自然物,是被产生的,而不是生产者,是语言的分泌物:被自然创造的自然。

\*

同义词词典。当然,它们也为语言的记忆提供服务,随着岁月的增长,记忆总会跟不上。仍旧很有限!我要寻找的那个词语,或者说,我在另外一个词的领域,用同它相联的词作诱饵,耐心等待它的出现。但遇到的那个词总是,哎,出自左手而非右手,羞涩的词典只认识名正言顺的组合。唯一能在半明半暗中指引作家词语家族的神秘气息,早已逃过官方联盟的壁垒;词典里,语言只颤动于成人世界的约定中。可那些正规的、严格授权的词语家族,作家恨你们!

古代诗歌韵律的最大长处,在于使作家通过那些机械的制约,去冲破实体词汇狭小圈子的封锁,用异族通婚得到的优势给语言带来漂亮的色彩。

\*

甚至在散文中,语音对于语义也要昂着它高贵的头颅。单词的语音能装载语义,它们所具有的重量会在适当情况下将词义正当地引入独特的向心偏移,没有这种感受,就不配为作家。写作和阅读一样是运动的,而运动中的单词也因此像大量运动粒子中的一颗,可以如此之小,但却从不无足轻重,它们可以明显地影响到大体的走向。

\*

"所有艺术家都会突然遇到这样一个窘迫的时刻,遇到同行完美表现了另一种艺术。对这种艺术的掌握,完全是另一套协调能力,充满着艺术和个人的独特元素。一个艺术家,甚至取得不容置疑的成就后,和别人比较时,总会自问:

怎么可能一口气命名完我刚刚做成的东西和大师们的作品呢？"

所有艺术家给自己定位的心病，托马斯·曼都有。他"权宜之计"式的意识，总是安排得很特别又很蹩脚，尤其在过去艺术家的习性中找不到任何依据，种种原因决定了作家面对另一个人的成功时——如果他确有一种个人风格——所感受到的激烈情绪，会觉得很难完成这些作品，或有可能"做得同样好"。但在艺术上，什么是"做得同样好"？无法取代另一个人的那种感受此时是如此强烈，对他来说，平等的机会过于凑巧，几乎不可能！你所做到的，我很崇拜，我清楚地认识到我无能为力，我自己的信心被外在的标准围了起来，而我在那些标准中根本找不到出路，也不能并驾齐驱，共同的衡量规准已土崩瓦解：和其他作品相近，就意味着在竞赛中不可遏止的挑衅，只有将所有陈规推翻，才会有竞争的可能。

*

任何作家，到了九十岁还在写作，作品的质量就无法保证，但在绘画领域，提香和毕加索——当然还有其他人——却取得了相当不错的成功。任何作家，至少在成人之前无法获得完整的天赋，但在音乐上，莫扎特——当然还有其他人——却可以做到。这可以用生理学来确证艺术的级别，就像黑格尔所认为的那样。

历史上的反例同样可证明这一点：文学，在所有艺术当中，出现得最晚，有一天，可能，也是最早消失的。

*

如果组织中没有内在准则,没有一种哪怕是昏昏欲睡的"在一起"的愿望,就不会有"大众",不管他们是怎么样的,也不会有透视的平行相交的可能,哪怕相隔再远,那里透视图的大线条本应当相交。我们可凭直觉感受到交点的存在,却不能将它指明;就像夏尔丹给大众所写的理论充满吸引力一样,是痴心妄想(Wishful thinking)一项绝佳的例子,用马尔罗的定义看,则是一条令人满足的教义。

艺术"大众"和艺术家的交点比起其他交点更为困难——除了宗教界,对他们来说,相交点也只是被冠名。艺术大众:是中间性的大众,比起神秘主义者,被吸引的较少,但比散步者和幻想家却为多。

*

《错过的毒药》

> 金色的褐色的夜晚
> 房间里什么也没有留下
> 没有一道夏天的花边
> 没有一条平常的领带
>
> 阳台上,一杯茶
> 在月亮升起的时刻啜饮
> 没有留下一丝痕迹
> 也没有一点记忆

>　　在霉斑的蓝色帘子的一角
>　　一枚金头的夹子在闪光
>　　像一只硕大的沉睡的昆虫
>
>　　一小杯被摇匀的精致毒药
>　　我拿给你 我已经准备好了
>　　在渴望死亡的时刻

　　这首可能是兰波,也可能是努沃(Nouveau)甚至是魏尔伦的十四行诗,如此漫长又激烈地被讨论着,直到今天结果仍然十分不确定。魏尔伦,确认这首诗出自兰波,但又说"比所有兰波之作都要低级"。布勒东,没有断言,不过似乎也没有什么高度的评价。我不会对这件事做同样蹩脚的判断;事实上,这首十四行诗,十分不平衡,带着明显的时代烙印,几乎是轶事性质的,有一种萦绕着我的难以解释的倾向:一旦我突然想到它,就很难将它驱逐出我的记忆。

　　乍一看,它出自努沃之手,或者——但可能性小一点——是出自兰波模仿努沃的作品;不管怎么说,第一句,第四、五、六句不会和努沃毫无关联。然而,很难想象兰波会写第一句和第四句,这些并不出自他的词汇库——也很难想象兰波会重拾同一个主题,有一种蹩脚的波德莱尔的意味,像波德莱尔的《黄油盘子》(*L'Assiette au beurre*)。

　　第十一行诗如此可憎,让人想起一个可笑模仿,或者说,如果允许将文本换成口头语,仿佛是一个记忆的漏洞,而编者得用什么东西把它堵上。

　　但第五、六句一个音节接一个音节,在容易干涸的 l 的熔流里滑动,带着跳跃的优雅——有一种奇特的蒸腾的信赖感和流动感——这两句诗非常迷人,让人想到的是一流的诗人。一首努沃的诗,漫不经心的记忆本应当将缺陷挖去,或被马虎的誊写员换错了位置,这或许才是最可能的假设,而这个抄写员,同时也是验证人(显然值得研究),便是魏尔伦。

在这两句诗中可以找到十四行诗最精彩的部分。

> 阳台上,一杯茶
> 在月亮升起的时刻啜饮

辅音 r(在 prend 和 heures 两个词中)呼应了统领全诗的辅音 l,如果没有 l,全诗将毫无流畅感:文本的油滑感在这里润滑柔和了——这种情形甚为少见——刚硬的辅音,完成了一种恰当的变音。

在这些有着高度天赋的诗人中——魏尔伦,兰波,努沃——在某些诗的共同合作中,或者经常在一些高超的模仿中,不单单将一种共同的生活带入到诗歌中,而且几乎是单个的生活,而大部分这一类诗歌可能都遗失了,只剩下一小部分共同的诗歌,在不正常地膨胀着,仅用于从中作出区分,让文学的意义哑口无言。在《错过的毒药》这首诗面前,每个人都迟疑了,让我们看到的是文学批评分辨力的局限,如果可以从根本上说,诗歌是具有共同意义的作品,而不是某一个人所作,它就在这里,还是就此作罢吧!

四分之三最漂亮的法语诗歌写于 1845 年到 1885 年。有什么可以怀疑?我甚至认为瓦雷里所作出的更宽的时段是出于谦虚,超出这个范围之外,在我的记忆中究竟还有些什么呢?——当然得将当代诗歌排除在外,因为在方法上是不一样的。几句维庸(Villon)的诗,几首杜贝莱(Du Bellay)

的十四行诗,几首阿波利奈尔的诗,缪塞的两三个片段(至于圣布莱斯[St Blaise]……——巴贝兰之歌[Chanson de Barberine])。

这让法国诗歌集显得如此可笑,如此有欺骗性,都急着寻找平衡和对称,都齐心强求着出产贫瘠的年份,不惜一切代价让它们开出花来,就像加上标签必然要有产出一样:怎能允许诗歌不讲究园艺学中时季的节奏,几十年甚至几世纪过去了,却没有经历春天?

还要说到拉辛,他提出了一个几乎不能解决的问题——这个问题莎士比亚可从来没有给英格兰提出过,因为在莎翁那里,诗歌无时无刻不照耀着文字,恒星和小行星都是可以完美分离的,即使整部戏剧将它们制服于引力之下。这一问题,涉及到诗歌在达到了最高的"纯度"的同时,又和它所服务的戏剧章节某一部分相亲和,它屈从于状态义务,不得损及整体。莎士比亚诗歌每时每刻都在喷发出声音的极致;而拉辛作品中没有一个音节可以让戏剧清晰的脉络哪怕停顿上一会儿。将拉辛分入哪一类?(又为什么要将他归类?)他的诗的任何成分都纯粹,又同时难以形容地迷糊。

\*

没有什么诗句可以比波德莱尔的诗句更沉重,沉到像成熟的果实所特有的分量,要将枝头压弯。就像果实中迟钝的美味在变化,在聚集,将存在的黑色血液化成质密的可食用的恒定口味。

那是些在记忆、烦恼、忧郁和回想起来的肉欲重压下不断卷曲翻扬的诗句。这重压,是积聚在一起的经验;好像他在那些时刻把一切整合起来了,凭着自己的本性,或者不仅仅是他自己的本性,而是所有不抱任何幻想的收获:哪一个诗人可以在写作的时候没有一点儿愚蠢,就像"如果我有一千岁,就会有更多的记忆"这类情况。

在所有诗歌中,他的诗最让人想闭上眼默念;就像集中在一种味觉爆炸上一般,它的不可比拟的物质让人想到精华,想到万应灵药。沉重,像瞎了一般沉重:这种密度有它反面的对等物(这种密度是自发的,和马拉美式的压缩没有任何关联):在波德莱尔的作品中,没有什么可以让人想到跃起或飞翔,在这方面,他是无能为力的(就如《飞升》[*Elévation*]一诗的软弱一样,当他尝试步入空中的时候!)。它是致密的,不透水的,比可能的物质更具质感;是法国诗歌中最具果肉口感的物质。

\*

在莫里亚克的《内心回忆录》(*Mémoires Intérieures*)的标题中有一种具有判断力的思想。在反向的生命中,当生命到达终点,再不去考虑什么平衡和年代的连贯,只有那些还在冒腾着内心汁液的枝干,通过记忆,值得继续,但也已经不再继续。或许应该不假思索地抛弃所有组成"生活圈子"的东西,这个肯定会使其跛行的传记作者的拐杖:将这个"生活圈子"视为一则传记的神经,等于将铁丝和缠绕其上的枝蔓相混,铁丝什么也不汲取,甚至完全对枝蔓无知无觉。因此需要将所有不曾深度倾听、不曾心灵相通的时刻摒弃——只留下自我与世界——然后毅然作出毫不留情的选择,以辛吉雅(Cingria)的漂亮标题为准则:《干树枝,绿树枝》。

\*

　　天生题材多样化的作家,笔法柔韧,缺乏坡度,恰能成为陈旧文学形式的俘虏。这些形式是"体操最初形态"的选择性陪衬;因此——他们是那个年代文学界年轻的雄狮——伏尔泰写了他的《亨利亚德》和悲剧,科克托写了他的十二音节诗、诗剧(为法兰西大剧院而写)和街道剧。

　　刚开始,是动词……当然。但一旦说出最先的几个词,动词便不是唯一的了:语义诞生了——什么也阻挡不了它的诞生,当那些词语,不管是什么词,排列成行的时候——我们往往会忽略语义,它同时具备着含意和不可能扭转的方向:语义是一个载体;语言的机器加工一旦开始运行,立刻会在思维上创造出一道感应电流,随即从导体中穿过。这道电流已经是一个设想:思维被"启动"(我想每个心诚的作家都会承认这种运动,这是写作本身的一种活力),强烈的力量被唤醒,撞向语言,使用它,向它倾斜,和它组合在一起,但并不赋予它全部的力量;永别了,那些随意的思想,永别了,白色的纸页!

\*

　　作家对于词语有一种几近肉感的理解(如非如此,他仅能勉强算个作家),对于词语的肥胖和肩宽,对于词语一个个瓜熟蒂落的重量,或者相反地说,对于词语所具备的那种"即使空缺亦是乐事"以及随着它们逐渐扩大而最终消散这一功效的理解,在作家的一生中一点点改变,却不会否认。当我开始写作的时候,我首先并且尤其要求它们的是颤动般的摇晃,是琴弦在想象力上的尝试。之后,很久之后,我经常偏爱于那些质密的词语的美味,富含着齿音和摩擦音,耳朵一个一个地咬住它们,就像狗咬住一块块生肉:有点,如果你同意——从气候式的词语转向食物式的词语,一条从《厄舍大厦的倒塌》(*Chute de la Maison Usher*)的散文地带到《东方行记》(*Connaissance de l'Est*)的道路。

\*

有时,当我在写一本书的时候,我会后悔——吝啬的本能反应——在谈话中已经把我想要写进书中的观点说了出来,之后,我的占有欲的本性会对过早的泄露感到挫伤。事实上,这样的冒失并不会引起任何风险:如果观点真的是书中的一部分,那么观点一与书分离,将会变得毫无用处,甚至变得看不见,也不能从本质上马上进入到其他组合中。但如果它只是小零钱,对于购买必需品也并非毫无用处。

\*

一部文学作品通常是一小块一小块拼凑而成,如同一块连续的紧密相连的织物——就像那些用多彩的羊毛线头织成的毯子一样——这块织物上每一次编织都与真实的经验相连,或者仅为了和乖张的语言配合,不会给读者留下任何诟病的余地,甚至不会让他们发现,连续的变化是在参照"事实"的顺序。

\*

充满肉感的写作,正如那些艺术家的写作,作者似乎会历经一些年龄和生理的脾性。比如克洛岱尔这样的诗人,对世界有着传统的看法,就会有礼拜仪式般的语言,用单调的朗诵表现世界,而像蒙泰朗这样的作家,在我看来却一直十分独特,他的写作生涯足有五十几年,而语言却从他的第一本书开始就已完成并固定。他只说他的判断,他的愉快或不愉快,他的烦恼和他的情绪,像是能用完全相同的乐器来演奏青年时代夸张的意气,成年时期的和谐和老年时代的尖刻。

*

作家:是一个相信时不时感受到了什么东西的人,于是,他试图通过他的协调,让它们通过语言获得存在。而对于这种存在,公众是一个验证者,一个反复无常、间断的、不确定的验证者,只有作者本身是可信的保证。公众是一个网络,而这个网络总是可以被直接排除在外,而文学现象中的重要部分则毫发无损:作者头脑中发出光亮的先知-证人,才是必需的,也是足够的。那笔尖所划出的线条并不指向任何人;不管是那些在作家的桌沿边浮现的慌张的"亲爱的读者们",还是在人群中举杯倒下那令人沉醉的美酒的发言者,一切就统统结束。文学通过词语的中间工作,经历了从一个混乱的得了失语症的我,到一个掌握了信息的我,仅此而已:公众只被允许以旁观者的身份,来到这个自我满足的工作面前,而且通常还需要付出现金——这件事上,我提供给公众的恐怕是不太开胃的一面。

*

当我们研究一名作家时,以下工作是多么困难,或者可能会是多么有趣:我们发掘的并非是他自己承认的影响,或者那之后被认定的知情人提供的情况,我们要发掘的是他早年阅读习惯的来龙去脉,凝岩般的滋养,那些东一撮西一撮的小幸福,一个饥饿的文学的青春:早期的巴黎杂志,陈旧的刊物,那些像一阵涨起的波浪般偶然搬出的尘封已久的作者,当年的口味,大街戏剧,论战小报,《家庭商店》(*Magasin des familles*)宣传册,各种长久以来不断问世的小册子。司汤达是在这方面曾给我们讲过什么的,唯一一个过去的作家,一个明显的例外(特别是,这是真的,他在音乐方面的食粮)。一个年轻人或一个即将从事写作的大学生,典型的如饥似渴的阅读,就像变成蛹之前的蚕一样,在量上必胜过质:他的胃口简直迫不及待,在精挑细选的真正养料和不久之后马上会被清楚地鄙夷的食物之间,他的口味并没有什么差别。

　　命中注定写作的,会有那么一个时期——在他的蜕变过程中起决定作用的时期——那个时期他几乎什么都读,"什么都读"指的首先是那些他能搞到手的,是我们还在"谈论"的,仍然还能感受到新鲜的这些墨香,对于他就像战士手中的火药一样。他们会用贪婪的眼睛盯着新鲜印制出来的纸页,18岁或20岁,从来不会在文学的风景中区分出它的前景、中景或模糊的远景。对他们而言,这一片风景还只是一片色彩均匀对比强烈的拼杂彩绘,一齐冲向那片年轻的视网膜。

　　这来来回回戏水的经历,会消散吗?会不留下一丝痕迹吗?不能确定,因为在那春水初涨的时刻,河流汇聚,他也尝试着,开始写作:这个时代惯用的语言,他天真地毫无防备地受感染了,在他的写作方式上留下了印记,它们总是会被重新编排,通常被视为高贵,有时,如果他还有些才能,最终得到拯救:在所有作家中,普鲁斯特在青少年时阅读的劣等读物就远远大于优等读物,但他被充分救赎了。

这类阅读,被深深地烙入他开始写作的自动机制,对于写作方式可能有点类似于小孩对于色彩的感受,对方向感的敏感度:这些文字未经选择,也通常平淡无奇,但总是会在深谙语言之后被重新拾起,被崇高化。就像是并不和谐的遥远的童年,最终被记忆高明的化学作用所化解。文学中充满无穷的变革与断裂。所以一个时代的文学到另一个时代的文学的连贯,这种奇异的联接是一个谜,或许可以在这里找到部分答案:这样一个事实,作家与成长总是不可分割的,一个无法梳理的培养过程,纯粹的创新使他达到写作的高峰,同时他所处时代的,当时口味的出版物也会影响他:就这样和前一个时代继续保持了延续。

我记得,对这个问题的思考,是在布勒东有一天推荐并借给我一些让·龙巴尔(Jean Lombard)的小说的时候。我承认,那些小说对我而言从未听闻,而布勒东,大家都知道他原则上对小说并没有太大的兴趣。这些书是《你往何处去》(*Quo vadis*)一类的,空洞得和当时的口味一致,而它们让我突然想到这条象征主义的缺血的尾巴,在他早年的阅读中所处的地位,长久以来就被他远远超过,却从来没有完全消失。同样,还有他保存的那些小说。

\*

"如果你知道我丢弃的是什么,你就会钦羡我所留下的。"(瓦雷里)

不,对渣滓如此夸耀,只会让我怀疑,所有珍珠最终先会让你想起醋。有时,我这么怀疑倒也挺好。

＊

"我想所有文人都和我一样,永远不会读他们已经出版的作品。事实上,没有什么比在若干年后看自己的句子更失望痛苦的。它们被滢析,沉淀在书的最深处,大部分情况,一卷卷作品并不会像酒一样,时间一长反而香醇;一旦到了一定年龄,那些章节会走味,香气都稀散了。"(于斯曼《逆流》的序——在小说写成 20 年后写下这些话)

这段话令人回味无穷,远不及此,它也是作家于漫长岁月之后,对其最初几本小说独到的眼光。时代的口味或多或少是稳定的,但仍是在变化之中,这便使作家的口味渐而远离了它最初的作品;只是成熟年龄(或者晚年)对还是"年轻猴子般的艺术家肖像",对源于年轻的危机有着天然的过敏。萌发的新生力量,克洛岱尔所谓的"推动力",曾激发过他最初的几本书,这个年轻的读者有时还能感到肩上有一只手的推力,而现在却再没有了。所有一切都像爱情的冲动一样蒸发了:对他而言,再没有积极的力量,只剩下外形的老去。所有人格不成熟的阶段都过去了,另一些阶段中的记忆则顺着喜好变形,变美,它们一个接一个涌向他,变成锋利的硬刺般坚硬的水晶;这只属于他,如果他重新再阅读自己,他会真的撞见那个曾经的自己。在物质成分连续不断地更新过程中,造就了生活的轨迹,善意的自然规律则年复一年使他在磨灭和忘却中,在每一个时期,都提取并保存一些样品。

＊

"一小杯被摇匀的精致毒药"(继续说《错过的毒药》这首诗)。

是一小杯,而不是毒药,使未被期待的谓语变得合理。而形容词"微妙"(subtil),通常会和毒药的印象联系在一起,和"一小杯"的概念也相适合,因此"微妙"这个形容词提供了一个隐藏的链接,实现了从一个名词的定语到另一个名词的定语的转换。这是一个好例子,在诗歌,或在有诗歌倾向的散文中,所有具有特殊含义的词,都会被打通局限,形成一条坚固焊实的链子,顺着这条链子,在一个自由贸易的开放体系中,各个词的价值流通着,对调着,变换着它们的载体。注释家们对那一个个词都不用再过问——因为它们蛮横无理,每个词在这里都可互相调换蜕变,在那些追随其后的词语的照耀下闪出藏匿的一面,折射的光一道接一道,像宝石会折射外在的光一样;一句话的最后一个词可以回过来影响第一个词。《错过的毒药》这句诗让我们懂得一句话的力量,往往只能通过加上文本中缺失的催化剂(在这里比如"微妙"这个词)才能得到解释,这些催化剂在文本的背后徘徊,以它语言的潜意识状态呈现——通过它们本身隐藏的相近性解释文本复杂的化学机理。

\*

从诺斯特拉达姆斯(Nostradamus)开始,预言消失在文学或者准文学的舞台上。预言带着"幼稚的重复,天真的节奏",就像兰波在《地狱一季》(*La Saison en Enfer*)中所说。一时,预言的语调重新浮现在《幻象集》(*Chimères*)的几句诗句中——可敬的重现。马拉美,为了使诗句镀上一层先知的特性,预备了一系列不可比拟的工具,急迫的字模,高扬的语调,秘传的生硬,丰富的词义;有时,我们也会有遗憾,那些诗句并不显得全然通灵,比如下面这句:

荣耀的燃烧之木,泡沫,金子,风暴化成的血

这句诗可以是诺斯特拉达姆斯的,如果他是这样感受到的话。多么可惜,马拉美的诗并非辛劳的猜想,也并不太合理,难以让研究者从和诗歌无关的蒸馏瓶中提炼出它们的主题,这些诗句并没有单一的选择——既带着不能被考证的骄傲又必定不能消减——付诸未来飘散的黑色飞翔。

兰波,当然,过去几个世纪以来,所有无人问津的伟大诗歌在他面前都开始强烈地颤抖。但这是"他"的问题,他的走投无路,他的恐惧,他的悔恨,他的苦修,这一切都在《地狱一季》中变成世界末日般的骚乱,完全将预言世界的大门打开,这个"我",还不足成为"他人"。

\*

文学界定中需要排除的困难(现在,它又出现了,伴随着是否将人文科学算入其内的讨论)。文学的领域就像一个光点,它的中心(诗歌)被强烈地照耀着,逐渐递减到边缘,直到完全的黑暗。就像画家只是领悟了线条和色彩的人(他并没有表现一株树,一个场景或梦境的欲望),文学家只是或多或少领悟语言的人。来自语言的灵感在一部作品中呈现的比例是1%到99%(纯粹非文学和纯文学都同样不可能),文学的界限消逝在不可捉摸的地方。

超现实主义,独断地平反了文学的主体,并以同样的规准,质疑绘画领域,直到1920年时,这一规则被强化,相当一部分超现实主义画家,从"纯画"的观点看来,位于半明半暗处,离光明的核心地带相去甚远:像马格利特这样的画家,严格意义上讲,仅仅处于插画家的地位。这完全没消减他的创

新价值;只是,在他的画作中,"思想"和幽默几乎掌握了所有地盘,画笔的作用像是被转移到单纯的信息书写中。

*

对于批评家通常最为陌生,但是对于作家几乎总是存在的:对于一部作品的生命力投入的概念和对它的评估。

## 读书偶得

\*

我逐渐改变了以下观点：小说读者或音乐会听众的感动，并不是一根颤动的弦，不论通过怎样的发声手段摇撼它，都可以发出相同的音符：它完全是在给予它生命的复杂的语言和发声中构筑，无可替换，也从不接受替换。每次，它所形成的并不是对已经历的感情的重生，而是一次全新的经验，不可替代。一定范围内，在真实的美学情感中，起因与效果并没有区别，我丝毫也不会认为，我们听《特里斯坦》(*Tristan*) 是为了回忆我们曾经爱过。严格地说，这可能更是相反的（拉罗什福柯 [La Rochefoucald] 已提到过），"爱"的情感是不能调换的，和我们所知的一物换一物那样：我们听瓦格纳所感受的，或者读《少年维特的烦恼》所感受到的都不会一样；它是不可挽回的从属于音符或词的相继推进的。艺术的伟大功绩在于从不易察觉的、被粗俗的心理学所放逐的波澜中将"感情"提取出来，并每次将之与个性化的形象相连：这使得明晰的存在很少明确进入感情的混沌世界，在我看来,这一点,瓦雷里如此反对所有和感情妥协的艺术,并不会全然不知。

*

文学作品的阅读,并非简单地从一种精神进入到另一种精神,将组织起来的观点与画面倾倒,也不仅仅是某个主体收集信息的积极劳动,用他的方式,从头至尾将这些符号活跃起来。这也是一次被全面协调的旅行,一次某大人物对读者的接待,当然在这次旅行中,不能被调换哪怕一个逗号:创意者和构筑者作为虚有权所有人,从头至尾让你享受参观其领地的荣幸,并做为不可推脱的陪同者相随。对我而言,对这种接待的细微处都极度敏感,如果是并不向往或冒失的拜访,即使是去一处恢宏的领地,也都一次次感到难掩窘迫。雨果的接待,比如,在他某本书的扉页上,公然轻视我孱弱的身体,与其说他是致读者朋友的,不如说他是针对毫无畏惧穿过历史高地的可敬的旅行团。马尔罗的接待,无可厚非地将我置于尴尬的境地,他像是被冒犯了似的,不耐烦地向另一位貌似才智远逊于您的某人说着话。司汤达风趣辛辣,滔滔不绝的陪伴不会让您感到丝毫乏味,但也决不让您有置词的机会。现在我重新读奈瓦尔,这是我在荒芜房间中的强制娱乐;重新又找到了他的迷人之处:简单真心的友善接待,一种飘忽不定兄长般的隐秘的愉快,从不强令你做什么,总是随时准备着被遗忘。

还有将你弃之半途,或不想管你的(这不总是讨人厌),有相反等着老主顾,在橱窗里用布尔乔亚的姿势站着的,就像阿姆斯特丹的妓女们一样。一部小说可以显得不具人格,它会像一座空房子,一间一间敞开着,述说着,好像日常漫不经心的居所的场景，从挂在架子上的大衣到放在床头的睡衣，到工作台上的凌乱——当我觉得自己在尚有余温的痕迹中突然出现，就好像在他要搬离时突然出现那样，总能感到乐趣。

\*

我们是怎么理解的——当作家谈论起他的读者们，他们是怎么理解他的读者的？通常，我们马上会不假思索地把对某一部作品的喜爱转移到作家本人身上。将赞美给予一个作者，甚至毫无保留，但不止一次对其刚刚问世的新书表现出漠不关心的态度。作家就这样完成了，因为我们希望他保持原貌；好奇的行动已终止。某些阅读甚至已在事先，或者在阅读之后废除了所有同出一宗的东西：一种自我绝育机制，让我们想到那些植物，头一次出产是丰厚的，但会分泌出一种毒物，使土地几乎都不能再生产或只用于生产同一种作物。严格意义上，从对单一性格的描述到可以唤起一个时代的作品，《情感教育》的崇拜者——或者相反——几乎从来都不会是《包法利夫人》的崇拜者，但也有一小部分忠实读者用相同的态度对待《巴马修道院》和《红与黑》。坦率地说，对一本书的迷恋，对一本书的爱，那非物质和谜样的部分，对我们或多或少的影响，都像任何爱一样，包含了"一小块"，我们可以加之于所有与它相似或相连的东西上，只是，我们在爱情中可接受的(那意味着专一)，是并不在文学中占那么大分量的，作者是其所有作品的公分母。出于这点，我们便可作出让步，甚至都没有察觉，如果有人问，我会不假思索地回答"我喜爱巴尔扎克"，但当我更进一步自问，真正的兴趣在哪儿时，我发觉对《碧雅翠丝》和《朱安党人》爱不释手，有时也会是《空谷幽兰》或《赛拉菲特》(Séraphita)：巴尔扎克其他的书，如果偶而翻阅，通常只让我漫不经心地作出对作品评价的修正；愉快，是广泛被认可的荣耀，而说到底能给我带来愉快的也就是十五到二十位小说家。同理，"我喜爱瓦格纳"事实是说完整的《帕西法尔》(Parsifal)和《罗恩格林》(Lohengrin)，我不想去除一个音符，而部分的《特里斯坦》，我喜欢东拉西扯的某几个动机，某几个场景，某几个独立的管弦片段；《四部曲》的气氛、主角和情节对我而言，奇怪得像从芬兰或是古爱尔兰的传奇故事中演绎出来的。普鲁斯特最为幸福，可以在一部独一无二完整又振动人心的作品中，将一个名字和一场生命淹没，又让它们复活。或者乔伊斯，可以简略为《尤利西斯》，或者还有穆齐尔(Musil)。对于其他书，或几乎所有其他书，被"爱"事实上意味着，在物质上它们是不可分割不会腐朽的，但最狂热的读者——也会内心里背叛它们——丢掉的和保留的一样多或更多。

　　如果我们在中学讲授的文学教材里，将作品或片段而不是作者作为出发点，会怎么样？一部文学史，虽然简短，不应只包括胜利者的名字，失败在这儿对任何人都不意味着胜利。

*

　　教育的积累、大学教学和研究的重叠都会深深影响我们对待艺术作品的方式。甚至早在我们喜爱上它之前，人们就要求我去"解释"它。对一部艺术作品，教师出于职业的原因，他们所关心的是外在的依托，以便抓住这部作品，而不是自由地沉浸其中得到享乐：并不和书构成内心的对话，教师在寻找着那条超出了针垫的线头，最终将整个垫子"毫不掩饰"地清空。但作品的秘密很少藏于组织的巧妙，而更多的藏于它本身材料的品质：如果我不带偏见地进入到司汤达的小说或奈瓦尔的诗歌，我首先并且完全仅仅是"玫瑰的气味"，就像孔狄亚克的雕像——无目无耳，也无确定方位的感知——就是这样，艺术作品传递给我直觉的秉性，它将即时地不加区别地占据我内心的每一个腔窍，就像散开的瓦斯一样。同时它也显示出所有的弹性，它存在的不可分割的内质：不可细分，因为它的美德完整地存在于每一个粒子中。

让解释性的评论最迷惑的是，作品本身的具体事实和它产生的阅读印象带来的整体僵直的个性之间的反差：前者铺展开来，字字推敲，各部分镶嵌其中，错综复杂，如果想就可以拆分到细节。不考虑完整地筑就作品的这种效应；而是根据机械构造的法则和方式分析这个构筑，而这种构筑的唯一目的是一种类似于电效应的效应。出于同样的误会，另一种局面更为严重：作品的创作者，每一次喂养他的作品，每一次都需要去管理它，也就是他自己也完整地变成"玫瑰的气味"，将精神中的一切都驱散，只剩下一种盲目，一种几近嗅觉的指导性印象，使得他自己可以单独地在展开于前面的道路上寻得出路：任何一部作品，都是在这种预知的精髓的管理下得到构思和执行，这种精髓可能并非同读者相交流（这是艺术作品中深层的模糊的传递），但本质是一样的。从错综复杂到不可分割，同时也是从量到质的飞跃，当你"解释"，当你分析那些书时，你什么也没说，你拆卸了环环相接的齿轮装置，但电流究竟是怎么来的呢？为什么另一台机器，同样结实，合理地装配在一起，却不能产生电呢？不去分析那些可行的已经选择的作品，那些方法的不足就会马上显现，如果你从源头上去考察它们，那里没有一个可靠的标记可以指示它们,可以区别它们:任意抽取一本堆在读者的桌上或出版社的手稿!因为文本一摊在面前,你的方法性质就会指引你,你会同样细致入微地对一本伪作品像好作品一样作出精彩的分析,也就是说不要像拆卸一个运行良好的机器那样去对待坏的机器,而是要您去确实地闻一闻,它字面上不存在的周围,就像它是一个饱满的存在体一样。

*

关于文学评论,所有引导分门别类的词语都是陷阱。或许只有避免拿起那些随意的简单工具,那些临时的、偶然的工具,我们才能使用这些词语,用于作品独到的分类。多少精力浪费在对"浪漫主义"的界定,将想象的作品在"奇幻"、"美妙"、"稀奇"等等文件夹里做出区分!对于艺术作品,关注一眼它们的出现频率是合理的,但也要让它的身份稍微放任自流一下吧。

*

我写的这小说,这诗,你阅读它时,它对你就是一种呈现,但这是一种随着它被消耗而渐渐消失的呈现:你打开一个水果,吃了又扔去,只凭你的胃口和口味。而对我来说,它既是现在又是过去,一个现在-过去,一个在现在中完整修复的过去。普鲁斯特所寻找的,他一笔在手,已经用完美的和谐找到了;那不是尖锐的记忆给予他的,即使记忆的能量无穷,而是艺术这唯一的力量,因为记忆力从来不能修复一个过去-现在。开门的芝麻并没有藏在台阶里,也不在马德莲娜蛋糕里,而是在写作的特权里,写作为他复活的不是伊利耶,不是薇沃纳的鲜花或是蕾奥妮婶婶的花园,而是《追忆似水年华》不可替换的唯一的现在-过去。

\*

如果没有文学或文学场景，想要察觉造成不间断的大量死亡或人口膨胀的快速变化，没有比在隔几年之后重读论战文章更有效的了；小说的老化是无限递进无限缓慢的。好像一个时代的真正口味，是随着气候不可察觉的缓慢变化节奏似的，而有着清醒意识的狂热和愤怒，恰恰相反是随着跳动的节奏，像历史上著名的战役，通常会发生在无人居住的旷野或废弃的风车周围，被最猛烈的文学风暴推上浪尖——人或是作品——一些不可靠的面孔，多么奇怪，当时新起的浪潮会在1830年选择向《欧那尼》（Hernani）进攻！论战先天性的近视会一时停滞，并讽刺似的固定在这种视野缺失上：它所攻击的大风车，在今天只能在专门词典上才能找到名字：正如博马舍（Beaumarchais）攻击法官古兹曼（Guzman），巴尔扎克攻击居斯塔夫·普朗什（Gustave Planche），佩吉（Péguy）攻击费尔南·罗代（M. Fernand Laudet）。

\*

就像40岁之后，我们不再结交新的朋友，同样，一过这个年龄，我们不再处于我们熟悉的"文学界"中，可以用一贯的真实方式和那些作品对话，哪怕那些作品是值得赞美的，是你的后辈们写的。一个家庭就这样在你周围一点点黯淡下去，当然不排除，就像任何家庭中会发生的，那些内心的不和，生活中的矛盾，就像邻家祖辈带着孙子们，和你们加在一起就是过去了的两代人。只是，在艺术的谱系中，亲情关系只有一个方向：更确切地说，是向上的方向，从后代朝向前代。在我的一代人之后,我可以理解他们,甚至确实令我感兴趣,但艺术中年龄的差异,却会阻止年长者感应同样的内心的热烈,就像生活中恋爱视野的方向——是相反的方向,真的。

*

阿尔芒·奥格(Armand Hoog)提出了我们对待过去小说所处的时间问题,如巴尔扎克或司汤达的方式。他将时间定位于一种没有注明日期的"无人之地";既不全是创作的当时,也不全是阅读的当时:过去既已过去,同时又被体验于原初的现代性里。

第一眼看,这很妙,值得庆贺,然而,思索之后,我们会发现时间的配合与协调,在阅读行为中自发地行进会使问题显得更为变化多端。《红与黑》的阅读领域里,对我,时间在严格意义上是被标上年份的,这一点也从来都没有脱离阅读者的视野,这是一个被标上日期的故事:没有必要再提醒它的副标题——"1830年纪事"。《在大理石危岩上》(*Falaises de marbre*)的时间(时代的不确定性并不起作用)从头到尾都是对记忆思维的唤醒,并被时间分割:这是带着情感色彩的过去,没什么别的。侦探小说的时间(《亚森·罗平》也需要界定日期),它的时间是从根本上向可能性张开,一种纯粹的对时间的期望——一种已经平衡了的现在和被未来吸引着的现在。故事的时间——记忆的时间——等待的时间,更确切地说紧迫的时间,它都可能是处于一种最不可确定的最复杂的境地,一本书不是不可能在开篇就指引出阅读中暗含的时间,就像开始时音乐就必须含有一个基调音一样。

*

　　翻过一个当代作家的笔记本,我翻得那么漫不经心,东一处西一处随兴看几眼他记录下来的思考。随兴?不,或许并不全是;当我看到一个作家的名字,我便停下来,他该说了些什么呢:在文学的行会里,这是最后一处景致会让人昏然入睡了。狡猾?当然!有哪个作家,有时会在圣伯夫那儿打哈欠,却从未停止过阅读《我的毒药》(Mes poisons)?我在这儿没看到一点坏处,在"行会兄弟的毒药"中,即使遭受如此诋毁,却不乏净化的作用,马尔罗有道理——一百个有理——他说反对艺术的文学根本不存在——站得住并坚固得须有苦涩的情绪才能顽强地经受打击,就像桩基在咸水中夯实一样。

*

　　我对文学评论所期望的——然而我很少看到——对于一本书,它能给我讲的优于我自己能做到的。读它时能给我带来不可替代的乐趣。您给我讲的都非这本书所独有,而只有这本书所独有的,才对我有意义,一本书引诱我就像一个女人让我坠入她的柔情中:见鬼去吧,她的祖宗,她的出生地,她的社会阶层、关系、教育和她童年的朋友!我对您的文学评论的唯一期待是恰到好处的声调变化,可以让我觉得您也在恋爱,用和我同样的方式恋爱:我只需一个能说会道的第三者和我一样清楚地从情人那里获得肯定和骄傲。至于这本书能给文学带来什么,能给我带来什么补足,我并不在乎,要知道没有妆奁我一样会娶。

　　多么滑稽,说到底,多么假惺惺,一份评论的工作:一个精通自己喜爱的物品的专家！不管怎么说，如果文学对于读者来说不是一系列命中的女人，一系列失足的造物的话，它就不值得我们去用心了。

*

在绘制地图时，想要毫不变形地表示一个曲面是不可能的，这个投射的问题无法解决。任何大小的地图，对于真实都会有变形，不是在面积的比例上就是在外形的描绘上。这点上没有药方，只有姑息对待；只要表现的面积非常小，一定范围之内的变形之处都可以忽略不计。

我会想，进入文学的客观研究领域，同样的问题也是存在的。在文学分析方面，只有，也几乎总是，能用直接的准确性说服我的，出自一种对几乎是某一小点的观察（普鲁斯特对福楼拜作品的未完成时使用的评论，研究对象准确，深意把握有度，就可以成为一个好例子）。在"人文科学"中，即使在简单的批评中，所有理论化了的、过于一概论之的都显得可疑。一种多面的印象主义，就像那些大比例尺地图，不可能十分准确地将它们拼拢来，但同时，一块又一块，几乎又是十分忠于事实的，这可能是我们可以通过一些方法和途径，建立起的文学省份和道路的最好地图了。

*

在法国诗歌中有两种歌喉，依器官的不同，有着不同的发声，就像女低音有别于女高音那样，那个趋向于断奏的发音，富含"r"，唇齿相擦之音，有一种凯旋式的丰富；这种音与那些深渊般的人物相连，雨果，马拉美，克洛岱尔，有时还有兰波。

> 天空般的胸膛浸染上纯粹的血
> 雪白的衣饰倾倒于阳光照耀的地方
>
> 这个老人拥有着小麦和黑麦地
> 他曾经富足,但却衰老
> 在他风车的水中没有泥浆
> 在他铁匠铺的火中没有地狱

另一种声音则有着非凡卓越的力量,能不间断围拢富于魔力的中世纪抒情歌曲的装饰音:拉马丁,奈瓦尔,魏尔伦,阿波利奈尔:

> 你认得这首古老的歌谣吗,达菲
> 在埃及无花果树下,或在白色月桂树下
> 在橄榄,迷迭香,颤抖的垂柳下
> 这首爱的歌,一直在开场
>
> 去那儿跳舞吧,小姑娘
> 去那儿跳舞吗,高个儿的母亲
> 跳得像短晶石在闪烁
> 所有钟声都会响起
> 什么时候您才会回来,玛丽?

谁又能对这些诗评论出高低,没有共同的评判标准,又如此偏激地使用着各自的方法?第一种试图用新的方式演绎创作的语料库,用着庄严肃穆的语调。第二种,则重拾了海妖停歇的歌唱。

兰波？兰波的诗几乎是处在变声期的写作，因此他同时有着两种声音。既有独创性又有着延续性。最蹊跷，最难以归类，就该属波德莱尔了：一个伊甸园幸存者的歌声，饱含汁液与记忆，几度哽咽，这是法国诗歌最圆熟最年长的歌喉。

是《水手的墓地》(Cimetière marin) 中的一句诗让我想到这种两分法。几乎总是雨果的诗句——瓦雷里在他的《笔记》(Cahiers) 中啧啧称叹，再清楚不过地表明他本人也是倾向于雨果这边：一个艺术家，不止一次在他的赞赏中表现了自己的极端，甚至比他的作品所表现的更甚。他从未曾提及奈瓦尔和阿波利奈尔，对波德莱尔本人几乎是有一种敌意——对于兰波，十分清楚，则是一点也不适应。从《笔记》的出版，就可以看出瓦雷里的见解从根本上的改变；这是他头一次表明他的截然拒绝和对讨论的全然回避：他摆出了一个不宽恕人的怀疑主义者的姿态。

\*

"波德莱尔和兰波，克洛岱尔和瓦雷里，布勒东，马莱伯和马拉美，不会总是全部有理。是啊，如果他们全有理，但因为我们并不知道怎样，也不知道为什么，会在哪个层面上，依哪条协议定，不管怎样，我们总是喜爱别人藏在底下的那个东西——对我们总是值得的……是的，所以：或许诗歌是存在的，我们总是能达成一致，好像在土地轮作和血液流动上达成一致一样。或者，诗歌只是我们思维的一种错乱，某种有待发现的事物的不完善表达，好像前哥白尼主义神谱的大杂烩一样，而我们有权认清这一问题。"（乔治·穆南：您读过勒内·夏尔吗？）

这个问题被提出，总是令人不快，不论是对布瓦洛还是对所有诗歌艺术，这个问题都是过敏的，而这个问题在浪漫主义时期却艰难地存活下来，并甚至可能成就了那个时代不可更改的遗赠。这个问题引起了那么多冲突：二战以来出现的各类诗集相互冲撞所引起的争执便可证明，毒汁泛滥，时而公开时而潜伏。此时，诗歌的光芒足以让您目盲，我不再能看到什么了——即使我们的口味如此贴近，我所划分的，我在"世界诗歌"的宝藏中圈为己用的领地，也从不会和您的那一块一样。如果存在某种"可信"的检验，可以考核诗歌所产生的效果的话，我们可以对诗歌的充分必要条件达成一致；但不幸的是，找不到一个相同之处。1820年左右拉马丁的某个读者对他的《湖》(*Lac*)的感受和1890年左右瓦雷里对《骰子的一掷》(*Coup de dés*)的感受之间，"情感滥用"是明显被滥用的词。

总之，这是可赞叹的，我们可以说出写出如此多精湛的、深刻的、美丽的，甚至更了不得的东西：直到不容置疑的准确，即使这一现象我们分不清缘由——同时，也不能得知它达到的结果。

*

《罗恩格林》在魏玛歌德小城首演是如此了不起的盛会，首演是李斯特指导的，而去德国旅行的巧合让奈瓦尔写下了一则评论，至少想象中是这样！本该重新看，重新听；装饰，服装，声音的质地，高贵音乐厅里的气氛，直到幕间观众的评语，直到这座小城的康康舞。即使奈瓦尔这篇没有重点的评论并不全是，或完全不是当时的情形，可是，天哪！时代最先锋的诗人却最经常在绘画或音乐上落后，差距足有一两个世纪之远。奈瓦尔心中的音乐，是路易十三时期的羽管键音乐,不论《幻象集》有多大魔力,有一道鸿沟在此将他与波德莱尔划开。波德莱尔崭新的独一无二的现代感在于,在所有领域,他的品位都是自发地前所未有地处于先锋前沿。

除了音乐,所有审美领域同时自发的意识的进步——耙状进步而不是单项进步——对于布勒东而言(就如阿波利奈尔那样),比起单一的诗歌领域真正的突破可能更具价值,更有意义。他标榜绝对现代性可招摇的旗帜:波德莱尔和马拉美放第一位,然后是阿波利奈尔。对艺术领域的全面苛求,相反在兰波是完全空缺的——他没有向同时代的音乐、绘画和雕塑投去过一眼——克洛岱尔也一样,或许他的翻译涉及过,而在科克托则是过度的关注,他不稳定的易飞散的诗歌,像在每一时刻都在寻找着比斯特拉文斯基和毕加索更粗犷的痕迹(或许是其他人),在这种特殊的才华中缺乏某种饱满;而不论是波德莱尔、马拉美还是布勒东,在天分的高品质上无可挑剔,在宽容大度上却从非如此。在艺术大融合的各相关领域中,有这样一种现代性,不论是否被意识到,寻找着骑在浪尖的舒适感,一路翻涌过去。

## 熟读深思

"时不时,相隔较长的时间段,我会梦到她,这些梦给我的生命带来一些罕见的悸动(即使工作了几小时还是会挥之不去),就像我们的士兵路过一处大火,在斯摩林斯克或是在别列津纳河上。"(这是邦雅曼·贡斯当致普罗斯佩·德·巴朗特的信,写于与斯塔尔夫人决裂的几年之后)

这几行字,就如我每次读邦雅曼·贡斯当,总会对我产生一种没有强度但持续的触动。我从没在任何别的作家那儿看到这种方式,他会在一个句子的拐角,突然压低声音与你对话,有着一种不露声色而胆怯的张望。

自从获得公开的成功,贡斯当的生活,就不再吸引人。一顶熄烛罩将他所有的担忧和好奇盖灭,议会的荣耀让他突然变老;这种荣耀是已退隐者的带有讽刺的晋升。议会结束之后,爱便不复存在:这位拄着拐杖的老人被学校的年轻人所拥戴,他让人想到火炉边的贝朗热,在一个准备继承其遗产的老女仆兼女主人身边。

巴蓓,有点同情心,

鸡蛋奶汤和我的睡帽!

　　他的政治生活最后一幅画面同样是悲伤而嘲讽的:"马尔什宫殿台阶上,痛风议员的手推车",向这个温和君主制的典范赐福。在落选法兰西学士院院士后没多久,他就死了:对年轻潮流的最后一次反攻,而青春曾是他人生主题之一,他的生活曾如此熟悉跳鹅游戏啊。

*

　　在塞利纳,有一个人在他的军号声后走着。我有这样一种感受,对于他出色的呼喝的天赋,他是不能抵御的,这种天赋将他不容分说拉入高风险的话题中,那些主题是恐怖的,充满着被围困的狂热的妄想,其中反犹主义有选择性地给予他憧憬。这便使一个艺术家看待他所接受的天分,如同看待乐器,自有它使用的要求——有时这种苛求几近恐惧——他需要将之无尽使用,穷尽它的广阔。谁不幸收到捕鼠笛作为礼物,我们就根本无法阻止他带着孩子们去河边。

*

　　陀思妥耶夫斯基的小说语言和那些"心理分析"的小说语言之间所呈现的差异就好比,一场正常的牌局中加入"百搭"的玩法。

*

　　我不止一次地问自己,为什么阿兰——我做过他两年的学生,两年间我也专心致志,带着一种几近虔诚的崇拜听他讲课,就像我们中三分之二的人,模仿过他的写作方法——

却终究在我身上留下极少的印记。

一个杰出的启蒙者,但他的思想中却没有未来。哪怕在1930年我们离开他的教室之时,一种剧烈的转变让他的思想无言以对,一个世界开始出现,一个疯狂的暴烈的世界,将他所有温和的人道主义抛弃。激进派占主导的议会民主法则对他来说一直是一种既得成果:这可以导致"坏选择",走向保守公证人和宗教人士为核心的部长团体,再没有比这更严重的了。他的政治问题是小城镇中小资产阶级选民的问题,反对一切侵占,对富人、要人和政府官员都带有敌意;他有着无穷多的哲学文化,当然也挑起过好几起论战,他的公民奋争的视野和对待专权者抵抗的范围都几乎停留在——一个世纪的差距——夏丰尼埃的葡萄种植农的层面。殖民主义、共产主义、希特勒主义、欧洲的命运、技术的振兴、世界的新格局等问题,都超出他有点地方主义的智慧。我也相信,它们也会同样让他手足无措:1939年,他自动重新找到的德雷福斯的立场,站于一切混乱之上,站立着,但从不向本质和强度的巨大变化上投去一眼;一叶障目不见泰山,看不见布瓦德弗尔,看不见希特勒;他策动"共和派"反对甘末林的战刀。

我们可以思考他对共产主义的看法:共产主义进入他的思想框架是一个错误,我想他把它理解成一种有些过于激进、过于沸腾的极端主义了,这并不是他的特色:一种回归"羊圈"的宗教感,工业世界对他大门紧闭,至始至终他想继续透过1900年的眼镜看待这个新生的世界。我想起某天他反对让·佩兰和新生的原子物理学时以嘲讽的口气说:"他们竟看到了原子!"他们恐怕会做得有点过头……

他既不喜欢具体的情况也不喜欢有限的个性,他是巴尔扎克、司汤达和狄更斯绝佳的批评者,他只接受克洛岱尔的高乃依式的《人质》(*Otage*),陀思妥耶夫斯基的《罪与罚》(*Crime et Châtiment*):不喜欢《群魔》(*Démons*)和《白痴》(*L'Idiot*),我不怀疑他会抛弃马尔罗的《人类的命运》(*La Condition humaine*),或者干脆无视它,就像他对待贝尔纳诺斯一样。如果是超现实主义,如果他知道的话,他会给出和瓦雷里一样的判断:拾垃圾。

我在崇敬和感激中离开了他。有时我读他关于文学关于狄更斯的评论,感到其解读非常有水平(在他严格划分的领域中,他曾经是,现在也是,一个杰出的文学评论家,自由,飞翔,多么有智慧!总能不时拉开距离站在高处观看)。可能我有些责怪他,作为一个永恒的启发者,思想却被局限,而这正通过一个隐蔽闭塞的乡村民主的衰弱,反映了一个世界一个时期的终结,也更反映了一个新世纪的诞生。一种几乎是前哥白尼的思想,就像被诅咒的,他的敌人巴雷斯的思想一样,对于他而言,世界的中心还是绕着法–德这对布尔乔亚旋转着。有一天,一家冷僻的出版社让我接触到阿纳托尔·法朗士一本小说全集的某一册:《林荫道上的榆树》,我对此书一无所知,将近读到六十几页的时候,我突然有了一种奇怪的想法:"看!阿兰!"当然并不是阿兰,而是它让我想到拉贝舍勒利的"好好先生"的智力范围和平缓的小山坡。但我强烈地感到在阿纳托尔·法朗士的小说世界里,在他像扑克牌中的人物一样标志性的定形里:将军、公爵、神甫、市政厅长、地产租赁人议员、世俗教员,都出自他年轻时代狭小的世界,他没试着去重新分牌,他的思考余地其实相当自由,但他接受了界定,便不再予以质疑。

\*

"告诉我你为谁魂牵梦绕？……"刚刚翻阅了本写巴雷斯的书,充满了那个时代的大量相片;他都为自己选择了怎样的支持者？这是怎样的一个行会！在他的工作室中,有着丹纳①的肖像和勒南先生(Monsieur Renan)的照片。在他生命中的各个瞬间,大胡子的议员、巴扎尔慈善会(Bazar de la Charité)的募捐人、行伍中的布道教师、阿尔萨斯的修女、慷慨的解囊者、百万富翁——罗斯丹、德鲁莱、安娜·德·诺阿依、马奇诺、卡斯特尔诺、吉普、保罗·布尔热、雅克-爱弥儿·布朗士、玛利·巴什基尔采娃:对于《画报》(Illustration)的读者而言,"美好时代"的大篮子最上面一层,到处都是次等选择……与他结下友谊或发起论战的人,没有一个是真正意义上站在时代高处的——他面前所有大门都敞开,好像他雇用他们就是为了躲开他们,躲开瞎子们正中要害的白色大棒。没有普鲁斯特,没有克洛岱尔,没有瓦雷里,没有纪德,没有阿波利奈尔,没有布勒东,他们从没与他相遇。真的要想相信,对于他,当时的文学和思想只出于法兰西学士院吗？怎么理解一个有才智的人可以在死人中如此巧妙地选择他的谈话对象,在活人中却选择得如此糟糕？

\*

在《魔鬼附身》(Le Diable au corps)中有两个元素不能完全融合在一起。一方面,是具体的画面,由无可挑剔的确信的眼神择选而成,记忆的割痕根本无法抹杀它;如屋顶里的

---

① 译注:丹纳(Hippolyte Taine, 1828-1893),法国评论家、史学家。

疯女人,马恩别墅的椴树,短树丛中的餐篮,橄榄树燃烧的大火,被火焰包围着的面孔;另一方面,心理难题几乎占据了《德奥热尔伯爵的舞会》(Le Bal du Comte d'Orgel)全书,时不时会让此书陷于冻结的境地,也在这个难题中,年轻而吹嘘的精明,让人时不时带着老船长的淡定回想起唐德尔爱情地图(la carte du Tendre)。

小说体裁有着诗歌所不具备的挥霍力,这使得某一处的成功,有时能在大段无谓的段落中得到回响,使之荣光焕发。几处辐射状的核心,只要播散得恰到好处,就足以借助其光芒扫去所有阴滞的区域。但一旦诗意停止出现,在一首诗歌中,一句接一句,诗歌便悄然失色,如同电线中的电流突然截断一样,使读者不得不立刻倒在多余的凑音节的词上。而小说的生命,却会像树脂始终保留了光线的印象,得益于强有力的画面有效延续了生命力,超出了给予它生命的语言的幸福感;在小说读者的思维中,感受到的速度几乎意味着一切,时间死去的必要带着纯粹的愉快,就像自行车手投入于自由滑坡中所感受的那样。因此,我阅读拉迪盖(Radiguet)的小说时,那些严格的媒介物,也就是那些被认知的画面让我得以超越,不曾有意识去刻意衔接,人们根本不必花过多的机敏去解释明白。全书的前半部分,至少,具体的猜想不曾停息。在后半部分,精力的投入渐少,我们可以感到拉迪盖,是在超乎于他的年龄之上写作,天才少年们能在音乐上具有的自信,并不能使他们也具有在心理上相同的自信。

重新阅读,记忆中留下的是第一次世界大战最后两年时巴黎的画面,或者更确切地说,是蒙特尔朗有一次提到过的"放荡的市郊"。小说丝毫没有肉感,也没以描写它为目标,只是小说所讲述的崎岖故事,在偏见中正中下怀,完全是一幅 1918 年城郊小市民阶层画面的若隐若现,像犬牙一般根深蒂固,像芦苇一般盘根错节,更彰显,更沉重,比社会评论作品更胜一筹。邻人、仆役、市长、送奶人、面包师傅、奶油商人织成半乡村化的监视网,像一张渔网笼罩了马恩那些阴暗的别墅。周末散步时,家庭的大阳伞和游艇,拄拐杖留着山羊胡子的退休老人,以微薄的不动产业宣扬他们的道德戒令。浅黄色昏暗的灯,市郊夜晚火车油毡布的气息。磨石粗砂岩的矜持小楼里亨利二世式的饭厅。待嫁的小姐在钢琴和水彩画之间,而皮吉耶学校的出现让这一切都消失殆尽。在那些可疑的墙后,封闭着郊区的一部分,被修剪齐整的椴木遮堵着门窗,没有汽车、影院、文化活动和视野,被俄国人洗劫一空就如同被维多利亚洗劫一样,不再有黄金的负重,却被死罩在狭仄妒忌的道德观里,持守着自己的身份,保留着几个仆人,渐渐在墓地、公证人、公报的阅读中间感觉存在的流失。蜷缩、愠恼地睡眠着的郊区,不单给予此书问世时诋毁的气息,更有 1968 年猝不及防大爆发的缩影。

\*

一切指向纪德的天主教盾牌,说明了世纪初天主教义对他们不可剿灭的敌人是多么分辨不清。用于攻击他的,是一幅类似于魔鬼的画面,就像那种一贯的形象,我们都知道,魔鬼是"肉欲"的专家;在这个简便诱饵下,瓦雷里将之换作堕落天使路西法。在纪德那里没有知识分子孤独的骄傲。一个中世纪的审讯官,即使是二流的,也不会被欺骗。

在沙特尔，强烈的阳光促使我往返几小时：想着看彩绘玻璃的念头突如其来，全因重新翻读了《大教堂》(*La Cathédrale*)头几页。几个德国游客（已经是下午六点了，但根据太阳的高度，只有四点），跟随导游在中殿里，蜡烛丛围在黑色的圣母像前，一个穿鲜红色斗篷的主祭，为十二三个服孝的老人大声朗读经文（似乎石刻衣帽间里已经有了很大的变化），最美最神秘的彩绘玻璃是那些最黯沉的（尤其是其中一块，朝向唱诗班席的最深处，一种只有在朱砂的光彩中才会折射出来的沉重的蓝色）。彩绘玻璃配合着大玻璃窗的东方挂毯，铅镶嵌的距离、厚度，使一切都不具象化，而是一下子呼之欲出。蓝色和红色的色彩，幻化成了切割宝石时干燥的火焰，磨光宝石微弱的闪光，让人想起它的脉石，褐色、黄色、透着紫色的褐色、抹金的绿色，带有一种想不起来的开胃的美味：流蜜，香李，葡萄干，成熟了的葡萄串的透明。如果住在这座城里，我会每天过来，以满足我对色彩的需要。在这里，这种需要在两种不同物质下被唤醒，被餍足，而这两种物质，又绝不等同于面包和酒。

总之，绝对需要于斯曼那种果味厚重的语言，他那种富含物质精华的墓志铭，来讲述这些拼花大玻璃，不但神秘，而且有着浓密的性感让人馋涎欲滴。

在后殿后面，葡萄山坡的倒影投射厄尔河(l'Eure)，给我一种青绿间清新之气四散的圣器室般的印象，附属小教堂与主教堂分离甚远，照耀着神圣的小树丛中的树木。马萨克尔路、富勒利路，一片被托起的绿荫，像神职人员一般，温和厚道，有着柔软的宁静，适度世俗化了的修道院的沉思，它们的倒影镌印在大支流交汇的水面上,一直绵延到弯曲的厄尔河沿岸,塔尖的倒影像是在追逐着刻度似的,如同日晷一般。

任何一幢我所知道的城中教堂,不论在亚眠、布尔日还是兰斯,附属建筑物对主厅堂的联接都不紧密;由于黏结水平的低下,城市所坐落的高地也并不平整,就使得塔尖的高耸程度各不一致。这里,我们不会有克洛岱尔所说的对教堂高耸于城市的感受,而是依据功用有着简朴的组合:接待处、风车、走廊、接桥、公共的钟锤,都蜷躲在原始纪念性建筑物的豁免中,好像一个殖民小茅屋在城壁厚重的墙后。于斯曼通过他的书页,在阳光轻风下徜徉在小路上:他从未离开那被中心磁石画出的磁场。

\*

保罗·莫朗的《勒维和伊莱娜》(*Lewis et Irène*)上演了一出伊甸园式的资本主义大戏,一种在原罪之前的资本主义。这本书,远不止早我们半个世纪问世,而是居于一种古文学的地位,也因此割断了与现代知识分子的联系,就像教父的作品同世俗作品相隔一般。同时从书中还可以体会到一种尖锐的天真:那个矿石勘探的业余爱好者和那位大银行家家庭出身的夫人,还没有意识到他们行了马克思所谓的恶,对于今天的我们,就像在传统道德看来,丹芙妮(Daphnis)和克洛艾(Chloé)是无知地落入了"肉欲的罪恶"。

这本书于我十分特别,它在我的生命中是占有分量的。16岁时,大概是那时我读了它,勒维给予我一种令人尊敬的形象,他过着让人不可模仿的生活,是1924的典范!莫朗的调酒器制成过分繁复的鸡尾酒:一种让人想起司汤达经商或瓦谢在杂货店里获得成功后的艺术商业化的本性,一种不妥协的附庸风雅,一种干冷的脸色,被速度代替的贵族阶层,与 Up-to-date(每日更新)的文化渗透相连的情色的玩世不恭(比如在去伦敦的飞机上勒维读弗洛伊德),这一切都涌上我的头脑:既然是因为生意,我们才谈到这些存在的高级形态,就要以生意为目的! 我一度严肃地考虑,试图进入生活的诗意,去参加高等商科的考试,那时刚在高中开设商科类的预科班。

1977 年我重读此书的时候,觉得它已被一些现代主义的幼稚毁坏,它同布加迪(Bugatti)时代过于紧密相连(茉莉花可以"两次散发香气"),这本书给小说中融入了一个新的方法,即短路故障。不幸的是,保险丝是高风险的,使用的效果也总是有限。现在看来,二战期间的文学队伍中,这本书就像表面上可行的技术解决办法,将人引入死胡同:水上飞机,齐柏林飞艇或水上滑行器——相反,小说最急切的秘密之一,似乎是在一小段吝啬的物质上制造缓慢。

*

契诃夫的《草原》(La Steppe)中,最令人拍案叫绝的是准确性,在模糊的不安定背景中,孩子第一次离开家庭,被大伙一一过手,躺在陌生的床上。新鲜的暴力,贯穿奥德赛式的叙述,不断喷涌的不间断的独特性:相貌,谈话,房屋,恶劣的天气,景色,几乎都出自梦境,同时又停留在一种迷醉而令人愉快的咄咄逼人的微妙中:世界随机地抛向我们,在第二次出生中将我们剥离家庭茧蛹,赤裸裸,暴露无疑。生命中的衰老不是别的,是依托于或然的新鲜的毫无新奇的连续不断增长的事实:在《草原》中,这种或然性抛向每个瞬间,统治一切,并具备瞬时的捕获力。每个瞬间,意识都像被新的画面阻塞了。

*

兰波。我看他成年的照片,伊莎贝尔和维达利的照片。家庭的印记,农村人粗犷的突起和扁平,在那儿,是多么强烈,而且随着年龄不断加强,在鼻子、下巴、颧骨上留下了严酷的印痕。因为他无疑属于弗雷德里克的系族,就像属于伊莎贝尔和维达利,属于兰布大妈一样——因为血脉的蛇结紧紧缠绕——因为它是坚固的,这一条线,从世界的尽头,将他牵引至夏尔维勒,牵引至罗什。一家人!血脉留在他身上的印记,他从未表示异议,在夏尔维勒那座孤独的坟墓令他多么不悦!就像离家出走之后,那些最五彩夺目的,所有那些坚硬的骨骼硕大的他的仿制品,又在他杂乱恐怖的家族墓穴中与他相遇。

*

那个时代,缪塞的过滤器严格到几乎只能让最易消逝蒸发的物质溜走:流行的歌曲,路间的小调,当年的时尚——西班牙港,拜伦式的唐璜主义的标题,"德国的莱茵河",穆尔热(Henry Mürger)笔下轻佻的女缝纫工——所有那些只在巴尔扎克小说中零碎撒上的,用于标记叙事时间和确定乡音的事物。

但就是在这种不曾妥协的表面性里,他毫不动摇地找准了机会和最佳的标题,让人不能忘怀。任何一个同时代的作家,都未曾向我们重现过时间的质感与厚度,而他偶尔为之,往往在一个句子或一句诗的一角。他一点也没有进入到时间里去,但他一笔带过的歌曲,他的味道,都驻留在他最美好的青涩年华中。那难以触摸的颜料，造就了那个时代脆弱的独一无二的虹影，被他一触及，就成了历史学家指尖的材料；就像蝶翅上彩色的粉末，有时他可以通过一些法术，找到定影剂。

*

我们可以很好地想象梅塞纳(Mécène)保护的圣琼·佩斯(Saint-John Perse)和奥古斯都时代的法庭之友(amicus curiae)，歌颂城邦的凯旋正如同歌颂各阶层结婚的尤利法，或者还像上个世纪的桂冠诗人，在印度女皇登基时在竖琴上进行即兴演奏！他们就是为官方献词和大赦的庆典而生，而他们祝圣或奠基的诗意迷幻的颤动是第三共和国不能给予的：他想象过《阿纳巴斯》，却未能获得写《诗班退席圣诗》这样的机会。因为他歌颂的世界是一个停息的世界——一个永远被冬至与夏至两个时点封锁的世界——一个从历史到恒星般稳固的世界，一个人口普查可以清点人数的世界。

这种独特的诗意，是一种没有指向没有坡度的演说，或者更像一团肉泥，一个根本性感叹的语言质料，材质和口味都绝对自成一格，不论从何处抽取最少量的样品，都能立即辨认它的成分，这使它看上去连自己的仿制品也容纳了进去。它不确定的、反复进行的不断拌合，一旦开始，就可以浑然无觉地持续十至两百页：在他的圆周运动中，读者们既无从定位也从不能靠近它的起点或是终点：这是激浪撞击海滩的戏剧化的汹涌，一种只能指认，只能宣布其自身重复的崇高伟大的喧哗。我们可以从任一处翻开它，将耳朵贴近它，就像贴近一只海螺，只是同一首海洋的叙事抒情歌，会与其毫不费力地联系在一起，一再饥渴地咬住自己闪烁的尾巴。

我可以在相当长时间间隔后,像口香糖那样使用它,最初每使劲咬一回便能喷溅出一些味道,但十二三页之后,味道就消失殆尽,令人扫兴。但不能阻止我再一次拿起它:能让我们重新翻阅的诗人可为数不多。

\*

谁又能负责终结兰波的思想?他的思想是从来不终结的,它总是反叛着,在它愤怒的无穷无尽短暂的重负里。《地狱一季》只是灵魂剧烈地相互撞击着的运动,夹杂着交织在一起的、不可预料的相互干扰着的东西,像巨大的波浪撞击飞溅于敞开的海湾堤岸上。它总是吸引着我,令我着迷,令我留连,就像在锡永,我会花一下午几个小时的时间在阳台上:挫败的怒气马上遇到了,纯洁不可想象的模糊了的力量的脱节。

"这已发生过":兰波的关键词之一,我们不能给予它相应的分量。好像某个时刻他身上的某些东西停止或已经停止制造风暴,不可解释。在他那儿,"这"在发生,这也从没有解决过——这是全负荷通电的组织,风暴般的精神轮廓,相当活跃以至于只能相撞、摆脱或睡眠。

《地狱一季》的兰波,伊夫·博纳富瓦(Yves Bonnefoy)在他精彩的书中给出了一些诱人的假设:他是否会有条理地吸毒?他是否(就像他一贯那样做的)投身于严肃的研究,很可能是原创性的:有节奏的音乐,炼金术,数学?他是否寻找过一些宇宙和谐的秘密?在他身上(这在《地狱一季》是显而易见的),实用知识、真正可操作科学,对他有一种不变的吸引力。"我要制造黄金、药方":总是有一种对具体事物的疯狂。不可考证……但我们或许应当更多关注瓦雷里提供的间接证据(这个证据一直被系统地怀疑或忽略)。在他 1875-1876 年期间献给兰波的戏仿的《老科佩》(*Vieux Coppées*)中,他应该能在那个时代收集一些声音和证据;为了更好地相互比对这些证据,他保留着对兰波的一种精确而强烈的印象,而他们之间相互的敌意,会增强他的特征而不会违背它们。但是,我们应当怎样从《老科佩》中那个不足挂齿的兰波身上进行解读呢?首先是忧郁的内心,生存的忧郁,讽刺的,空洞的,不可治愈的漂泊感。然后是对实用或是军事科学的热衷(我要建造一个新型的学校),瓦雷里曾两次提到兰波对数学的嗜好:多种语言研究、发明证书——"综合理工"这个词在这也是富含表达性的。我们可以感到,这个巴黎文人中的波西米亚人——善于讥讽,又易于接受人们所说的一切——应该是介于写《地狱一季》的诗人和埃塞俄比亚商贩之间,一个影绰的形象,但自有其担保人,一个绝望的流浪人,因为对知识的需要而懈怠了诗歌,也展开过道路,带着某种程度的新入教成分,寻找着能解开真实世界的钥匙。

*

波德莱尔是一个预言者,就像兰波所相信并说过的那样吗?道德是他的缪斯,是他诗歌全部的语调,是几乎开启的、被预感到的天堂中迷人的虹彩,作用于再次堕落的罪人,那唯一的视网膜上。有两三次(《女巨人》[*La Géante*]),他试图从这个被原罪淹没的世界浮出;但只能连续呼吸上一会儿。世界兴高采烈的无辜,是每个诗人都会最自然地发出的原始音符,而在他那儿几乎是唯一的缺失。在《恶之花》——《地狱一季》之间有一种演变关系,在法国诗歌中找不到同类的血缘,只是那些相同的成分,相同的敏感,被几乎矛盾的性情所演绎("父母亲,你们用洗礼把我变成了奴隶")。依它们的日期,把这两者放回到,在它们之前和之后的重要诗歌组成的环中:雨果,维尼,奈瓦尔,瓦雷里,努沃,马拉美,阿波利奈尔,让将他们组合又与众人分开的奇异的诗歌的微观世界,浮出并变得鲜明:基督教沉重的出场,是被作为生之放逐的致命价值——从受虐的基督教和庇护九世让整个世纪作呕的随风倒的对教义的放弃,到尽可能从真实生活中去寻找诗意。

*

那些粗鄙的日子里,一时,那些书,所有的书,味同嚼蜡,一种忧伤的懒惰让心灵颜色尽失,枯萎在所有写成的诗歌脚下。对我,只剩下两三眼清泉——微小,但却从不枯竭——那里的活水从沙漠里不断涨溢,不断涌出,从未缺少,让我恢复活力;这是兰波的几首"短歌"[《可怜的梦》(Le pauvre songe)——《早晨的好主意》(Bonne pensée du matin)——《干渴的喜剧》(Comédie de la soif)——《眼泪》(Larme)——《永恒》(Eternité)——《年轻的家庭》(Jeune ménage)],一两首缪塞的小诗(《致圣布莱斯,致祖卡……》——《巴布利娜之歌》)和可能是最直接的最自然的接近地下含水层的——阿波利奈尔。更有《爱之痛歌》(那么美,然而基调带有"伟大诗歌"的味道)。我只需要《永别》《马利兹比尔》《秋水仙》《柯罗蒂尔》,只需要给我再说一下《玛丽》的头一句,世界陡然间便重回了清晨的颜色。

清晨的颜色?是的,但这是个不再能找回来的清晨的颜色。有一种魔术——一种黑魔术——埋伏在诗歌清新可人、无忧无虑、如此轻快地喷涌着的心脏深处,一种被波德莱尔和马拉美精巧构思的成熟诗歌所遗忘的魔术。这魔术里带着一种瞬间性,一种以初生的状态移动着的生命,全新的雅致和"永远不再"归于任何诗歌定型的距离。

其余的,我对一大部分《酒》(Alcools)中的诗都没有感觉,只留有奇思妙想的学识印象,有些来源于《研究者和好奇者的中间人》(Intermédiaire des chercheurs et des curieux),几乎每一页都能挑起想象力的胃口,这只说明阿波利奈尔是一个对专有名词,最独特的词,最能唤起浮想联翩的词的令人赞叹的发明家,或眼尖的发掘家。只有雨果本人,独一无二,能在这个地盘上与他匹敌。《地域》(Zone)是一首重要的诗,它的力量曾被布勒东推崇过,这首诗在于浪漫主义雄辩同现代主义的尖刻咬啮的无止境诱惑力的组合(现代性——不能如我们所相信的那样复活什么,每个时期它推新并改变,但它只经历过一个真正的春天,在威尔伯·莱特和萨拉热窝刺杀期间——它在阿波利奈尔的诗句有时还有他的散文中四处撒播灵感,一连好几年)。在其他集子中,于所有作品之上,我首推寄给露的明信片:"死去,最终去明白不可抵抗的永恒……",高级咒语的措辞,情人本该终生在身体与衬衣之间保存的具有魔力的避邪符,就像帕斯卡保存圣埃皮娜的手迹一样。

我对散文的兴趣较少,很久都没能找到的《腐烂的巫师》(Enchanteur Pourrissant),是我当时非常想读的,却最终令我十分失望。

阿波利奈尔的诗歌气质,有点像一艘张开帆翼的双桅帆船,在强风中滑行,前后颠簸,海浪时不时打到船上,和克洛岱尔的诗句一样,它是最能即刻就感染一个还是学徒作家的读者的诗歌节奏之一。它很少变化莫测,不便轻易使用。没有阿波利奈尔的成分,阿拉贡的诗算得上什么?然而即使它的出现显而易见,却同样给阿拉贡留有自由的空间。

*

在我看来,人们从不留意兰波世界观中的奇特之处:一个完全统一的世界,人类在其他种类的生物中,用一种荨麻或阿福花生长的缱绻方式,成群地移动着,翻涌着。没有一处相遇是单个的冒险;每个生物的浮出或涌现都凭借——美、权力或入地狱之罪——即刻变得具有象征性,没有过渡地指向创世记:似乎个体性还没有诞生,在伊甸园中也不可能存在。任何一处社会意义上的区分都是无意义的。这并不是启蒙时期哲学家们所作的那种理论上的视野,而是具体的,以直觉关及到的一个社会组织产生之前的亚当主义时代。在这层意思上,它是满身紧贴着创世第七日的世界,是大环中终极的一环,与它在另一头相对应的,是普鲁斯特的人类被社会意义化了的网络完全攫住的世界。

*

一种无可挑剔的修辞,一种对语言音乐性的强烈情感,一种独一无二的吞咽词义的才能,直到爆裂的边缘,他的词汇库中的词,将马拉美式的浓缩汇合古典颂歌的雄辩并不全是诗意:如果说瓦雷里百万富翁式的诗歌,让现今我们中的不少读者,感到一种富丽堂皇又足够冷峻的夸张文笔,如果说在我们看来,他诗中的各种成分的混合有时在自我瓦解,那是因为,就在《年轻的命运女神》(La Jeune Parque)问世之后几年,在这本诗集刚刚在法国诗歌界夺冠,并使之终了的时候,超现实主义正将它最刺目的光芒投向一种全然不同种类的诗歌:一种低卡路里含量的诗歌。只有词语原初最简单的味道(我来说说那些菜肴,比如现代美食学),不再是马拉美式容易充血的词义填喂。也不像《牧神的午后》(Après-midi d'un faune)中所表达的诗意,而是兰波和阿波利奈尔的诗中能找到的(波德莱尔是他们非此即彼的源头),与他们相比,瓦雷里缺少的是简朴(我引用罗伯特·布雷松[Robert Bresson]某天对我说到的莫扎特的漂亮说法),就像在开场的画面中缺少可能性的指引一样。这使他的诗歌——超越马拉美的诗歌——突然看上去是在兰波之前。总之,对于1977年的读者,诗歌报复了瓦雷里,因为他自认为超过了诗歌——像情妇那样对待它,在她的怀中时,羞于与公众见面。

\*

我总是好奇地想要看出,在一部重要作品问世时同时代人对它的反应,这让我们觉得很新鲜,他们不知高低地谈论着它,不知道有一天将跪拜在它面前。文学史始终如一地擦去那些曾经幼稚的杂乱的证据,往往熟悉又不合时宜,就像简短的历史,会忽略那些世人皆知的伟人,曾在课间的庭院里和一群淘气鬼打架。这些都不会动摇伟大作品的稳固,却能帮助我们刮去时间盲目地过分给予他们的附加值。

\*

"重读歌德的《浮士德》。这是对人类和对所有科学人士的嘲弄。德国人在那里找到了前所未有的深度。对于我,它还比不上《天真汉》;同样骇人听闻,枯燥无味,却还少了轻快和出色的玩笑,多了糟糕的品味。"(邦雅曼·贡斯当:《日记》)

这样的评判并不能证明作者口味的退化，也不能证明几年或几十年来，名著易受伤害的抵抗状态在衰减，在荣耀的外壳尚未披上之前如此，荣耀之后也绝不能使它免受打击，而是几乎不可避免地使它失调，使它发生偏差。我们可以发现这个评判是贫瘠的：至少，在贡斯当的这个评论中缺乏尊敬的稚嫩眼光，像未干的油漆一样新鲜。祝圣的那天会来到，为百年一次的祭拜上蜡的涂料，会传递给作品一种博物馆内年久生成的高贵褐色；而想和它对话，只可能与穿制服的工作人员之间产生困难的交流。

\*

我从来没有对《堂吉诃德》有过多大兴趣。但我是敏感的，如果我重新翻开这本书，那些充斥其中的，离我们相隔着几近神奇距离的物件，那些在当时或者说在这个传奇故事中，奇特家具显得比拉伯雷时代的（比如说）那些家具更为久远，而拉伯雷比塞万提斯早了半个世纪。驴子和赶驴的人，宿营的沙漠商队，风车，油罐，呈现在这儿的不是文艺复兴时期被唤醒的乡村商贸生活，而是阿拉伯故事中不知何年何月的背景。小说的成功多得益于这种差距。卡斯蒂耶大草原上非洲的滞后赋予芒什骑士的功勋以可信度。这是比克克尔战争所不能达到的，在希诺内村庄现实而狡诈的市场经济中，比克克尔难以置信地迷失了方向。

\*

作家，低产的作家，我们发现，当他们写完三卷本，我们因为急于关注更多的领域，就再不能分清，他们发表四十卷本都分别是在什么时候了。当文学不是被专制地"签署"，它会有一种特殊的重量,推动它进入到世界的某一时刻或艺术某个时期的无名的难辨中,就好比孱弱的模仿会将它们引向瓦解直至湮灭。蹩脚的艺术事实上是一种"相似"或是相似的负面趋向,不是模特与原创形象之间的相似,而是条纹的颜色与其沙质基底的相似。

在那些尤为填补文学领地空缺而创作的作品中,我不会过多犹豫——在主要种类中——建议两三部歌德的作品,其内部需要不再体现它的音质,而是风景园艺师的苛求,试图给予任其自生自灭的空地一种全新的想法。

就像拿平淡的形容词可以凑合填满一首诗,对于一些作家,他们整部全集里尽是滥竽充数的词语。这是些拿来塞破洞的作品,随着时间的推移,迟早会来惩罚艺术的帝国主义。

\*

于斯曼。找出这样一位作家是很难的,词汇如此之广阔,总能令人意想不到,同时又如此精细地酿造过,在寻找和创造中却都能始终如一地带着幸福感。语言的质地,尤其是形容词,在他那儿不是浮面的颜色,而是浸润了饱满的颜色,光亮厚实,如同景泰蓝的釉色亚光。

也很难找出一个作家,句段的使用是如此单调,损坏了一般,句子是用并排的刀法如此筛检,如此贫乏,摆上一块块色彩饱满的笔触,没有严格意义上相连或从属的关系。甚至再贫瘠一点,像患了共济失调,一个段落下来,被翻来覆去的然后、最后、这是、总之等笨拙地截断,文字被钟里小人的榔头一页复一页地击碎。相连的柔软的话语运动本该活跃整本书,给它一个坡度,一个台阶,一个前景,在他那儿却都冻结;他的书就像奇石形成的建筑物,在地震后浑身碎裂,珍贵的碎石和所有那些用于支撑维持一个高度的,好像一块块都想回归它们最初的采石场。这些是书的华丽的坍塌物。

*

对自然主义这一用词的拒绝,在于斯曼的作品中,从一开始就在他的风格中体现:文学正如政治,方法必然会颠覆结果。

*

我只想阅读《逆流》迟来的序言,但却读完了整本书,一种风格(我在所有修辞学老师面前都毫无抵抗力)牵引着我,几乎每一页,都引领着我用一种语言学上的推敲翻开"字母"。而且,这本风趣的书,一时兴致的垃圾桶,用它自己的时间高明地对文学进行选择和分类。20年后费利斯克·费内翁也同样高明地创作了绘画。

"波德莱尔在难以理解的灵魂中,参悟了情感与思维的回归……"多么准确,即使表达很突然,多么敏锐的洞察力!回想起1968年我在广播台做过一次访谈,采访我的记者对当时大学生街垒尚心存余悸,他问我,只是走形式确认一件显而易见的事,是否诗歌的精髓并不一定与青春相连。我的回答相当干脆:"那么波德莱尔呢?"——今天我还要再加上一句:"那么马拉美呢?"

## 文学与历史

*

不止一次,乔治·巴塔耶(Georges Bataille)的作品忠实地指向基督教的精神世界,就像一枚勋章的凸起,忠实反映其模子的凹陷一样。耶稣的宗教——尤其是它的情感环境——是否已经被遗忘,我们或许可以反着考虑这个问题,好比我们如果想勾勒出古代冰川地图,就只能从大陆上升的比例来看一样。后基督教只能真正开始于地球物理学所谓的"海面升降进退"运动终止的时候,通过经年累月的压撬,相互核证相当缓慢。甚至尼采也甚有道理,以其强加、协调分配的平衡的反推力,一个死了的上帝还会统治相当长时间。

*

波德莱尔——有一千个理由——嘲笑维尔曼在杜拉侯爵家参加晚会时,在圣日耳曼昂莱的露天平台所作的陈腐矫饰的文章,那是夏多布里昂在内阁失宠的前夜。那时斯图亚特(Stuart)勋爵、波佐·迪博尔戈(Pozzo di Borgo)、卡波·伊斯特拉(Capo d'Istria)、洪堡(Humboldt)、雷慕沙(Rémusat)、德尔菲娜·盖伊(Delphine Gay)都在。这让我们回到1978年的那个场景：上流社会的交谈。在夏夜笼罩下的草坪上，衣着光鲜的巴黎人闲聊着政治和文学，而一个无足轻重的内阁落难人则在幕后消逝；这并没有什么意思。完全没有什么引人注意或值得回忆的地方，究竟是什么突然粉墨登场，使之抹上了一层诗意？这完全是埋头于历史时会遇到的令人发怒的不公正的诱惑问题，它已毫无掩饰地，在一个冒充高雅追逐时髦的院士日记里出现。

我回想起当时——已经很遥远了，在我看来——萨特神气地教育莫里亚克："您想让您的人物活着吗？让他们自由"（当然，当时没有人敢反驳这个过分轻率的说法）。威望自有很多理由来点缀那些在几十年之后，甚至是处于历史最边缘的配角；但他们之中有一个，和小说中的人们一样：他们不再会是自由的，在他们面前，任何不确定的未来都是绝对缺失的。对于还活着的人，对于本质上轮廓模糊的人来说，想象力与他们无关，甚至更糟；支撑点过度的灵活，反而会失效；负面的诗意形成了自由的缺陷。

\*

1830年7月29日的晚上，当起义已打响，在朋友的客厅里，长枪在手，布朗基(Blanqui)用枪托砸着地板，喊道："冲啊，浪漫主义者们！"这是一个国家发自内心的典型呼喊——可能是欧洲唯一的一个国家——每当狂热的时刻来临，文学和政治就重新握紧了彼此的手。

"这是伏尔泰的错——这是卢梭的错"：一个国家两百年

的反思，文人们无可奈何地被各党派雇佣，就像旧制度下糟糕的臣民加入国王的军队一样。比如巴尔扎克自愿加入，在死后被从白党追认到红党，再如波德莱尔和福楼拜。而现在是这个可怜的马拉美，轻装上阵，晋升为元语言进步派大军的鼓吹手。

\*

如果说历史是如此错误，不真实，虚假得变形，那么一个瓦雷里就会想着好好说说（瓦雷里给历史加上了种种罪行），这个常识能提醒我们每一个人。因为，如果他享年适中——尤其是在我们这个时代，各阶段前仆后继，更替快速——每个人都至少在四分之三的有生之年，看到在历史上沉淀下来的东西，这些东西已充斥了整个图书馆，而我们将以此来为晚年增添趣味。那么，直接将他能读到的，和他亲眼所见的差距加以重叠，就足以让他瞠目结舌。通常，经验会让他好好地设想，设身处地，而他设想得非常完美。历史最强有力的担保者，不是那些文件、资料、证据的骄傲依托，而是每一本讲述大半生的传记，有意识地和历史的叠化。在我之前那一代的无裂痕熔流里，与历史相连的死者，无时无刻不在抓住生者，却毫无继续下去的办法——哪里才能在熔流的上游找到那道裂缝呢？——就像辨认从入睡到梦境的间隙——魔杖一样，那些一生都给我举着的，总的来说，让我整个一生都处在不那么变形的镜子中的事物，似乎都变成了纯粹的幻影。

\*

历史记忆的缺失，让印度的文明变得奇特，而以下只会让一个现代的欧洲人吃惊:英国研究者单独为它重建确切的过去,几乎五十年的距离,让具体的事件及其纪年淹没在神话的谜团里。欧洲的中世纪是无独有偶的:但丁是它的证人。纪年和历史视角的完全缺失——《神曲》从头至尾皆如此——可能要归于鲜活的事件都转为档案馆书记员毫无深度的陈案记录了。但同样清楚的是,与历史保持距离的眼光,在但丁看来并没有现实性,不及画面的视野和透视点,而这些更多在列奥纳多那儿以及乔托的壁画里。逝者的时间围成圈环绕在他周围,很少连贯地系统讲述往事,而是说起那些最具象征性的人物在某一时的兴起。同样,对于普鲁塔克而言,荣耀归于那些模范标准下的显赫人物。

\*

在《沙岸风云》里,众多事情中我想做的,不是讲述一个超越时间的故事,而是用蒸馏解放一种挥发的物质——"历史的精灵",借用"酒的精灵"一词的意思,让它足够纯粹,能点燃想象力。在历史中,有一种埋伏着的巫术,一种物质,即使混入大量惰性赋形剂,还能使人半醉。当然,不能将它和它的依托物分开。在过去的图画和记述中,藏有它完全不等同的比例含量,就像我们提炼一些矿物质那样,并不是不允许在想象中使它增加。

当历史紧绷起它的弦,就像它在1929年至1939年所做的那样,没有一丝空歇,它对内心的听觉有着监测器般的敏锐,就像在大海边,涨起的潮水作用于耳朵一样。当我在锡永时,夜里在床上我可以分辨得十分清楚,没有时间概念,这是警报特有的声响,就像发烧时轻微的耳鸣一样。英国人说历史当时正在前进(on the move)。就是历史这样的上路,在开始的时候,这样不易察觉又激动人心,就像船身下海时第一次震颤一样。在我第一次着手写书的时候,这个想法占据着我的头脑。我本想我的书有着远方风暴第一声吼叫带来的懒洋洋的尊贵,没有任何提高音量的需要,它在长时间不易察觉的麻痹中酝酿。

*

这是怎样的浪费,一个充满天赋的文学一代,具备了所有的必需条件,使一个人能足够警惕,有如此充分的自由,斯大林式的蔑视,甚至蛮横无礼,天真地追逐无限的美好,在政治的洪流中玩耍,像小红帽在狼外婆家里——等待着它巨大的长牙!

*

在索尔仁尼琴那儿,在他的《古拉格群岛》(*Archipel du Goulag*)和《第一圈》(*Le Premier Cercle*)中,最令我震撼的不是揭发与抛弃中的暴力,而是一本书可以像植物一样疯长,就如同1914年8月,像一棵树一样自然长大,向四面伸开枝桠和根须。就像自托尔斯泰以来,在赖以生长的凝灰岩中,什么也没有严肃地改变——好像60年理论化的熏陶,还不是感受他的熏陶从书中脱落了,衰落了,如同移植部分的脱落一样,那里从来没有涌起过什么汁液。

*

在塔西陀(Tacite)的作品中,有一个漂亮的主题是福楼拜式的历史巨片:塞西纳(Cecina)是提比略(Tibère)时代日耳曼尼库斯手下的行省总督,连同他的军队,在日耳曼"长桥"的树林沼泽地里被阿米尼乌斯围困。午夜,瓦卢斯(Varus)浑身是血从泥潭出来,以梦境向他显现,将手递给他,但他却因为惊吓把他推开。罗马人凭借神迹逃出了敌围,浑身湿透满是污泥,饥肠辘辘,死伤严重,马匹和行李也都丢尽。

我们可以在《年鉴》中到处读到,这个发生在日耳曼边境的战争,一场深陷泥潭的战争,森林、淤泥、沼泽,无休无止地,不可能获胜,就像被困的罗马军团那样,最终像是被诅咒似的以苦难的结局告终,就像我们法国以及之后的美国在印度支那挑起的"肮脏的战争"一样。在瓦卢斯之后,越南的奠边府战役中,人们每时每刻,甚至更糟,都受到当地游击队的威胁,甚至还有老部队的叛乱。然而,日耳曼族群之间的争斗却最终没有造成灾难,战争(罗马帝国的)滑向莱茵河:但是,好战的条顿族、其深不可测的领地和"恐怖的森林",这些都是禁忌。

让一个主题的视角无止境加深的,在瓦卢斯的面容中,并不仅仅是戏剧化的过往幽灵的浮现,而是三个世纪后罗马的终结提前在塞西纳面前出现。他的死魂灵会在沼泽中出现,森林将重归寂静,莱茵河的守卫重归昏昏欲睡的安宁,至少可以保持相当长一段时间。然而就在这儿,在这个不堪打扫的龌龊之地,某天会积聚野蛮的乌合之众。来吧,我们回到了我们所熟悉的《在大理石危岩上》里的海域。

在这段插曲之前,罗马军队,想给予瓦卢斯的军队以哀荣,顺着他的足迹,继续他的歼灭行动。

"我们前进在阴谋的地带,充满着可怖的形象和回忆。瓦卢斯的第一个营地,有着广大的围防和大面积的武器库,显示着他三个军团的工作;远处,一半已毁坏的防御工事,一道并不很深的战壕,可以辨认这里是用以堆放战败军队的武器;战士的残骸在草原的中央,遍地白骨,或散或聚,根据他们当时是逃跑还是坚守阵地,都躺在武器残骸或马匹的肢体边上;在树干上,钉着头颅。在临近的树林里,耸立着野蛮人的祭坛,在边上屠杀了行政长官和百人队长。"

在荣格的军队里,在鲁伊扎日的空隙地中,瘟疫在蔓延,那里干枯的手臂和头颅环绕着他们,后方,森林的帷幕已落下,布谷鸟凌厉的叫声四处回荡。

提比略,塔西陀写道,反对日耳曼尼库斯进行这次死亡的圣战,或者是出于恶意,或者是因为"没有葬礼的战士们的尸体就足以让军队泄气,让敌人更为强大"。也许,重访古老灾难的残骸,比起看到尸体还有更为糟糕的事:那就是各自逃命的画面,到处散布的血肉模糊的内脏,伤残死亡的军队,比起可能全军覆没的画面,这是一直会萦绕心头的。更为糟糕的是:可组建的链条已经提前瓦解了。

\*

约阿希姆·费斯特(Joachim Fest):希特勒。他引用这位纳粹元首的唯一一句具有表现力的句子(多么具有表现力!)是他在1941年进攻俄国的前夜所说的句子:"我觉得我将推开一个屋子的门,这个屋子幽暗,从未见过天日,而我不知道等待在门后的会是什么。"

读完这厚厚两卷书,突然,让我回想起以前的那个噩梦,让我都不能安心出门去剧院,就像是约定好一样,我窝在家里,软弱无力,胆怯得像一件浸湿的内衣,大脑里浮动着鬼魅和幽灵。那时我20岁,毒番石榴的影子就开始盘踞在我们身上:就是这一年,纳粹主义爆发了,一下子枪决了德国国会大厦的 110 个议员;事件的意义——这很少见——被当即理解,评定,而这件事的影响立即为几乎所有的人明了。风暴的涌起持续了九年,一个令人不可忍受的难以退去的风暴,如此沉重,苍白,阴暗,人的头脑都变得动物般迟钝,我们都预感到这样一个世界末日般的迷雾,不能像冰雹那样痛快消散,而是会下得像血雨或是蛤蟆雨。

既然我们说到它对作家们的影响——我就在这儿像别人那样说说自己——我要说这些(带有理智的);我们的眼睛唯一看不到的东西,就像那些让人瞠目结舌的东西。在历史中,有一个强有力的多变的诗人,大多数情况,他是一个黑色诗人,每个时代,他都会换上一副新的作家面孔,但任何一个大写字母都不能暴露,这使得他能在信息缺乏时,警示关键的临界点;在众多记忆犹新的阅读记忆之上,要能够在他有时候忽一逝的时候抓住他。

德　国

布勒东所着迷的阿齐姆·冯·阿尔尼姆（Achim d'Arnim）的《奇异故事》（Contes bizarres）可能并不是那么吸引我，但我爱按自己的口味读它们当中最好的那个故事:《世袭财产的继承人》（Les Héritiers du Majorat）。因为在那里飘荡着中世纪德国使人头晕的气味，足足关了18个世纪未被丝毫触碰，就像瓦尔德马的身体一样，只要一触碰它就会化为粉末。故事中有着年久失效的滑稽人物、骑士时代的陈年旧衣、巫师和犹太人（哪怕是在霍夫曼那里，我们也不能找到这种几世纪泛着青苔的气味）。而且，我对故事赖以构筑的奇幻的独特性十分敏感：就是那种"用长镜头，从一扇窗户中看到的令人惊讶的内部场景"，过去，这种魅力，曾让我在盖·吕萨克大街的自家阳台上长期托肘凝视。道路的栏杆，比起扶手来缺少了象征的含义，也少了魔力的精髓，却给与一个不知名的公寓中发生的默剧场景……世袭财产的继承人的听力幻觉使某种声音复制（人工的和机械的）、某种吸引人的过分热情（以排斥方式展现）及某种罕见的奇怪细节重叠起来。在这方面，这些特点没有狡猾地另辟蹊径，而是似乎要通过笨拙的效仿,绝望而徒劳地竭力与标准化写作靠拢。从对面没装窗帘的窗户看,五六家住户在房间里走动,时而在一起像鬼一样窃窃私语,时而令人费解地分开,这一切让我感觉,取消生活的任何一个表现形式(这里指声音和声调)都将使人类戏剧演变为一种悲怆。演员们反对这种悲怆,就像人们有时会在梦中,徒劳地追逐某种现实中遗失的、合理的东西,突然梦醒之后,这种追逐比人们想象中的还要脆弱。梦中追逐超越自己能力的简单秩序所引起的混乱(不幸受到恐怖的传统方法的责难),在我看来,它制造了世袭财产的继承者整个冰冷的悲怆。这里让我敏感的,不是与如传统传奇故事中的现实坐标之路渐行渐远,而是敏感于标准生活康庄大道的背离,似乎再也不可能与之产生交集。

\*

思想与小说:这样的混杂,德国文学似乎较他国文学更不易进行操作。托马斯·曼在短篇小说《托尼欧·克罗格》(*Tonio Kröger*)中的理论思考(如在其小说《魔山》中一样)揭示了传奇故事的选材之谜,并以不文雅的疝气的形式表现出来——歌德的《亲和力》是形式主义和验证主义的结合,这一点更体现在康德的《纯粹理性批判》,而不是司汤达的《巴马修道院》中。英国已经在很大程度上摈弃了这样的混杂;陀思妥耶夫斯基的作品让人预感到另一种秩序革命性地重新统一:正是传奇科幻故事机器因其头脑中的冒险思想而产生动摇。

\*

歌德小说中令我扫兴的特点(《少年维特的烦恼》除外,

这本书我来回看了七八遍)之一,就是其叙事材料的抽象性,它总将作品中对外界的描述当作工程图一样对待(《亲和力》的情节通篇发生在乡下,在其环境描述中却找不到一丝颜色的标记)。伟大的作家中,再没人像他那样在小说的"细节描写"上吝惜笔墨。他以"轮廓模糊的绘画手法"将事件、动作、态度的具体描写混在一起,勉强算幅"草图"。

我认为,玛丽-玛德莱娜·拉法耶特的《克莱芙王妃》、邦雅曼·贡斯当①的《阿道尔夫》也差不多如此。然而,并不完全相同。法国式的心理小说中,最初的惯例就是纯粹而简单地将物质世界放在括号里作为题外话。这下显而易见。《亲和力》继承了卢梭的衣钵:在《新爱洛漪丝》中,有大量关于错综复杂的内心活动的描述,而其中在家庭环境上笔墨则较节省,这也正是歌德的写作手法所在。只要高屋建瓴地搭好框架,五味杂陈即刻油然而生,好似傅立叶的法伦斯泰尔②。从那时起,如果某位作家不满足对于背景描述的要求,我会拒绝读他的作品;如果某位作家只是醉心于写一些隐晦的东西,通篇都是象征性的语句,我也会拒绝读他的作品。歌德的《威廉·麦斯特的漫游时代》中有一章,名叫《圣·约瑟夫二世》,在歌德众多的小说人物中,我觉得这名字算具有象征性的名字:很明显,这是真正的名不副实。

也许,歌德围绕故事细节展开的令人失望的模糊性描述是一种自我防卫,以掩盖自己在细节描述能力上的不足,这种能力在他身上总是显得生硬。最无名的专栏作家通常在这方面也比他强一些。在《亲和力》(歌德竟然冒险进行了

---

① 译注:邦雅曼·贡斯当(Benjamin Constant, 1767-1830),瑞士籍法语作家、政治家。

② Phalanstère,法国空想社会主义者傅立叶幻想要建立的社会基层组织。

精确的描述)中,没有什么比"丰富多彩的活动"("activités fécondes",原文如此)更加荒唐的,根本是滑稽的模仿,爱德华与女队长专心于合奏:例如,在村子里乞讨这一情节安排,在入口或出口设有用于慈善活动的办公桌,或者规划自然的计划,这些令人觉得布瓦尔(Bouvard)和佩居榭(Pécucher)变成了园艺师或风景规划师。

《少年维特的烦恼》:这本书的效率,很大程度上取决于家庭过圣诞时如此 gemütlich(愉快)的轻松,还有复活节时白色舞会的欢愉,下午茶的蛋糕,这些事物产生的氛围,这与世隔绝的激情就是在这样的气氛中展开,它完全远离了所有类似于命中注定施展魔法的情形。"家里的大女儿"因为仁慈而散发出端庄、快乐、谨慎、善良、谦逊这些最好的品质,而且是在温暖和天真的德国资产阶级家庭中(正是从自己的母亲那儿她接受了未婚夫:夏洛特便将自己封闭在贝克小屋之中)。激情之排他主义并不似传统爱情悲剧的三重奏般,仅仅与约定的婚姻关系产生冲突,而是与自我们出生起就根深蒂固的更深刻的东西产生冲突:攀缘茎、爪状根、吸根、附着物等这些人类植物在成长过程中从各方面所依靠的自然手段。为了让维特满意,不仅要与阿尔贝断绝订婚的关系:绑架背井离乡的夏洛特是一种社会属性,因此这些切断的联系不可能得以恢复。因为维特爱上的不是理想而孤立的女性形象,而是家里的夏洛特,她在出身和习惯等联系的自然网络中被照亮,获得帮助,得到充实。夏洛特身上令维特绝望的是:不是女性隐藏而难以捉摸的特性(歌德竭力阻止这种情况出现),而是共有的创造性的片段,它无法孤立,也无法占为己有:并非社会规则的束缚,或对激情要求的地方,而仅仅是自然法则。自然主义者的泛神论制造了这本书的气氛,正是由此在它刚被掩藏时,却给这乡村的社会新闻带来一种令人钦佩的缓慢而深刻的节奏。

\*

作家兼思想家——斯宾格勒对于我而言即这个类型——给人的感觉是:从他们那里偷学的作者应该真读过他们的作品,他们的才能,尤其表现在创作精神食粮时写作功力的增加。某些植物的种子只有在食其果实的动物排泄物的滋养下才能发芽。

\*

托马斯·曼的《托尼欧·克罗格》就是《魔山》的小型复制品:叙述生活背景的两章节,因为思想意识的严重停滞而显得分散(一章是克罗格关于艺术的独白,另一章则是塞丹布里尼[Settembrini]和拿夫塔[Naphta]之间无休止的理论探讨)。与有个性的经典作品相通,行文方面,日耳曼的非正常让我触动,托马斯·曼和让·保罗都一样。一些熟练的读者与作家相同,诗歌或句子的短促节奏使他们的鼓膜超级敏感。此外,另一些人则对形成中篇小说,或故事较长的篇幅内容有深刻的理解。一切的发生似乎像新老更替的德国音乐家。即使在恩斯特·荣格尔的《在大理石危岩上》有对节奏最准确的把握,故事的发展速度,依旧陷入古代下埃及首都赫利奥波利斯式的僵局——却如此丰富。

\*

装饰性的不准确在延续,《威廉·麦斯特》的感召中,用于消除各种足以引起冲动之棱角的资产阶级式的体面令我扫兴。这本书似乎离题很远,这种距离使作品层次相互混淆,像蓝色的蒸汽般掩盖了整部作品的轮廓。歌德在这一点上的倾向则更甚,他抹去了所有能展示个人身份特征的人名,取而代之的是根据职能、职业、属性或等级社会中的顺序来命名每个人物:"老人"、"经理"、"伯爵"、"男爵夫人"、"秘书"、"王子"、"客栈老板"、"法官"等。米贡(Mignon),还有菲勒(Philine)是唯一突破这种商业社会窠臼带来的硬伤的鲜活人物,只有他们才配得上被称为"小说的人物"——作者操纵的庄严而重要的提线木偶。

哦!德国人的教育家啊!理查德·瓦格纳在四分之三个世纪后,曾经希望由他来担任,但是,这迟到的状态却是无法改变的。领土和文化让德国最伟大的艺术家付出了沉重的代价。幸运的是,对于瓦格纳而言,他音乐家的强烈本能,不会在任何情况下让步于其教学上的一时冲动。但是,从极端敏感的艺术家维特到麦斯特的沉重,包括《亲和力》的冷色构图,没有什么能够阻挡歌德——构思中的德国文化的"雅克老师"①——在崎岖的道路上探索。他是当代拿破仑的翻版,不过,他不是自己特殊才能的受益者,反而是将探索各种可能性与扩张领土结合在一起的牺牲者:那里有个人不可比拟的扩张机会,它激发征服者和政治家将自己最优的才能发挥出来,甚至是超水平发挥,相反地,似乎这些才能再次触动已对自己无可替代的才能失去感觉的艺术家。让艺术家同时做两件事很少会带来好处。

---

① 译注:maître Jacques,指同时身兼数职的人,直接取材于法国文学作品,例如,在莫里哀的《吝啬鬼》里就有这样的用法。

*

我心不在焉地阅读《威廉·麦斯特》,这是一部沉闷的小说,如此极度地中规中矩,以至于似乎其问世本身就已经笼罩着羞涩的薄雾。《奥芬特丁根》这本毒番石榴般的书并没有神圣帝国走向灭亡时统治德国文学创作数十载的愚蠢滑稽的教条。从更大范围来看,也没有说教小说(roman de formation)的生硬与不易理解,福楼拜深受其害(并非司汤达):只需看看美国人麦克·塞内特的电影就可以了解这些俗套到底是怎么回事。

德国多么需要创作优美的小说啊:年轻的歌德早熟地猛烈抨击,他不是魏玛共和国文学的继承者,而是直接向意大利进发!于是——维特和格茨成为这位德国文学之父摆脱旧作"蛋黄酱冷牛肉"[①]余味的保证。

*

关于钱的问题,在瓦格纳的态度里,掺杂着某种上帝下凡要求延长第六天的味道。他存零钱就像在开洞的木桶里放钱,钱越来越多,最终变为一大笔,这是金钱给他带来诅咒的表现形式。他爱好中国丝绸睡衣、家具和家居用品,他爱好维也纳的宫殿,"个人化"的悲剧圣所,这些爱好的确是其自身进步的逻辑,但是,能感觉到,出于隐藏的功能,每次他也会使尽全身力气来顺应形势(与巴尔扎克相似),像竞赛中撒欢的猎兔狗,不允许其他狗群靠近一般。即使有仙女神话中的国王神奇出现在这场游戏中,也只能突然提高赌注的水

---

[①] 译注:veau froid mayonnaise,指不是很新鲜、陈旧的东西。

平:这种金钱带来的祸患被认为并非致命,也许因为它们有世界上最好的理由只跟您一起死亡。

的确,生活不总是清澈的,还差得远。但是,人们最强烈的抨击却是最站不住脚的。早在德雷福斯事件之前,他在音乐上就奉行反犹主义,但是,这种思想无足轻重①;大约1925年的时候,一些作曲家宣称反对"肮脏"音乐,这些音乐在歌剧中却从未被禁止过。瓦格纳也从未因为某位合作者或朋友是犹太人而与之分道扬镳:固执地选择艾尔曼·勒维②作为其音乐的指挥。瓦格纳的三幕歌剧《帕西法尔》,顶着各方压力,忽视谴责这位指挥家与科斯玛③睡觉的匿名信,这种执着的选择可以说是高尚的④。他与希特勒"接触"的罪行也经不起调查⑤,后者是其作品的狂热爱好者。他甚至第一个急切地指出,天才有权利提出某些物质要求:谁又会抱怨呢?而获得荣誉的数据则攀升到令人惊讶的地步:当然,比起毕加索依然相差甚远。

---

① 瓦格纳反犹主义、国家主义的文章中,比较重要的是《音乐中的犹太人》,这篇文章最初以 Neue Zeitschrift für Musik 的名义在1850年发表,此后再版时则使用了瓦格纳的真名(1869年)。他在这篇文章中写道:"犹太人的曲子给我们的印象就好像用犹太黑话来读歌德的诗歌。"
② 译注:艾尔曼·勒维(Hermann Levi, 1839-1900),德国指挥家,瓦格纳的好友,《帕西法尔》首演指挥。
③ 译注:科斯玛(Cosima Wagner, 1837-1930),弗朗茨·李斯特的女儿,瓦格纳的第二任妻子。
④ 艾尔曼·勒维是当时巴伐利亚国王路易二世的皇家唱诗班的指挥,1882年7月26日,他同慕尼黑皇家剧院乐队来到拜罗伊特,为《帕西法尔》的首演担任指挥。直到1894年,他多次来到拜罗伊特,并与其他音乐大师一起指挥这部歌剧。
⑤ 对瓦格纳的崇拜是与国家社会主义联系在一起的。一是因为受到希特勒的影响,希特勒自儿时起就十分推崇瓦格纳;二是由于瓦格纳本人的反犹主义和亲日耳曼的态度。有几位这位伟大作曲家的弟子参加了纳粹,拜罗伊特音乐节在当时成为第三帝国举办官方庆典的地方。

*

因为怪事情层出不穷,浮士德第二(le Seconde Faust)只能为满足德国读者的品位而隐藏许多伟大的诗歌。有什么关系!思想的活力被阻塞而变得畸形,甚至有些可怕,他孤家寡人一个,所有的对手都唯恐避之不及:他不是生长在大树群中的乔木,而是孤独生长在大草原上的猴面包树。因此,这些植物(亚麻乃其中之一)会释放出毒素,将土地上的同类粘起来,最终变为滋养自己的肥料。另类的巨著总让我们无法进行同类的比较,好像它们的冒险毫无章法可言。而其他伟大作品的声音总要通过同类作品的关系,才能为人所知;因此,这些作品需要"千名哨兵的重复"吆喝[①]。但是,这里是自私的发现之旅打破陈规,产生竞争。文学或诗歌的围墙一旦被筑起,就不会出现一块休闲地,更不会有草长出:在《浮士德》之前是但丁的《神曲》。

---

[①] 波德莱尔,《灯塔》,选自《恶之花》,《全集》,七星文库,第一卷,第14页。

## 文学与电影

原则上来说,绘画、诗歌甚至小说,没有一项如电影般将中性、无趣、毫无意义的冗长句子这部分特点发挥到极致(像药店配药时药水散发出的味道)。摄像机的方形镜头通过最严格筛选的画面,记录一堆混乱的东西。乱七八糟的装饰,景色的细节描写,闪闪发光的水,阴影、乌云、树叶摇动,这些过分多余的东西出现在镜头里,且仅有这些,本不该出现在敏感的胶片上,就像意大利画家皮埃尔·德拉·弗朗西斯卡的这些人物,他们总是背对着主要场景(在电影中,对外景颜色和品位的追求,将这个偶然出现的特点发扬光大,而且尽管如此,也只出现在德吕耶①或穆尔瑙②的电影里。在此方面,德国印象主义以其严格意义的外景简化和风格化——例如,我想起了《卡里加里博士的小屋》③——代表了前所未有

---

① 译注:德吕耶(Carle Theodor Dreyer, 1889-1968),丹麦导演。
② 译注:穆尔瑙(Friedrich Wilhelm Murnau, 1888-1931),德国导演。
③ Le Cabinet du Dr Caligari (1919)由罗贝尔·维内根据 Carl Mayer 和 Hans Janowitz 改编的剧本搬上银幕。乔治·萨杜尔说:布景师"才是这部重要电影的真正导演",他们由三位印象派画家组成的名为"Der Sturm"的团队完成:Hermann Warm、Walter Röhrig 和 Walter Reimann。

而有趣的尝试,通过摸索重新获得造型上的预见,对偶然性引起的瞬间之捕捉)。

影片中的人物就像琥珀中的昆虫,与树叶、沙粒、嫩芽和树皮的碎片混在一起。电影处于如此持续的冲突中,戏剧性的动作与对自然迟钝感知之间的矛盾,或自然被分割,沦为背景音乐的配角,或者,相反,剧中的主人公失去个性,淹没在树木形成的绿色中,就像在邓思纳恩森林①中一般。

然而,我以前不会,今后更不会乐于唱电影的反调。编剧时的部分修改、导演时本能的删减镜头、习惯于将异质的画面与其组成部分放在一个模块中,这些都掩盖了电影作为艺术所具有的根本矛盾——预设的人类行为(比任何艺术更严格)在客观环境或完全不相符的自然背景中展开,每时每刻,通过每幅画面将两个本无关联的系列,硬生生并列混合在一起:即自然的偶然性和艺术包含的一致性。这两个系列如油与水般互不关联,而电影则以不稳定的方式将两者搅合在一起,维持乳胶般的状态。但是,如此的联合并不是有机的统一体,时不时地,甚至在最后成功的电影里,它们也暂时决裂,此时的电影画面占据令人瞩目的高峰,它被瞩目,不是因为电影导演在摄制功底上取胜,而是因为此刻导演好似猎奇摄影记者般获得了偶然的成功。因为,有段时间,文学叙事的潮流比较固定(小说永远不会有图像能够吸引眼球,小说描写更加无能为力),突然获得的世界独特性才能表现出唯一。陌生而强烈的特点,它在叙事的动力中运用高超或突

---

① 在《麦克白》中,女巫用预言向断头国王保证,他没有什么可害怕的,勃南森林不会向邓思纳恩堡逼近:"Till Birnam wood remove to Dunsinane/I cannot taint with fear [...]"(第五幕,第三场)。但是,他的敌人,马尔康的军队却伪装成树枝,在这片森林里移动,最终破除了女巫的预言。

兀的反差,好似音乐会上突然想起的枪声。①

*

马尔罗在自己的书中自忖,某日是否会存在基于电影图书馆而产生的文化,就像传统文化之于图书馆②。关于这个问题的答案,也许取决于唯一的一个问题:对一部电影的记忆能否自然而然地作为评论、兴奋剂、装饰而融入我们"内在的生活",符合我们的梦想,我们内心的喜剧冲突,其形式是暗示、节选或"药片"这些委婉的形式?人们对电影的品味出于重新观之的需要,然而,人们对书的品味却与此没有关联,或只是暂时想重新读书。对于美好的回忆而言,伟大的书比伟大的电影更能通过部分,甚至很小的部分来唤起一切美好回忆,一切即存在于部分之中。因为写作的风格是一种声音,而电影更趋于一种稳定的视觉上的流水线式的个人风格(电影艺术无论从视觉、听觉,甚至节奏上都无法排在前列,无法似作家之于词句,音乐家之于音调般擅长)。

所有的电影,无论是怎样的巨制,当它从生产线上下线时,都因此保留着完全人工制造的特点;无法溶解于记忆或梦想之中,其由背景所包围,孤立于夺目的影像画面和严格的图像位置调整,恕我使用非心理色彩减弱(non psychodégradable)③这个短语,它是记忆中包裹的一块异物,的确存在,然而无法融于记忆当中,它没有与之浸润,也不会

---

① 《红与黑》,下册,第 22 章,《长篇和中短篇小说集》,七星文库,第一卷,第 576 页。
② 《不可靠的人类与文学》的最后一章,伽利玛出版社,1977 年。
③ 格拉克经常在其文章中引用这个概念:"[……]电影,通过各种艺术手段,不但吸引观众的注意力,而且强制性地将观众的想象力局限在狭窄的范围内。"

在其中发芽。是否只存在一种记忆"万花筒"式的文化,它不是精神应某事物需要而产生的主动创作——主动创作意味着消化、吸收、最终的融合?

\*

电影对小说的改编突然将非常抽象的人物化身强加给读者,甚至于小说作者;只有随着时间的推移,小说才能将电影强加的过度精准的面孔删除干净,不再是它的附属品。小说的抵御是脆弱的,它抵御着替代它们并亵渎它们的电影画面——为此,它们的抵抗首先要做出多么伟大的让步啊!相比于文学作品,电影的权利几乎就是"从来不会废止其广泛权利"①的现状在生活中行使的权利,完全无视小说与电影的先后次序,以遗憾和回忆不真实的模糊性为代价。而后,一旦电影暂时离开,文字工作者们,渐渐像蚂蚁窝里的工蚁,重新啃噬、消化着曾经令之不悦的过于具体而易变质的电影画面。我记得,曾经在电影院里看过《红与黑》和《巴马修道院》②。热拉尔·菲利普出演了这两部改编电影,几周内,(无可奈何地)虽然司汤达有才华而电影很平庸,这位演员的图片还是镶嵌在小说的书页中,无法去掉。直到现在,我脑海中还会偶尔闪现热拉尔·菲利普在《巴马修道院》中的某个形象,他像是从马上摔下来的赛马师,象征性地摆出抓着马镫和马鞍的可笑姿势。这本书因为他而畅销起来,然而,因为他已远离人们的视线,这本书终于获得了自由。

---

① 这句话位于《亲和力》第 11 章的末尾,原句为"然而,其存在不会令其广泛的权利被剥夺"(歌德,《亲和力》)。
② 《红与黑》,Claude Autant-Lara 与 Gérard Philipe、Danielle Darrieux 合作的电影(1954 年);《巴马修道院》是 Christian-Jacque 1948 年的电影,主演为 Renée Paure、Maria Casarès 和 Gérard Philipe。

\*

当把一部改编自小说的电影与该小说本身进行对比的时候,电影画面带给观众几乎无限的瞬间信息量,这使我们感叹电影的效率有时与针灸的方法有异曲同工之妙,这种信息量与小说斟词酌句的精打细算恰恰相反。实际上,小说家不会像电影画面那样,在瞬间满足读者的感官刺激,使观众出于被动的接受诱惑的状态,也不会精确地找准观众的关键神经,进而辐射、激活其他没有活力的神经。

\*

将小说搬上银幕,一旦它例外地非常忠于小说,就会成为文学批评里那些最尖锐的解剖刀进行解剖的对象,就像画家的画作接受 X 光检验一般。所有我称之为"先抑后扬"(de majoration par omission)的效果(例如,小说中众多的关键人物,在电影里也许只会出现一两个主角),也许会在文学批评中以夸张放大的方式着重强调。因为镜头本身会吸引观众的注意力,并对注意力划定范围,好似一盏灯的光圈;但是,在这个圈里,或者在屏幕这个长方形里,它没省略什么。然而,笔端则是随着作者的意愿随意下笔,似光点,发光度强,它们可以展现细致入微或者含义特别的东西,这是电影画面无法做到的。

另一方面,将文学作品搬上银幕,这更能贴近描写在小说中所起到的多种作用。画面的平铺直叙(没有抹掉任何东西)也由此摒弃了小说最丰富的描写手法之一,也就是将细节以明示或暗示的方式放在小说的描写当中,就像魔术师手中的纸牌。即使拍摄《厄舍古厦的倒塌》这样的作品,镜头也是直接展示出大厦从底到顶的条条裂痕,就像面孔上的鼻子那么突出,而在爱伦·坡的笔下,这样的场景则是在句中不经意流露出来;这已不是一种对极度衰老的观察,而是帕尔特人之箭(la flèche du Parthe),像带毒的刺一般麻痹了人的思想。

可以说,画面中的所有标志,在同一个场景中通过平铺直叙的方式表现出来;相比之下,在小说家的语言中,这些标志则显现得更加清晰。小说家不仅会找一些关键点,就像使用音乐语言一样,还会对色彩进行连续的描写,这里还没有提到利用句法抑扬顿挫的特点来满足读者欲望的方法。文章亦是有乐感的——电影这种视觉艺术恰恰提供了证明——但是,文章中表现出的乐感,并不是要与真正的音响艺术发生冲突;她更是以潜在的方式,存在于写作复杂多样的方方面面,这种写作的方方面面不是同时存在的,它们相辅相成,进而变为一个整体,最终体现出文章的乐感。

文章中不存在明确的同时性,一切都是相辅相成的,这一点通常会使文章的乐感与写作本身产生距离,难以重合。但是,这样正是文字创作的可贵之处。文学的可能性,尤其是诗歌和小说的,在于通过想象力在意识中始终感受画面与表达的刺激,文字带来的这种刺激是长久的,它比通过刺激视网膜或耳膜产生的效果更加优越。有时,我梦想有这样一台机器,它能够测量出读者对某个强烈画面产生的感受究竟能够持续多长时间:当然,这一感受迟早会终结,然后,读者还会在合上书的那一刻,不断回味这样的感受,"它们存在于读者意识的深处,并得到了升华"①。

因此,在阅读过程里,小说读者的意识中,会建立起记忆的层叠,阅读也许首先需要像展开一块布料一般,按照一定的顺序,将文章中堆砌的不同材料加以梳理。在阅读中,甚至两人交谈时的嗓音和动作,都要由读者的经验对其进行重组与再现,而在屏幕上嗓音和动作,则会自然被分开,这是一项复杂的思想活动。此外,就视觉冲击产生的作用而言,阅读文章则相反要让步于电影。

我以前读过的作品被翻拍为电影,而我正好看到这部电影时,在我看来再清晰不过的是,与通过阅读文字和句子在脑海产生的画面相反,这些电影画面永远不会具有自己的价值体系或影响:这些电影画面局限于屏幕,放映机射出的光线几乎垂直地刺激着眼睛,它们以感官刺激为己任的规则,可以说在每部电影中都是如此。观察这样的特点,只需想象一家电影院,除去主要的场景,其他场景或风景,相同或不同,有可能会被"眼角"偷偷摸摸地同时瞥见——一会儿面向未来,一会儿回到过去,它们使唯一的主要场景,变得细致而丰富多彩,或反衬,或中立,或突出这主要的场景。这被瞥见的抽象而有效的边缘场景,这"眼角"一瞥,是——为了补偿其他次要的东西,诸如最细微的直接的戏剧效果,最细微的情感表达,电影画面无法捕捉的、产生于文学的不可言喻的模糊性——这些几乎都是文学小说的优点所在。电影不懂得浓妆淡抹总相宜,它只是不停地进行镜头的切换,完全没有文学灵活,它无法展现画面的"无限连续性"。

---

① 这里影射瓦雷里,他建议不要执着于寻找某个困难的解决办法:"在几次无果的突击之后,不要放弃,也不要坚持。将这个问题留在心房深处,它会在那里得到改善。请改变两者"(《笔记》,七星文库,第一卷,第7页)。

\*

当我重新阅读《朱安党人》的时候,在阅读中我发现了这本书诸多的优点,因为很长时间没有碰它,对书中构筑的场景质感愈加敏感,这也是它与众不同之处。不止一次,在读这本书的时候,我能想象自己似乎是,从垂直的角度从整体上俯视某个场所所在的区域,包括其小镇和路网,仿佛从一架直升飞机上监视每个周日的交通状况。因此,整个第一部分的展开犹如空中旅行,通过不断地移动,从古斯诺盆地(Couesnon)经过,又越过佩勒琳山(Pelerine),在宽敞而独立的机舱里,视野一会儿是正面的,一会儿又转向反面,夹带着具表现力的声音——在遥远的大路上,来自埃尔内(Ernee)的 turgotine① 即将来到,然而,在佩勒琳山后,还回响着从弗热尔斯返回的国民卫队的鼓声。不止一次,巴尔扎克卓尔不群且稳定的观点使他令人称奇,他可以让各种相连或相反的运动并存,这些运动反映了人类战争的各个方面,令博卡这种偏远的地方都变得喧闹起来。露天舞台的全景开放式的特点毫无例外:无论是从弗热尔斯到埃尔内的大道,像是从高高嵌在佩勒琳山顶的阳台上被观察到的那样,玛丽·德·维尔诺依②从高耸的圣-苏尔比斯山的钟塔上凝视着弗热尔斯的城墙,或者最后一幕中,作者不仅以环视的角度全面描述场景,而且还同时自上而下,然后,自下而上地进行观察(反复俯视和仰视!)。几乎书中的一切揭示出一种预见性,它已经是有效的

---

① 一种老式交通工具的名称,由杜尔阁(Turgot)创建,用于传递信息。巴尔扎克在小说中对这种他钟爱的老式交通工具的描述,使外省生活场景得到更多读者的喜爱。

② 译注:Marie de Verneuil,小说《朱安党人》中的人物。

文学运用，一种从各个角度展示耶稣无处不在的预见性，在此后也将成为电影的手段之一。从高处凝视的风景是司汤达的创作理念，但是，这种角度只是固定的：海路空全方位移动地描述场景，这是巴尔扎克在《朱安党人》中的发明创造。

*

当我看电影的时候，对书本那种自主的接受和吸收，精神和感情上的自我调节，这一切都被电影所封锁，所禁止：我作为电影消费者的惰性达到了极致。无论图像上微不足道的细节，还是情节上以秒计时的节奏，都不会在我心中激起涟漪。若要衡量我走进昏暗的影院时有多么地抗拒，必须用音乐来想象（而音乐远不是那种听众的惰性能达到极点的艺术）一部只能在唯一的录音中听到的作品。这种自由，对于加强爱好者与作品之间的关系是至关重要的：选择的自由，进而使作品的视角产生多样的变化，令爱好者由内心对作品衍生出感情，而第七艺术，这种新鲜的事物，却扼杀了一切。所有精密的、可调节的仪器，通过它们，我对外部世界有所了解，而电影则将它们放在固定的位置上，让我的眼睛无法移动，就像耳朵的轮廓，将我封锁在电影院的椅子里：昏暗的影厅，观众仿佛是被切断了手脚及意识的人类。电影向它的门徒们传达的信息就是：紧盯屏幕，其他事由我们负责，这种见解是预设性的、藐视的、束缚人的，这种见解把五分之四本应由观众做的事情都给代替掉了。

电影是所有艺术作品中，给其消费者留有空间最少的（主要的差异在于，它给读者的快餐式阅读，而书则是隐性的，让读者思考的——电影提供的这种便利是完全机械性的，就像用速记法阅读作品一样）。

一部伟大的小说，一首伟大的诗歌，好似自行车比赛中阿尔卑斯山的山口，排头的选手一开始就自然地将观众分散成几个小分队（总有一天，落伍者也会来到这里与他们汇合），一部电影则一下子将观众聚集起来（但是，这样只能让他们越来越消瘦）。文学带给读者的阅读模式是传统的，读者按照自己的喜好安排读书时间，循序渐进地阅读一部巨著，而电影则完全不是如此。它既不是袖珍书，也不是加尼耶经典著作：时间的推移并未带来有关电影的新观点，岁月没有为今天的电影带来任何不易察觉的潜在性；岁月使电影过时；电影资料馆最像什么，一方面它像图书馆，另一方面它像汽车博物馆。在这样一座博物馆里，人们随处欣赏一些精彩绝伦的模型，其形式和技术上的创新有时甚至超越年代，预感到未来，但是，人们对它的欣赏依然是由时间决定的：随之而来的，即使不成功，也会使这些形式和创新正式地失去社会地位；电影带给观众的，只有对书中内容的歪曲和滑稽的模仿：电影中始终留有时代的痕迹，同样的内容在不同时期拍摄，其观众的体会也会不同。然而，真正的小说，读者在阅读中会自动过滤这些时代的错误。在 1977 年，人们的确会欣赏（哦，我多欣赏啊！）《波坦金战舰》、《诺斯法拉图》（*Nosferatu*）或者《无趣的街道》（*La rue sans joie*）①——无人可以否认这种魅

---

① 《波坦金战舰》（1925 年）是苏联导演兼电影理论家塞尔日·爱森斯坦（Serge Eisenstein）的伟大经典作品，它讲述了 1905 年黑海海军起义这一事件。穆尔瑙的《诺斯法拉图》（1922 年）是最著名的恐怖电影，改编自吸血鬼德拉库拉的传说，受到超现实主义者的推崇。M. Bouvier 和 J.-L. Leutrat 合著的书中，一篇名为《诺斯法拉图》的短小"前言"里（伽利玛出版社，《电影手册》，1981 年），格拉克再次提及他于 1928 年接触电影的情形："[……]偶然在一家生意惨淡的街边电影院里，那个名叫'Le Carillon'的放映厅早已不在"（第 1146 页）。《无趣的街道》（1925 年），Pabst 的电影，他用强烈的画面效果表现了中欧资产阶级成为通货膨胀牺牲品而最终毁灭的情形，这部电影使葛丽泰·嘉宝展现出自己的才华。

力——魅力十足——它们所给予的这种魅力。无人能够吹嘘可以与那些上世纪的经典巨著平起平坐。甚至在美术馆里，面对一幅文艺复兴前的作品亦是如此。

*

19 世纪的小说家这个群体，诸如人们在 1978 年发现的全景，三位巅峰小说家：巴尔扎克——司汤达——福楼拜，稍逊一些的，有左拉，这个群体，在我研究的时候，没有完全一致的形态（司汤达位列其中只因其眼光老道，而都德则显勉强）。小说家群体在此后二十多年里不悄然改变面貌，几乎不是不可能的。像希姆侬①一样，托尔金②在当代文坛所获的地位，突然间扩大了"贵族"小说的界限。追溯既往，他的风格使 19 世纪的大仲马得到提升，就像大仲马之于儒勒·凡尔纳（然而，这几乎无法想象，在三十年前，上世纪的萨德与 18 世纪文学的整合）。在文坛，这种边缘作品突然而普遍的提升，从当代文学批评的角度看，是新鲜事物之一：选择剧本的标准并无二致，电影能够使众生平等的这一权力，加上得到的结果相同，它的作用确实不可小觑。影视屏幕上翻拍的通俗小说，其实并未胜过贵族小说；但是，它们至少获得了与贵族小说平起平坐的地位。现在的屏幕上，也会出现一身制服的演员说着以"你"相称的台词，这在过去绝不会存在。

---

① 希姆侬（Georges Simenon，1903-1989），比利时法语小说家。
② 托尔金是《指环王》（1954-1955 年）的作者，其史诗般的巨著，其中有侏儒、巨人、小精灵及其他虚幻的角色，题材则来自于瓦格纳的《四部曲》。有人就这位作者对当代文学的"保守"态度向格拉克提问，格拉克之所以选择这部作品，意在说明他所期待的传奇式的作品，在当今的时代很难遇到："七八年前，最后一次给我留下深刻印象的是托尔金的《指环王》，小说传奇式的特点无人能及，令人眼前为之一亮，完全在我意料之外"（Jean Carrière，《朱利安·格拉克，您是谁？》，第 1270 页）。

文学也是如此,发生了翻天覆地的变化,好像这个社会所有的法国人因为服兵役而全被派往军营。

由于电影改编剧本一直来自于伟大的小说,而纯粹的小说创作上的灵巧,新颖的风格和视角,并不是支撑一部伟大作品的要素,因此这种灵巧有时在小说转化为银幕图像中起到了决定性的作用,小说在阅读几遍之后,会有不同的收获:不止一次,电影这位仙女可以将一部平庸的小说,化腐朽为神奇,就像灰姑娘参加舞会那样。电影吞噬了小说,并未真心求教,无论我们这些作家在写作时多么煞费苦心地注意创作方法,它都会像大胃王那样不加识别地囫囵吞枣,能稍加变通已属不易;经久耐用的电影叙事结构产生的效率,即使用画面代替语言,也万无一失,它缩短了观众"受难"的过程,拥有文学品位的人指责《三个火枪手》,而电影却使类似稍显粗俗的作品变得不凡。电影将这些作品稍加修改,便可一劳永逸地运行下去。在我们这个时代,某些作家只有一种创作构思,却可以写出两本、三本,甚至四本小说(玛格丽特·杜拉斯夫人只用一部小说中的一个题材就已经贡献出一部戏剧和一部电影),我有时甚至觉得移民小说起决定作用的时代已经到来,题材多样化的时代一去不复返。《塞维尔的骗子》(Le Trompeur de Seville)实际上就是《唐璜》的原型。若是创作于有电影的时代,可能会为西班牙剧作家蒂尔索·德·莫利纳①保留杰出作者的资格,而实际上,创作《唐璜》的莫里哀和莫扎特却成了杰出作家和音乐家。古典

---

① 蒂尔索·德·莫利纳(Tirso de Molina, 1583—1648),他为世人奉献了三百到四百部戏剧,其中最具特色的喜剧是 El Burlador de Seville(《塞维尔的骗子》,1618—1623),唐璜这个人物第一次出现在舞台上,开创了戏剧创作和文学创作的先河。

文学中剽窃前人的创作手段,在第七艺术的时代已经行不通了。

## 超现实主义

美梦与记忆。美梦稍纵即逝的特点,使得它们如电流一样:一会儿产生,一会儿消失;关掉断路器时,视网膜上反映出的强烈画面存在的时间很短,而美梦的寿命比这也长不了多少。如果真的存在梦的记忆,它在我们生活中的作用就会非常重要,美梦会激发美好的心情,每天在醒来时定好一整天心情的基调,正如万能的音乐一般。但是,这种记忆并不存在,否则,也只好似存放烟花的房间着火后,那漆黑中的抚摸;关于美梦的叙述,超现实主义已经开始大量使用,玛格丽特·尤瑟纳尔过去曾经在《思考与命运》①中写过一本令人称赞的诗集,关于美梦的叙述从外部描述了一个传感器的流水线,而电流,在电压下具有非常不稳定的性质,无法再通过这样的流水线。超现实主义只能将美梦作为指南,因为它总是将记忆置于被怀疑的地位,虽然没有明说:完全自由存在状态的障碍,超现实主义希望,在每一刻,自己都会自由地开

---

① 玛格丽特·尤瑟纳尔(Marguerite Youcenar, 1903-1987),法兰西学士院第一位女院士,《思考与命运》(格拉塞出版社,1938年)在很长的序言里将反映作者思想的梦境与这个主题联系起来。

放到底；必须时不时地燃烧一切，甚至家具，"尤其是家具"①。

*

**历史和地理**：在我看来，高中（有时，这对单词联盟简单、刻板到可以视而不见，却可以让你了解你自己）很早就将这两个词作为一对儿来使用，这对词与空间和时间这对词一样被长期使用。如果要选择其一的话，我希望是空间和时间这一对儿，因为其中有真正令人激动的内容，只有它们能令我完全做起美梦。真正超越时间的顺序，同时超越正统地理形态学中的界限，正是它们纯粹的连续性（continuum），具有自己戏剧性的线条，成为《沙岸风云》的基础，正如它们圈定了《道路》一般。除去各种各样我与之产生共鸣的方式，我对于真正的"优先感觉形式"的要求，使我悄悄远离了布勒东的世界，对他而言，地球就是一个在自然潜力方面用之不竭的诺亚方舟，对他而言，历史是从外部"降临的，就像雪花一样"②。地球和历史对于布勒东、纪德、瓦雷里、普鲁斯特而言是多么不重要啊！——更别提克洛岱尔，他只知道《创世记》中没有起伏的星球和圣经中的策略。只有马尔罗是我最

---

① 影射克里蒙梭的一个词，1917年他曾经在议会任职，批评第一次世界大战。因为其前任向他推荐雇用自己的合作者，所以他可能说了这样一句话："不，我要烧毁一切，甚至是家具。"
② "一切作为虚假的、可疑的或者可信的被思考、被描述、被给予，但是，尤其是被代表的东西，都是我们经历或熟悉的东西；很明显，这东西不会克制自己，更会让别人不耐烦地渴望。[……]历史，它自己，带着它给我们思想上留下的幼稚的痕迹，这些幼稚的痕迹尤其指查理六世、热纳维耶芙·德·布拉邦、玛丽·斯图亚特、路易十四，历史'从外部'降临，就像雪花一样"（布勒东，"关于马克思·恩斯特的《百头女》致读者之我见"，《黎明》，《全集》，七星文库，第2卷，第二部，第304页）。

不喜欢的,当熟悉他的作品之后,会更不喜欢。

*

在布勒东拒绝的东西里,重新使用他的词汇令人震动,我经常有这样的感觉,来自于不止一次,他们出于某种秘密的虚荣心,被自己所拒绝的东西征服,并没有完全被征服,反正也差不多。更甚的是,他的对头瓦雷里,十分倨傲地声称自己鄙视金钱,他却是个有钱人,跟政府里的其他公务员一样,他有对付敌人的有用而秘密的智慧。

*

在安德烈·布勒东家。他家有两间房,上下由一个很短的楼梯分开,甚至被白天的阳光分开,尽管墙上的玻璃跟工厂车间的玻璃一般大,这两间房在我看来还是很暗。房间是暗绿色和巧克力褐色的,整体基调类似于非常古老的外省博物馆——房间很杂乱,他作为收藏者得到的财富都放置于此,完全无法把它们打扫干净,某些物品有很多棱角,几乎所有的物品都很轻:面具、提基小像、法国娃娃,这种杂乱还裹着羽毛、软木屑和稻草,初次看去,令人想起带玻璃的橱柜,在黑暗中保护着热带鸟类的收藏。这里既是自然保护者的居所,也是杂乱的动物生态学①博物馆的保留地。墙上到处

---

① 在一篇关于阿尔钦博托(Arcimboldo)的文章里,安德烈·皮埃尔·德·芒迪亚尔格也比较了安德烈·布勒东的"博物馆"与维也纳皇宫珍奇艺术品陈列室:"[……]每次到安德烈·布勒东家里,我都相信欣赏到了一堆珍宝,可与 Wunderkammern 的相比,我为自己看到这一场景而惊叹,在这个为其而建的陈列室里,珍藏着油画、雕塑,各种来源不同、五花八门的物件,它们构成了他令人惊叹的收藏"(《令人惊叹的阿尔钦博托》,罗贝尔·拉丰出版社,1977 年,第 22 页和第 26 页)。

顶着艺术品,使得房子的可用空间愈加狭小;在房间里只能按照精确的路径行走,这些路径按照用途划分开来,走路的时候,还要避开树枝、藤本植物和森林里的荆棘丛。只有某些博物馆的大厅,或者卡昂大学老校区的犄角旮旯里那些关于地理方面的东西,才会给我这样的印象,感觉在雨天,一成不变,连光线都因为这些原始的没有确切日期的老物件而变得衰老。

即使在他去世之后,这里也没有改变过:已经十年啦!当我见他的时候,我是从另一个楼面的大门进去的,那个大门刚好跟二层的房间齐平。他嘴上叼着烟斗,坐在一张笨重的柜台式的桌子后面,桌面上杂乱无章,东西快要掉下来似的——他右边,那时在墙上挂着基里科①的《孩子的头脑》(*Cerveau de l'enfant*)②——,他本人看起来也没什么生气,不怎么动弹,几乎像木头人,深陷的大眼睛透出疲惫的目光,就像因为白天阳光暴晒,或冬日柴火堆火光照耀下的狮子——面容衰老,究竟有多老,不得而知。他坐在精致的大桌子后面,衣着令人想起伦勃朗油画中朦胧光线下的大衣,或是福斯特博士华丽的长袍:一位永远热情倾听年轻人胡言乱语的"福斯特博士",但是,只有当双方意见达成一致——唯一的——他才会每天晚上远离油画、书籍这些话题,还有他的烟斗,喝过咖啡之后,回到自己杂乱的住处,穿上自己真正的衣服,那是巫师穿的衣服,他的一生就这样一成不变地在积累中度过。因为一切,在"内部"——只需一次拜访就会让人感受他话语的全部力量——这位创新爱好者的全部力量,一

---

① 译注:基里科(Giorgio Chirico, 1888-1978),意大利画家、雕塑家、作家。
② 在布勒东生命的最后几年里,这幅作品没有再出现,它画于1914年。现在,这幅画珍藏于斯德哥尔摩国家博物馆中。

切都是在谈论静止、积淀、最细小的习惯,还有杂乱不变的摆设,那连保姆都不知道如何收拾的摆设。有时,我好奇地竭力想象(但是,艾丽莎·布勒东,只有她可以这样,却从未提及)布勒东在家度过的每个夜晚和清晨,我指布勒东本人——点着灯,关着门,窗帘像《我的朋友与我》①中一样拉上。许多理由让我相信(最后,还有个小本子保留着图片、肖像、文学界人士的地址、他睡醒时记录的一些句子),正是这些猜测中孤独的工作时间,才是他更喜欢的具有魅力的生活方式,那是些不值一提的事情,他在自己矮森林般的私人博物馆里,勾勒着、咕哝着、收集着,总是准备好庄严地延迟倒胃口的写作时间的来临。他对瞬间生活②的这种品味深入到最细小的才能之中,到最残余的部分——永远崭新而翻新的品位,永远炫目,甚至到了高龄也是如此——没有一点能让我靠他更近;没人如他那般关心人们幸福的赤子之心,使他真正随时随地开放出友谊之花。我总会想起他之后出现的,胆小而枯燥的刻板写作之人,可笑地按照一些所谓的概念进行创作——好像按照规划购买东西——一个预先透支元气的世界,他们也从头到脚枯竭,应了尼采那句话:"沙漠蔓延。不幸的是心中充满沙漠。"③只有当生活的光芒黯淡之时,勇敢规划的制定者和画图的技师才能显出自己的影响力;此后,只剩下时间令生活更加贫穷,直到清除这一切循规蹈矩的障碍。这里是反对社会上一切无知的庇护所。

---

① 布勒东在作品和谈话中习惯用语。意在由此强调集体的特点,这也是他希望给予自己的创作以及超现实主义运动方向的东西。
② 《瞬间生活》是保罗·艾吕雅(Paul Eluard)诗集的标题,1932 年由《新法兰西评论》出版社出版。
③ 尼采《查拉图斯特拉如是说》,第四部分。

\*

布勒东在文学与思想方面具有特质,正是该特质与其审美观之间的强烈矛盾,经常使他的书具有某种力量。就佩雷①而言,"超现实主义者的声音"并不急于采纳任何现成的结构,而是用自己原始的语言说话,这种声音并未引起注意,然后,布勒东的预言则早已相反地提出需要这种急切的,甚至是焦虑的力量补充,这股力量中通常都是皈依者在加入。这经常能引起不同的效果——在固执、浮夸、呆板的正统观念中——那是作为超现实主义的圣保罗才能起的效果,而不是创立者能及的。但是,他从未让大家忘记,在他的一生中,曾经也有前后大起大落的时候——防止成为"老头儿"式的人物,永远翻新,永远出现在阅读、品位、友谊之中。他生存的方式,就像一部翻开的剧本,总会有严肃的失而复得,永远会有重新开始:"从我自己所创造的思考方式,无论好坏,我都很适应,它叫做超现实主义,如果剩下,如果一直会剩下某些可以隐藏自我的东西,然而,永远也不会有……"②

\*

初期的觉醒和热情过后,超现实主义不可避免地被以前的感觉方式、生活方式、写作方法所同化,因为它最初的起点

---

① 译注:佩雷(Benjamin Péret, 1899-1959),法国超现实主义作家。
② "我使一个系统变为自己的,我慢慢适应着,作为超现实主义,如果它存在,如果它将永远是我所关注的东西,它却永远无法成为我所希望成为的那样,即使我完全出于好意。"(布勒东,"再议超现实主义宣言之序言",《全集》,七星文库,第一卷,第 402 页)在《安德烈·布勒东》中,朱利安·格拉克引用了相同的章节,写道:"既定的距离[……]禁止将布勒东变为我也不知道什么体系的俘虏[……]。"("为了休假",第一卷,第 511 页)

就是写作与求新求异结合,若要复制,则速度慢似两个星球相遇的过程。随着时间的推移,超现实主义再也无法声称,只有自己才能读懂人生书籍中的灿烂光芒(《娜嘉》独特的品质是,它在写作上的无穷魅力,几乎让人相信,如此的结合一定十分频繁,可以形成生活的一切素材)。但是,同化,这是布勒东无法接受的,他永远也不会接受。他曾经希望将超现实主义创建为一种自发而封闭的生活方式,他的问题在于,通过不间断的定义,让生活方式无时无刻地运转,在最新的分析中只逗留在奇迹之上。由此,集体超现实主义中,随着时间倒退显示在我们面前的一切,无论人们对它的支配是好是坏,要么像灵巧的代用品,要么像凑人数的活动:游戏、调查、丑闻、各种经验、惩罚性冒险、地址、蝴蝶、完美的尸体等。在这方面,超现实主义生命中,大约1925年,"革命"无可避免地爆发:只有革命能够以稳定的方式,在奇迹间隔期间,维持着兴奋的温度。布勒东的兴奋长期来自于幻想,他以为两者乃一回事,也许与超现实主义圣杯的火焰激起的兴奋一样,只要他们摘下面具。而实际上,超现实主义从来没有为革命[①]效力过(这一点,共产党并未搞错),情况恰恰相反:政治革命在无供应或工作的日子里起了替代品的作用,而在布勒东内心深处,对这一点十分清楚,革命永远不会被允许侵犯真正的星期天的生活。

---

[①] 在阿拉贡挑唆下,《超现实主义服务于革命》成为有关超现实主义运动杂志的题目,1930年至1933年发行了六期。第一期出版于1930年7月,其中刊载了一篇致莫斯科"革命文学办公室"的电报全文,超现实主义者在文中表达了服务革命的意愿:"同志们,如果帝国主义向苏维埃宣战,我们的立场将与法国共产党第三国际里的立场保持一致。"

## 语　言

　　有时,我感觉,如果法语按照自然的方式发展下去(我觉得这点不太可能,因为一直扩张的英语的损害),法语在口语上趋向于 se rauciser①。R 这个音是法语中最具特色的辅音,也许,自它诞生以来,就成为其使用者悄悄喜欢上的发音。没有任何辅音能使句子的发音更加确定——其他辅音都无法更好地加强法语的发音:我们发自内心地渴望将之发扬光大。我时常为这种使用上的偏爱而感动,比如,克洛岱尔在遣词造句的时候("河流……不会浇灌一块不是那么荒芜的地方,因为某种人更凄凉,他在牛角上打眼,让自己粗犷而苦涩的声音第一次在乡村回荡。"——《知识东方》)②。我更加

--------

① Se rauciser 是格拉克创造的新词,它不是形容词 rauque 的衍生词,而是直接来自于字母 rhô（r）,意为"发[r]这个音标"。
② 在其完整版中,有关[r]的发音更多:"L'extermination a passé sur ce pays, et ce fleuve qui roule à pleins bords la vie et la nourriture n'arrose pas une région moins déserte que n'en virent ces eaux issues du Paradis, alors que l'homme, ayant perforé une corne de boeuf, fit entendre pour la première fois ce cri rude et amer dans des campagnes sans écho"（克洛岱尔,《知识东方》,选自《诗选》,七星文库,第62-63页）。在格拉克的作品中,人们在许多文章中也能看到这样的偏好,例如,在提及松树的时候:"Plus au large, plus　　（转下页）

乐意说 tartre 而不是 tarte，martre 不是 marthe。乌布爸爸①这位歪曲语言的伟大专家与我不是一路人。

*

写作的时候，我总会倾向于赋予拉丁语句子结构以一定的弹性，而不会考虑诸如关系代词应该紧接在先行词后之类的规定。也不会在乎人称代词"他"或"她"在严格意义上的语法规则。引导我的只有句子天然形成的自由组合，而不是法语句法上强硬的拼接，句法总是要求将相关的两个成分紧密连接起来。纯粹主义者有权利对此做鬼脸，但是，我觉得，读者并不难辨认出这些。对于某些人而言，我们的语言环环相扣，以自由的名义，扼杀一切语句意义含混的情况。然而，我却自然倾向于任由每个句子及句子成分最大限度地自由组合，比如，对连字符愈加频繁的使用，它打破了句子紧张的结构，迫使句子在某处停顿下来，稍事休息，难道不应该这样吗？关于这一点，普鲁斯特贡献颇多。他为散文体的连续性而努力，摆脱句法上严丝合缝的束缚，使其更好地融入个人的精神，进而每句话间的标点符号带来的价值和意义上的差异就变小了。但是，他最卓越的贡献在于，散文的每一环都前后衔接，上下一气呵成，形成一个完整的结构；而文学作品的每个环节，则从散文的时间性、情节的进展中得到升华，散文因此只会在其创作者决定的地方出现标点。

---

（上接注②）aérées — c'est une claire forêt solaire, où le pin tord ses branches à l'aise comme la ferraille dans le grésillement d'un brasier; tout ici est crépitement [...]"（《首字花饰》，第 241 页）。

① Le père Ubu，法国作家阿尔弗雷德·杰瑞笔下的人物，他是渴望权力与政治地位的象征。

\*

　　语言:过时的载体,尤其是那些抽象的字词,从来没有被从整体上认真审视过,只是在几个世纪的时间里,修修补补而已。总有些外来词别别扭扭地影响着整体结构。磅礴潜在的艺术——不可替代——因为其用法的过时性,就像人体内众多相连的神经一般,稍有敏感的触摸,就会警醒,使得其组成的结构摇摆不定,工具变得和谐:对其使用方法的认识是长期使用的产物,一种根深蒂固的热情,一种来自内部的本能,"被埋葬的联系"。这种认识是一种需要耐心的、漫长的学科,就像中医一样漫长,需要耐心。语言所揭示出的理论问题,与当今文学的主流趋势完全相反,对此,我毫不担心,并不是我不相信它向真实调整的有效性,而是从实用主义的角度出发,就涉及一个"问题"。这个问题就是,在没有任何"解决办法"并产生任何结果的情况下才能使用它。为什么要让一只毫无经验的仙鹤起飞? 除了语言,我没有其他的交流方式——或许,某天,经过缓慢的腐蚀和时间的沉浮——可以想象得到,这会增加思绪的混乱,同时因为使用时间过短(如世界语)而被剥夺所有令人愉悦的东西:我用我所拥有的东西做事。

　　要求作家在用词时具备有效性,并不意味着要有用词贴切的能力,而是知道将他们放在合适的位置,甚至在词语相互矛盾时,也能化解这种矛盾。对于作家而言,词语中包含的一切都是可以超越的,其中什么也没有包含。

\*

　　我永远记得,当我上修辞学课时,自己的第一堂法语课。

我们的老师叫勒格拉（Legras），标准的竹竿身材，又瘦又高。他热爱诗学，那时是这种叫法，他善于教别人读懂诗歌。为了给我们启蒙，他整整花了半个小时给我们分析一句拉布吕耶尔（La Bruyère）的诗句，我如今依然记得："随着某人被爱情和金钱所抛弃，它们会使此人看起来十分可笑，其实这种状态早已出现，只是那人没有意识到。"①我们像小狗一样不断地品味这句话，仔细揣摩其中的含义，在词汇的海洋里幻想着诗中的意境。这对于当时的我，有点儿启蒙的意味，引发我无限的想象力（随着……），这种感觉不需要细致的描述。邦雅曼·贡斯当的风格充满这些画面，既可视又不可视，完全根据阅读的角度，它们与散文相得益彰，犹如织物上泛起的光芒，是内心最细微的波动。

\*

在标点法中的各种标点里，有一个比较与众不同：冒号。既不完全是断句的标点，也不完全是承上启下的标点，长久以来我都被这些问题困惑着。其他的标点，或多或少，标注节奏或声调的抑扬顿挫；除了它，高声朗读其他标点连接的句子是可以接受的。但是，冒号里隐藏着另一种作用，一种删除的积极作用；这两个点在文章中标注出少许的缓和，这样可使前后连接的两个句子更加充满活力，像通了电一样：在使用冒号时总会出现稍微短路的痕迹。而现在使用冒号的趋势愈加明显；可能某项数据研究曾显示过去的作家很少

---

① 拉布吕耶尔，《财富的好处》，选自《品格论》，《全集》，七星文库，第 176 页。

使用它(它的作用不知该追溯到何时?①)而现代的文章中则越来越频繁地使用冒号。所有不耐烦的、追求快速的风格,所有希望跳过中间环节的风格,都会与它产生联系,就像一个办事迅速、果断并具有经济头脑的人。

---

① 对于这个问题的回答,看似简单,实际却非常复杂,因为冒号以前的用法与现在完全不同。从 15 世纪到 17 世纪,与"中点"(在一行字的中间高度)一样,冒号起到微弱的断句作用(即省略作用),它既表示轻微停顿(暂停),也表示句子结束(终止),相当于现在的省略号。长久以来,冒号的使用具有争议性("句子的毁灭"),直到 18 世纪初,冒号在古代和现代的用法都是并行的,例如:Le Gil Blas (1715-1735) 还在同时使用冒号的这两种用法,冒号在当代的用法在 19 世纪才固定下来,得到普遍运用。

## 著作与记忆

"我颤抖地想着,此后,某位丹纳(Taine)将根据伯恩斯坦(Bernstein)和巴塔耶的戏剧,根据玛尔维(Malvy)、斯坦赫尔(Steinheil)的诉讼案来审判我们的社会。"(纪德《日记》①)

不!他评判社会的标准实际来自于纪德、普鲁斯特和瓦雷里,根据"对于已逝者只要说好话即可"(De mortuis nil nisi bonum)的仁慈原则。即使他认为这样不好,但是,某段过往的历史总会多少留下些痕迹,就像红酒中残留的少许酒渣,即使酒的颜色令人陶醉。某段历史总会透出一些记忆的闪光点。这些闪光点是从某段历史的平淡无奇中自然过滤而出的:没有日常琐事,没有机械的重复,所有这些令生活变得灰色的元素皆被抛弃。生活中点点滴滴产生的影响使时间成为生活的诗人。

\*

作家对自己作品的回顾没太大价值:曾经反复斟酌、日

---

① 1918年10月11日的注释(七星文库,第658页)。

臻完善的作品内容,作家此时不当回事;相反地,随着岁月的推移,他夸张地愈发重视起作品形式的演变("今天我会再这样写")。仅仅几年功夫,他就会警觉地注意到自己成熟或衰老的符号。

读者的趋势则相反,他注重作品的连续性和持久性;他将注意力放在不断观察作者的身份上。只要是署着作家名字的作品,他便欣然接受("这正是'他'")。在自己的作品面前,作家尤其对自身的发展十分敏感,而读者则在乎作品的稳定性。在我看来,当一位作家看到某位毫无经验的读者偶尔捡起书中某段文字大加评论时,这位作家总会十分天真地表现出惊讶的表情。但是,他却不知这种行为与自己很像,因为自己的作品永远不会真正成为一面镜子;如果他再次审视自己的作品,就会发现这样那样的不足,除非它们被浏览时不变形①。

\*

马尔罗的谎话癖令我心寒,并不因为它是谎言,而是因为它是算计,有时甚至可称之为投机,因为他通过谎言得到了文学之外的其他好处:想想中国人的虚张声势吧,甚至连托洛茨基都无可奈何②,这种虚张声势使中国人能够与俄国

---

① 在与 Alain Coelho 的对话中,朱利安·格拉克再次强调读者与作者看问题的不同:"[……]有时,人们刻意地认为我的书之间有某种联系,这让我很为难,这种所谓的联系在他人看来是显而易见的,而于我而言,则更希望它们独立存在[……]作者尤其在乎的是作品间的差异。因为如果他没有这样的想法,如果他以另一种形式重复以前写过的东西——这一点通常是读者的想法——他就会越来越没有底气。为什么要用另一种形式写同样的内容呢?"(303,《卢瓦尔河地区杂志》,第八期,1986,第 68 页)

② 托洛茨基在一篇名为"收紧的革命"的文章(《新法兰西杂志》,1931 年 4 月 1 日第 211 号)中介绍了《获胜者》,他认为这部小说是有关　　(转下页)

人称兄道弟(而夏多布里昂,即使他在夸口去过华盛顿①的时候,他的谎言也透着股孩子气,对他的读者们眨了眨眼睛,但是,哎呀!当马尔罗吹牛的时候,可很少会那样好玩儿)。

当我控制自己的愤怒时,我责怪自己在作家的传记上太过斤斤计较。我在想,总之,马尔罗无非是通过"附记"来丰富自己的生活,延长自己的生命,只有在 20 世纪漫长的岁月中,他个人的寿命才可以忽略不计。东方吸引着他,就像它吸引着拿破仑那样,不是因为欧洲变成了鼹鼠窝,而是因为亚洲大片大陆,始终与我们忠于历史的文明相反。在那里,某个事件一旦发生,即刻会变成历史的传奇(又是亚历山大!布塞法勒②的坟墓,还有那些被土兰人的草原文化吓得面色铁青的无情骑士们是多么令他迷惑!他竟然会根据抽象的马克思主义理论来制定自己的人生计划,这是多么滑稽!这不跟梅塞多尼亚人[Macedonien]在阿喀琉斯③墓前的人生计划如出一辙吗?)为何个人的历史(在空间上的远离代替了时间上的退后)在完结之前不可以成为传奇呢?《反回忆录》类似于电影的模糊艺术效果,标志着马尔罗在临终前抛弃了自己的身份和环境。在《墓外回忆录》中,这种抛弃更加系

---

(上接注②)中国革命参与者的叙述。对此,克拉拉·马尔罗做出如下注释:"《获胜者》属于建立在历史基础上的小说创作。无论托洛茨基有何想法,我都要说,他书中的证据和论述令我印象深刻"(克拉拉·马尔罗,《我们脚步的声音》/第四章,选自《夏天的到来》,格拉塞出版社,1973 年,第87-88 页)。

① 夏多布里昂在《墓外回忆录》(第五部,第七章)中提到了这一行程,并且几次进行了深入的叙述。这次谈话的真实性经常受到质疑。事实上,他真带着拉鲁埃里侯爵写给华盛顿的介绍信,现存一封 1791 年 9 月 5 日华盛顿写给拉鲁埃里侯爵的信,信中这样写道:"我很纳闷,德孔布先生应该出现作自我介绍的日子[……]我却没有看到他。"(七星文库,第二卷,第 1467 页)

② 译注:Bucephale,亚历山大大帝的坐骑。

③ 译注:Achille,古希腊神话里,特洛伊战争中的一位英雄。

统,夏多布里昂在他的传记中只提细节,而马尔罗则在其中将自己的一生视为一个膨胀的结构,它能无限地膨胀,却总是遵循自己的模式。总之,为何要批评他在介绍自己生活的时候,成功地玩儿了点儿小游戏,也就是说生活本来就应该是现实与梦想结合的产物,而不像公民身份登记表和公民犯罪记录上显示的"简历"那样平淡无奇?他以自己的方式,这种方式不合法,反对将人类简单化——限制在令人窒息的客观数据中——20世纪使那些因想象力而存在的人们无法忍受。曾经有段时间,离我们这个时代并不遥远,人类的生命,在时间上因为生死未知而变得飘忽不定,在空间上则受制于时隐时现的记忆和个人的幻想。那时人们更容易满足——再一次地人们满足了兰波的那句话:"在每个生存的阶段,其他生命在我看来都似乎是宿命。"①

*

人们从艺术中获得乐趣,在一生当中,十有八九不是与作品的直接接触(作品是载体),而是唯一的回忆。人们真的很少操心这种回忆在性质、准确程度和形式上的不同,无论它是油画、音乐还是诗歌!对于诗歌而言,回忆是绝对存在的,完全是作品的再现,或许更甚,这真是奇特:这才是最真实的接触,因为记忆的水平实质上是诗歌的一个组成部分。通过格律和押韵作为中介,诗歌有自己的节奏和韵律,即使首次听到,也能使之产生记忆,它有属于自己的格调:所有的诗歌皆可称为"记忆的女儿"亦是基于这个原因。对一幅油画的记忆是对激情、惊奇或感官乐趣的回忆,是通过丰富的

---

① 兰波,《谵妄 II》,选自《地狱一季》,《全集》,七星文库,第 3 页。

色彩使人机械地回忆,它不是发自内心深处的。总之,回忆是属于个人生活的。音乐使人产生的回忆几乎与诗歌相同,但是,诗歌既没有保留声音的音域和强度,也没有乐器演奏时的音色。

奇特的是,诗学作为一种存在的艺术,竟然能完全烙在记忆之中,而它却依然如故,任何的改编或演绎都无法为之加分。因为诗歌如果被展示在舞台上,就会显得粗俗,甚至是讽刺性的,因为一切皆是多余(读诗,已经是半模仿,这已经出离属于它的"中音区")。诗歌本身是优雅的,而广播里朗诵的诗歌,则因为有声音传递而显得略微过火——即使声音很小,即使默读都不行,只有摆脱一切物质的束缚——才能有唯一的回忆。

在记忆面前,不同艺术之间的这种不平等,会产生一些后果。它取消了文化的一致性,这种文化是那些经典作品的基础所在。纯粹的音乐文化,并不似朝外开的大窗户,它仅限于听觉的享受,只有音乐家圈内的人才能懂,将门外汉排除在外。"文学"这一西方现代文化的支柱,的确是以语言作为思想的载体,进而成为内心的东西。就诗学而言,抒情诗、史诗、格言诗首当其冲。

## 诗人的住宅

从费尔内城堡,我透过铁栅栏上的树丛看到墙外的一角:只有周六下午才可以。从大道两旁的榆树之间向前看,勃朗峰屹立在远处,被阳光照亮:伏尔泰国王从让-雅克处借景,用与之不衬的景色装点自己的家园。

诺贝尔曾经在这里居住过,感觉有点像滑稽的模仿,他以村里的乡绅自居,还有慈善办公室,这间办公室是各个时期不同文人中最明亮的,但是,我们听过的有才能的伟大作家中,没有谁比他更高调。伏尔泰的情况比较特殊;他生活在一个不循规蹈矩的时代,这个时代没有产生任何重量级的作品(我不会将《天真汉》排除在外,因为优雅写作的成功,使它在文风方面获得了过多的赞美)。他的悲剧很难令人相信:哎!梅洛普[①]广场,在费尔内,令人微笑:如此响当当的名字,其作品却毫无价值。但是,无论如何,一群沙丁鱼或许最后跟一头鲸一样重。

---

[①] 《梅洛普》(1743年),伏尔泰的悲剧作品,题目借用欧里庇得斯的戏剧,如今这部戏剧只剩部分章节留存。在伏尔泰活着的时候,这部作品遭受了众多非议。

使我们如此远离他的是,所有他写过的东西,除了夭折的悲剧之外,写完就算完事,一经被阅读,即成为无用的消费品:如此干脆,没有任何让人回味的余地,就像看过的报章杂志一样。"我所谓的报章杂志,指所有今天看过改日就不再新鲜的东西①,"纪德说道。这个评论正好将伏尔泰放在了靶心的位置上。

*

透过我的厨房窗户,从中午开始,厨房里沐浴着阳光,这是我巴黎小公寓里的快乐之地,眼睛可以看到四季泉广场。在广场左边和右边是两层的墙贴,不厚,旁边紧挨的大楼上有鸽舍,向那里伸了过来;挡住了广场的尽头,创作《夜晚》的诗人,盛年时期与父母同住的房子并不豪华:一个两层的外省楼房,用赭石粉刷过,直到近几年才装上瓦片。那里就是缪塞大清早秘密接待艾梅·阿尔顿(Aimee d'Alton)的地方:

白色皮肤粉红脸颊的小僧侣……②

这位诗人在一封信里,指点女性朋友在穿过卧室时,用何种办法可以不吵醒家长。我没有经过拱形的门厅,那里是进入广场的唯一入口,没有我想象中迷人的白色风帽的影子飘过——清早草原粗绒线下的小精灵——想象一个任性的小可人儿,没有重量,轻盈地滑入四月清早的喧闹中。

---

① "我所谓的'报章杂志',指所有今天看过改日就不再新鲜的东西。许多伟大的艺术家正是求助于新闻才得以解决加在身上的官司!"(纪德,《日记(1889-1939)》,七星文库,第720页)
② 《小僧侣》,1837年初缪塞为阿尔顿写的抒情诗。每句诗都在重复"Charmant petit moinillon blanc"和"Charmant petit moinillon rose"。

*

　　米丽-拉马丁（Milly-Lamartine）是一个垂死的村庄，大概只有二十几户人家还在开火做饭，玛科奈（Maconnai）山坡上有几行果树，村里没有像样的马路，只有沥青铺过的羊肠小道连接各户。近半数的房屋被遗弃或毁坏，就像在科比埃红葡萄酒产地的"世界尽头"，但是，美丽的石灰石依然闪着金光，没有任何掩盖，显得房屋依然高贵；炎热带来的干旱，南方无精打采的植被隐藏在阳台下，石块砌成的阳台被烤得炙热，只有一条陡峭的小路可以进入，就像高山牧场的山坡上人类居住的洞穴。这是一个沐浴阳光的蜂箱，懒洋洋地晒着太阳，在蜂群长时间离开后，会因为石块过热而醒来。在村庄的中央，村里的石路炙热，在铁栅栏后，绿色的花园尽头，是圣-普安①这位著名作家的住宅。这栋住宅只是方形的家庭住宅，由马孔内漂亮的石头砌成，十分坚固舒适：它是资产阶级典型住宅之一，掩映在植物中，似乎不希望引起路人的注意；房屋上盾形标识毫不起眼，它原本属于某位公诉人，单由铁栅栏无法看出里面住着一位绅士。这完全是幢巴尔扎克式的住宅，自现金租税和什一税诞生后，就得为这块被他人土地围住的土地支付年金，它嘲笑着鸽笼、狗窝和小塔。村庄是高贵的，而不是这幢房子；这位诗人并不是在这幢住宅中事业起飞的，这里只能使浪漫主义枯竭：那里的一切令人产生幻想——这里如此的美梦——温和的君主制的议员。

---

① 浪漫主义时期拉马丁起的别名。圣-普安是马孔内的一个小村庄，村里有座城堡，拉马丁在这里居住并安葬于此。他其中的一首诗就是献给"圣-普安的采石工人"。

\*

所剩无几,仅剩墙裙。但是,就其他而言,"这里确实是同样的乡村"①。洗衣间已经被绿藻侵蚀,用棒槌洗衣也许早已是这位"寄生虫生活"的作者出生前的事吧。五六处乡下小屋或农场,散乱而随意,安置于乡村道路交汇处的周围,再远处是果园或荆棘丛。只有乡村浓郁的慵懒而无趣的风景,才能显示出这种"距离":既无丘陵,亦无河流,更无森林。他又如何返回这里,且一次次地回来,如此倔强地与家里的各色人物重聚?正是在这里,而不是在阿拉尔(Harrar),自杀的冲动爆发;这里正是他回到的地方——"无力的猛兽从热国归来"②——他断了条腿,却腰缠万贯,没有死于野蛮人的人潮中,但是,真的去了奶牛喝水的地方③。

\*

还是罗什(Roche),如此地打动我,以至于它的形象在我脑海萦绕数周。"脚底生风之人"④,这很快应验。甚至在埃塞俄比亚深处,甚至被很长的缆绳牵着,他还是停泊在这具"死尸"之上,来到像家里的小地窖般肮脏不堪的乡下,来到这片留给农奴住的租地:兰波母亲,有轨电车司机,维塔莉的小鸟脑袋般的弹丸之地,他却似乎像保护弱者般守卫着它。

---

① 这句话是兰波的《爱之沙漠》开头一句。
② 影射《地狱一季》中的某个章节:"我会有金子:我会变得无聊而粗鲁。女人们照顾着这些从热国回来的无力的猛兽"(兰波,"坏血",《全集》,第96页)。
③ "où boivent les vaches",这里指《父母》这首诗(兰波,"饥渴的喜剧",《新诗与歌曲》,《全集》,第73页)的两段诗。
④ 根据 Ernest Delahaye 所说,这是魏尔伦给兰波起的别名。

而这个体弱的代表团,他似乎珍视这样的重担,世袭的十字架,祖先的铁棒,"它们显得更加凶猛"。

> 我们是你的祖父母
> 伟大的①

实际上,浪子从来就不需要负担家庭,而他却负担着这宿命的不幸。他是难对付的苦役犯,这位苦役犯渴望其役刑。在罗什,透视法遭受颠覆,沙特的劳伦斯②通过红海,近乎成为兰波的兄弟:受到粗毛衬衣和学科的吸引,像他那样因为赎罪而变得狂乱。

*

> 湖边的童年!天使忧郁而温柔地在微笑,在触碰③

这几首不起眼的小诗始终留在我记忆之中,那时,我在上高中,读了诺瓦耶女伯爵的《诗选》,去年,我逛了依云和图侬之间的地方,安菲翁(Amphion)居住的地方,它在日内瓦湖的上方,由绳梯连接。实际上,由山中湖泊产生的天堂般的最初印象之后,随之而来的,是封闭的感觉占据了心房:温柔的、软绵绵的、受保护的封闭,它同时向我讲述着病后假

---

① 这是《父母》这首诗前面几段:"我们是你的祖父母,/我们是伟大的!/冒着冷光/月亮的和绿色植物的。"
② 译注:劳伦斯(Thomas Edward Lawrence, 1888-1935),英国考古学家、冒险家、作家。
③ 名为《萨伏伊》的诗歌:"湖边的童年!天使般的温柔/天蓝色的,在微笑,在抚摸/乡间的天蓝色,英雄的天蓝色/蓝色的鹰在盘旋,成熟的油桃在膨胀。"青少年时期的格拉克在《诺瓦耶女伯爵》中读到这首诗。

期、撤退和流亡的事情;时间流逝带来的阴影,笼罩了这停滞的湖水,像爱伦·坡家周围的"仙女岛"①。正是这种自然风景和情感山坡的契合才赋予——几乎是唯一的,但却有效地——拉马丁这个地方平凡的"湖泊"以神奇,正如他的缺席从伏多瓦教派的叙述和拉穆茨②的农民的现实主义中获益匪浅,用具体的劳动场面表现寓意,正如中国的水墨画般虚实相间,寓意深远。

周围的山坡衬托出这人迹罕至、波澜不惊的水域,达到最终内心的宁静,抛去一切俗世的烦恼。只有在这里才真正是灵魂倾向于坟墓的地方,"就像口渴低头饮水的黄牛"③。维维和蒙特罗公园,在日内瓦湖岸边,公园里的椅子刷成白色,衬着绿草显得格外干净,退休的老人们坐在那里,胳膊肘放在膝盖上,一动不动地,好像他们已经在变得毫无价值。破旧的小型蒸汽船,涂着救护车的颜色,从不休息,每到一处码头,都是静静地驶过,留下一片阴影。在帕特里克·莫迪亚诺④的短篇集,名为《悲伤的别墅》那篇中,天气带着哀伤,深沉而宁静——清新的林荫道上,每日清晨,都盖着新落的树叶,这些椴树,这些像千层奶油般的酒店:贝尔里夫或波尔里夫,它们与水平齐平,背靠着大山上海蓝色的山坡,这里的城镇拥有温泉,秋天来此地,路人似乎变得轻盈,而没有在其他地方的鼓噪。此外,这是本好书。

---

① "仙女岛",爱伦·坡《新怪异故事集》中倒数第二篇短篇的题目。
② 译注:拉穆茨(Charles Ferdinand Ramuz, 1878-1947),瑞士作家、诗人。
③ "我屈服,喔,上帝!我的灵魂朝向坟墓,/就像口渴低头饮水的黄牛"(维克多·雨果,"波阿斯入睡",《世纪传奇》,第二部分)。
④ 译注:莫迪亚诺(Patrick Modiano, 1945- ),法国作家,2014年诺贝尔文学奖获得者。

科比埃尔①的《黄色恋情》(Les Amours jaunes)中永远不会出现的是,罗斯科夫(Roscoff)当地别样的温柔;人群散去的海滩上很少出现晚餐的空闲时刻,而太阳依然高高地挂在天空上,地平线将海天分开,天是黄色的,海是灰蓝色的,这种颜色的对比和静寂,令人觉得温暖,让我觉得自己就是那位享受如此美景的慵懒的散步者。同样温暖的是,沿着羊肠小道两边生长着青草和灌木丛,它们使海面看起来毛茸茸的,好像杏仁外面那层壳。每晚,我走在无色的狭窄的海滨草场边,享受着大海蓝绿色与暗礁旁白色的泡沫对比产生出的效果,还有如法国百合丛般斑驳的绿色。夜晚如此安静,在季节之末一个鲜有人至的车站,无论我在哪里,都能听见低矮美丽的教堂里三钟声在作响。那一刻,布勒东具有了意大利的风情。我漫步在巨大的无花果树边,广场上花岗岩砌起的房屋敦实牢固,那是公证人的房子,忧郁而奢华,坐落在花园和大海之间,海浪不断拍打着后门。每当经过海军生物研究所,这简朴而具有吸引力的地方时,我都会嫉妒地想起巴黎高师的那些自然主义者。当时,我在那里上学,他们总会获得一年时间住在这个蓝色的"岩洞"里;我好像一旦被这片海吸引,就会永远将自己的帐篷放在水族馆和洋蓟之间。

只是在圣-卡斯特②的拉格拉德哨所周围,我重新找回了这些清晰的线条,那是夜晚经过浇灌的花园的线条,好似

---

① 译注:科比埃尔(Tristan Corbière,1845-1875),法国诗人。
② 圣-卡斯特,Dinan 地区的阿摩尔滨海省的海滩。1967 年,朱利安·格拉克去过那里两次,那时,让-克里斯朵夫在 Ar Vro 酒店拍摄电影《阴郁的美男子》。

日本的雕刻作品,树叶和岩石的潮湿没有使它沾上一丝水汽和迷雾,正如描述中罗斯科夫经历的雨夜洗礼的某些清晨那般。

但是,没能见到特里斯坦·科比埃尔笔下的罗斯科夫是多么遗憾啊!以前,罗斯科夫这地方种着花菜和洋蓟,有批发商、园艺工人、卖农产品的小贩、菜市场里的菜贩和卖化肥的商人,他们驻扎在圣-波尔的大街小巷,已经占据了莱昂纳多这个小港口。有时,科特贡热(Coatconger)这个美丽的名字让我幻想,科比埃尔出生的默尔莱兹(Morlaisie)的那片土地:在这样的乡下,当时,应该还有俯瞰海面的玛路易尼艾尔(Malouiniere)这种房子,铺在橡树林的空地里,这橡树林经受了十一月冷雨的冲刷,而所有这些都被园艺工人修剪得一般平整。在这里,布勒东老船长们沉默不语,脸庞的皮肤粗糙如皮革,长着硬硬的大胡子,在最后一次靠岸之后,混着日子,面前一杯朗姆酒,看着窗外"黑色年月"的暴雨拍打着橱窗的毛玻璃。从科比埃尔的诗里,能觉察到一个已经消失的罗斯科夫,一半被劫掠,却依然有人居住,那些跟海打交道的退休人员,高矮不同,有的在外海航行,有的在内河航行。

　　你隐居山野,兰比纳船长
　　远离勒阿弗尔港的铁锚,可爱的普洛斯比娜女神①

他们位于海边的旧房子后面是苹果树树苗,树苗上还沾着他们吐掉的口香糖。从这旧房子看去,这片破旧不堪的土

---

① 科比埃尔的诗歌《小孩》的前几段,选自《黄色恋情》。

地"掩藏"在某个漆黑的公寓里,或是孟德斯鸠所谓的"putain"①里。

几天前,我又重新阅读了《洛普索德泉》(*La Ropsode foraine*),科比埃尔唯一的长诗,从头至尾,此诗都令人起敬。特别值得欣赏的是,其主题只是"如诗如画",卡洛②式的奇妙之处,对于优雅的荷兰或弗拉芒的题目,五十句诗的题材从上至下一直在蜕变,在结晶成为一种无法容忍任何炉渣的物质。这可能是我所知道的"风景诗"的最佳作品。

---

① "在他们国家只剩下不再受宠之人,他们过着无聊而独立的生后,生活在威尼斯,他们阴郁孤僻,将自己隐藏在一个……"(孟德斯鸠,《在从格拉茨到海牙之旅》,第一卷《意大利》,第一章《威尼斯》,《全集》,七星文库,第一卷,第547页)
② 译注:卡洛(Jacques Callot, 1592—1635),法国画家,擅长素描。

## 文学世纪

如何理解，如何倾听这些说希伯来语的音乐巨人？他们崇拜莫扎特、巴赫和贝多芬，在瓦格纳面前不屑地微笑，他们活着的时候穷困潦倒。对于我来说，他们是音乐界的巨人，就像维克多·雨果，被拜罗伊特粗暴地拉下神坛（这一点无损于他的荣耀），如祖父拔高了在《恶之花》中发现个体的存在意识（须知瓦格纳不只是波德莱尔，而是波德莱尔的反向，是类似于克罗岱尔的波德莱尔，当你听到三个音节后，便能从强而有力的音色中体会出其生涩的音乐语言）。谁是最"伟大"的并不重要，至少对我而言是这样，瓦格纳的作品中显然有贝多芬（依然如故地在交响乐领域坚挺，正如雨果在他成熟阶段的作品远远超越了他青年时期的颂歌）体系之外的东西，就像兰波《彩图集》中有雨果诗集《光与影》之外的东西。正如当今没有一本文学手册，在描述法国切尼尔（Chenier）或拉马丁（Lamartine）的作品时，用自发历史决定论来解释。这在我的时代，在时间倒退结构中处理某些音乐圣殿的事情，都间接地成为我对于艺术的想法和直接的感受。

实在没有理由相信艺术领域的"进步"。如果我们在时间上追溯到几百年,就可以发现:人类从来没有认真相信这一点,或者说可能很短暂地相信过(相反,在很长的时间里,人类的灵魂事实上相信,在回归的过程中不可避免的是宿命)。而事实仅仅是这样的:即在审美创造的漫长历史中,有一个无与伦比的阶段,这个不到百年的历史时期,大约是 1800 年到 1880 年之间。在那段时间,诗歌界表现得相当奇特,一个又一个创新的系列蓬勃而出,而所有优先问题却都置于一边。一个最相关且可能没有相反意见的解释是:每次创新都是可感知的,而其中最突出贡献的部分,不仅是大量天赋的集成,同时还是通感的集成:艺术家们能在一个非常短的时间精确区分颜色与声音的艺术手法:无论从整体感受到微妙变化,或者是音质到叹为观止的色调。简单地说,就是持续不断地在无止境的细微处将现实剥离(这个时代是超然于外的,至少对我而言如此,超级精妙的触觉描写不是没有意义的,这个绝无仅有的时代是当代国际象棋世界快速持续发展,从菲利多尔到拉斯科①的同一时代,即 1780 年至 1895 年之间)。谁能否认这个时代呢? 从帕尔尼②到拉马丁,从拉马丁到雨果,从雨果到波德莱尔,从波德莱尔到兰

---

① 菲利多尔(François-André Danican Philidor, 1726-1795),众多喜剧作品的作者,但是,令他最出名的还是象棋。他是当时最著名的棋手,是第一位真正的棋艺理论家,其著作有《象棋的分析》(1749 年)。他认为"卒是象棋的灵魂"。狄德罗,在 Régence 咖啡馆与其相识,曾经在《拉摩的外甥》中谈起过他。拉斯科(Emmanuel Lasker, 1868-1941),在 1894 年-1921 年世界象棋锦标赛中获得冠军(1894 年,他打败了斯坦尼茨;1921 年,他被卡怈布兰卡打败),他被视为历史上最厉害的棋手。他认为象棋既是意志力的对决,也是对主宰战斗的一般规则的实践,对此,他还发表了哲学论文《斗争》。
② Évariste Désiré de Forges,帕尔尼子爵(1753-1814)。他是爱情诗歌与悲伤诗歌的作者(《爱情诗集》,1778 年;《瞬间诗集》,1787 年),1803 年入选法兰西学士院。他这些着重情感的抒情诗被视为浪漫主义的鼻祖,(转下页)

波、马拉美,它建立了一套艺术遗产,一种完全迥异于过去几个世纪的艺术式样:不再沉默或成为权力下的傀儡,而是一种在遗产中充分积淀融合后向外界输出的模式,做个形象的比喻就好像"滚雪球"。

因此对我而言,在音乐方面,从贝多芬到瓦格纳,正如尼采精确地描述这个时代的真正新优势:无论是在那些"大机器"(grand machines)还是音乐中最精密的音节上,都凝聚着"灵感"和天赋:一种"只需要几个步骤便展现出一个无限思乡或痛苦"①的能力。因此,这种精神也许可以在从瓦格纳到德彪西的旋律里延续下来,只是其形式尚过于保守,似乎就像用点刻法标出兰波或马拉美本该有而没有实现的最后位置,说到普鲁斯特的小说则出现得有点晚了。后德彪西时代,一如后马拉美时代(一如在绘画界的后塞尚时代),这种趋势已经征服了越来越多的、不断强势展露的现代艺术,而上述所有现代意识都有所停滞:一个新的时代开始了,环境的改变取代了内部的深化,一个融合东西形式的时代诞生了:已经有一些第三世界的人"搀和"进去,比如音乐界的斯特拉文斯基,就如毕加索和阿波利奈尔的立体主义。

\*

文学丛林中,没有什么比传统的五幕悲剧更可怕的。为了通过风格辨别高乃依和拉辛模仿者们的旧题新作,必须要有非常精密的专业洞察力,正如经验丰富的法学家有时能够辨别最高法院判决中不规范的字眼。

的确,文学类型的规则是吹毛求疵的。但是,它们在文

---

(上接注②)他尤其对拉马丁的《思考》产生了很大影响。
① 《瓦格纳事件》,《哲学全集》,伽利玛出版社,1974年,第八卷,第34页。

章结构、"整体性"上是严格的,在原则上,则给写作留出了足够的自由度,规则中不含任何刻板的模式,比如,开始就固定下来的,悲剧的十二音节诗文体的刻板套路。这种刻板模式,使得当时最深受好评的文学类型变得枯燥无味,无休止地"以某种方式"创作,这种情况目前还没有绝迹。那些具有创造性的文学巨匠,高乃依和拉辛,没有解释这一切。实际上,就悲剧而言,它类似于"穿着"文学外衣的盛宴,与太阳王宫廷礼仪同时创立,只有在现代,悲剧写作才一下被按上了刻板的标签,严格控制着风格的修正,包括变化、暗喻、迂回、委婉,甚至是断句,以及叙述中一些节奏的连接。不光是时间、地点和风俗被固定为程序化的东西,甚至主题本身、文章格调、问答方式也被仪式的主人视为不可移动。

\*

属于我们这个时代的定位,近几十年来,将目光集中在《危险的关系》充斥的 18 世纪,同时从普契尼的歌剧《曼侬·莱斯科》(Manon Lescaut),这位被遗忘的明星身上转移开来。他可是当时优雅的犬儒主义的杰出代表,但是,夹杂着感伤,并且由此,与文学上诱惑我们的"类型"分道扬镳。这种类型被当今的作家,例如贝克特(Beckett),试图通过逐步的删除,最终在其领域里实现绝对的纯洁。

这种文学类型的迅速缩减,曾经被人们自愿追寻,对于许多作家的权威著作是很重要的,存在主义的著作就是这样,在战争爆发后不久树立起自己的威信。对此,如今的人们似乎会做个鬼脸,不以为然:形而上学的纯小说的出现,在 1947 年,真的获得了通往辉煌的万能钥匙。同样地,加缪的《外乡人》枯燥的特点,使其权威性受到挑战,于是发布了一个有关荒谬哲学的不那么美的宣言。以前,创新像只刚刚破壳的小鸡,还拖着打碎的鸡蛋壳,只有在这个时候,它才能来到世界,甚至被接受,而如今,创新只有在抛却一切不属于其空间与领域的前提下,才能树立起威信,才能在一开始构成自己的形式。然而,这种要求,只有当我们回顾文学史时才会想起它,给予它优先权——牺牲一些过渡作品,一些未受重视的未来的著作——所有明显断然与过去决裂的形式。

\*

"一个时期的文学图表不仅仅描述创作的现状,还有文化现状。"①雅各布森贴切地写道。的确,所有文学流派都以创新求变,区别于以往的作品(超现实主义在这方面似乎比其他流派更加清晰,它辨别和使用能够产生影响的方法,例如开展"超现实主义运动",甚至几乎在超现实主义开始之初,它已经将重点放在了宣传自己的禁书目录:"读吧——不读吧"②,超现实主义的理想体系③:亲吻中的超现实主义就是创新,等等)。但是,每个流派究竟带来了创新,还是局限于在前人作品中摇摆,这两者之间的比重并不稳定。想想四

---

① 实际上,格拉克参考了热奈特(Gerard Genette)的一篇文章:"但是,另一方面,正如雅各布森提醒人们注意到的,某个时期文学的画卷,不仅仅描述当时创作的状态,而且还包括了文化的状态,因此,过去的某一面'不仅仅是某个时代文学的产生,而且还包括文学的传统,它在某个时代曾经活跃过,或者在另一个时代遭受质疑……'""结构主义与文学批评",Figures 1,瑟伊出版社,"Points",1966年,第168页。
② 这个目录经常在科尔蒂(Jose Corti)出版社(1931年)的书后被重复使用,该出版社出版了大量的超现实主义作品。
③ 根据诗人个性或者其出现在最初的《超现实主义宣言》里的作品的某些方面,被判定为"超现实主义者"的诗人名单;所以,维克多·雨果"是超现实主义者,只要他不傻不笨"(布勒东,《全集》,七星文库,第一卷,第329页)。

百年来,法国文学具有标志性的伟大运动吧:17世纪的古典主义——18世纪的哲学思潮——19世纪的浪漫主义——20世纪的超现实主义。很显然,每次新流派重新回归以往的过程中,其中新颖的东西也就随之逐渐消失(尼古拉·布洛瓦温和地摆脱了前人弗朗索瓦·德·马莱伯的痕迹——超现实主义,也许亦是如此,通过彻底颠覆前人作品,照亮新的写作时代,进而在文学史上树立起自己的权威)。好像在某个文明的创新能力日暮西山之时,新的游戏规则就会取而代之;好像对于所有新的变化,恢复能量的有益补充变得愈加必要。

\*

到如今这个艺术时代,作表率的基本上是诗歌、音乐和绘画的结合:拉辛——吕利①——勒布伦②就是其中一例,就像雨果——德拉克洛瓦——柏辽兹一样,甚至还有波德莱尔——马奈——瓦格纳。

自1940年以来,甚至仔细想想,应该自1930年以来,诗歌和音乐在创新领域经常缺席——近二三十年以来,绘画亦是如此。艺术的变形失去光彩:我们所在的时代,通过散文、见证、应用哲学、报告小说,试图直接表现出自己的样貌。而未来的各个时代,会尝试重新找回这样微妙的实质,对于今天的我们,这种实质就是"时间的空气",未来只会拥有毛料,或者至多算个半加工状态。只剩下我们审视自己的目光而无他,任何表达上的演变都不会被真正理解。甚至没有我们这个时代艺术家和作家的半张肖像画:只有照片。

---

① 译注:吕利(Jean-Baptise Lulli, 1632-1687),意大利籍法国作曲家。
② 译注:勒布伦(Charles Le Brun, 1619-1690),法国画家。

长久以来,在大学里都会有一个系被命名为比较文学系。但是,却缺少为艺术门类关系创建系别——九缪斯系,其目的在于,不仅研究每个时代文学、音乐、雕塑、绘画、建筑以及现今电影之间的相互影响,还要研究在艺术家和公众思想里支配这些影响的神秘的等级制度。因为,对于每个时代而言,有一种很少被承认的支配力量,虽然未被承认,却很有效,它可以任意穿梭于各个艺术门类之间,就像欧洲在政治上的支配力量已经逐渐被弱化至一半。例如,按照教育上的分类,很难形成具有决定性处于支配地位的浪漫主义音乐观念,不仅是因为贝多芬、韦伯、肖邦、李斯特和柏辽兹,还因为歌剧在社会生活中的融入,改编自司汤达作品的歌剧始终最为大众着迷。就像清晰地感受在阿波利奈尔的时代,绘画在影响力与声誉方面突然声名鹊起一般。然而,在20年前,瓦格纳就是在巨大的声响攻势下,彻底粉碎了象征主义。而路易十四愚蠢的疯狂则更甚,正如我们所料想的那样,他毫无争议地放弃了古典文学的首席位置,整个凡尔赛宫都得听他一个人的指挥。

*

一位作家的创作质量是无法从客观上进行评判的,不仅因为每个读者都是独立的个体,还因为文学史上每个承上启下的时代都会以自己的方式来评判。然而,随着时间的推移,关于作品质量这个问题,会建立起某种协调,它只将某些有限的变化形式纳入自己的体系。

在作者所处的时代,穷其一生,甚至稍微远一些,也会有作者的"容量"以复杂的方式干扰着质量的概念。能够对这个容量产生影响的,甚至在很大程度上的,是其作品的节奏、创作的速度、其直接受众的范围、在公众面前塑造的形象,这一形象,经常在很大程度上依赖于一些非文学的因素:外貌或道德上的优势、在集体中的地位、人际关系、爱情、传记的影响力、历史或政治方面扮演的角色。

该容量一定程度上,与一些艺术方面的非直接的因素有联系,它随着时间而消失:在不同的称号中,伏尔泰、拉马丁、埃德蒙·罗斯丹(Edmond Rostand)、贝朗热等死后的命运都可以证明这一点。但是,在作家生前,没有什么能够评估,并将其境遇中"非功能性"的部分删除。既不是他的朋友、敌人、读者,也不是他自己。要么,他诚实地删除其非凡活动中,超越文学范畴的那份幸运,就像加缪生前那样;要么,通常如此,认为自己被看轻的话,他多少可以高傲地尝试着,由自己重新评估自己所处的真正位置。我认为,奈瓦尔(Nerval)从未想到,在诗歌方面,后人会否认雨果与自己之间的差距。我甚至相信,他不会认为这种情况是合法的。我更不会觉得,雨果有可能真正想过自己会有对手,而相比边缘化且发行量小的波德莱尔,他又是如此幸运。作家在生前被归入客观的等级划分中的某个等级,使得他就此建立起威望,无论这是否出于他的本意:他只能对这样的等级划分做相对的修正,就像一位逆流中的游泳者,永远也无法真正地逆流而上。在每个时代,那些因为等级划分而遭受损害的,被排斥在外的人们达成了难以想象的一致,甚至当他偏爱的位置可能在稍后会被完全颠覆的时候:波德莱尔、奈瓦尔——他们已经提到过——也许会抱怨(对于奈瓦尔,还不是那么确定),但是,也不会像我们那样抱怨自己的境遇,即使当他们被时代放逐之后。他们肯定互相认识。但是,像其他艺术家一样,他们也以当时的目光看待对方。

\*

文学史中尤其令我感兴趣的是,划分、来源、穿越文学史的分界线,无论其穿越方式是对角线,还是弯弯曲曲的路线,我蔑视流派、"影响"和官方的红人:这些链条经常与出众的文学才子无缘,文学才子们相继出现,或者断断续续地出现,但是,到头来却是命运各异。然而,如此神秘的是,每次都会出人意料地出现女性作家的面孔,某些男性对于她们那种排他的爱慕,独自揭示出玄妙的相似性,并让某种类型抓住了这种相似性。

\*

当年轻的雨果呼喊"不成功,便成仁!"①时,他并不知道有关夏多布里昂的《墓外回忆录》和《朗塞传》的一切。他所渴望的,是这些有才能的人(有时)的"表面",而非其实质。那个时期,所有有才能的人,德国的歌德、纵横欧洲的拜伦,都与法国的夏多布里昂一样,享有盛誉,而文学则远没有在其中占据全部位置:杰出的外交部长也许是他们三人中最贫穷的,也是最不稳定的。三个人给大家的印象都是由文坛"降临"的诗人的形象——但是,却不是——这种情况也许有很多——只是在文学方面。1820年的文学王国里,如果没有出身高贵、肩负重任,或者与特权阶层关系紧密等这些附加值,就会变得不可理解,这已经让伏尔泰付出了沉重的代

---

① 这句话可能是雨果1816年在小学作业本上写下的。(《生命中一位证人讲述的维克多·雨果》,洛桑,相遇出版社,1968年,第164页)朱利安·格拉克在《首字花饰2》中已经引用过这句话,他同时还引用了"拿破仑或夏多布里昂模式下的我"这句话。

价。独特的冒险:只有这位雨果,带着巴尔扎克式的雄心壮志,在20岁时,也许本不该梦想可以成为幽静的乡间住所里的卢梭,他将会成为第一位仅仅依靠自己的笔进入世界伟人行列的文人,永远不会拿文学上的荣誉换取别的价值。但是,即使其方法别样,呈现在他眼前的巨大成功的画面是一样的:要毁掉这种"庄严的"有才能的画面,还要等到波德莱尔、福楼拜、兰波和马拉美之后。

\*

值得注意的是,在20世纪末,我们经常偏好在过去伟大作家的作品中汲取营养,而他们自己或许会将之视为残渣剩饭。纪德,尤其是他的《日记》,甚至经常是雨果,他的《见闻录》。从《与艾克曼的谈话》到《亲和力》,今天更是有福楼拜的《书信集》和《情感教育》。正是巴雷斯死后的作品《备忘录》延长我们对他的记忆。而且,谁又能说夏多布里昂,他自己,没有依靠他的《天才与殉难者》和《回忆录》,使自己继续生活在后人身边?似乎这些奉献出的作品,随着时间的推移,有些被遗忘,如今,难道特别作为表达内心情绪的通行证,对于任何人而言,也是他们第一次创作的冲动所在吗?我们所要的,是动态的文学,它在不停的变化中变化成型,就像我们偏爱科洛(Corot)或者德拉克洛瓦的草图,而不是他们已经完成的画作。我们不再要的,是纪念碑式的文学,即一切感觉需要与所在时代的既定创作标准保持一致的东西。

因此,文学中各种形式的边缘化状态,通过这样迂回的方式验证了自己强力的回归,这种回归比起创新与活力,更能标志我们这个时代。所有以前被忽视的作家,又回到了文学的中心地带。抛弃巨著,有利于那些随便在作者背后说三道四的人(若需要证明,比较一下各种初版或再版的伟大作家的笔记、备忘录、日记、论文集、通信信札、有关他们的精心制作的"回忆录",以及对他们的代表作断章取义的翻版即可)。我在这里所写的一切,不能被扣上反对时代的大帽子:我自己也倾向于——我在选择读本的时候也不停地意识到——时代倾向于的那一边。

*

巴黎曾经是个神话,关于顽强生活的神话,但是,它在近三十年来,突然轰然倒塌。这个城市于1789年,尤其是1830年之后(1789年以前,"城市"仅指凡尔赛和"宫廷"这个小圈子)在热衷战争与武力之中诞生,这就是革命中的光明巴黎:那个时代,"大街",巴黎热烈的大街,总是准备着揭竿而起,它是城市活力与爆发力的象征。巴黎公社将这个神话一直延续到第三帝国;稍后,1968年的革命似乎要重复这样的神话,却最终变为滑稽的模仿。自第二帝国开始,巴黎一时有三个侧面共存,巴黎人生活的巴黎、小剧场的巴黎和小女人的巴黎,既是全世界都知道的乱七八糟的地方,也是高级时装的麦加圣地,这种普遍的戈尔多尼①式的双重地位:巴拿马(指巴黎),顽童们的城市(雨果《悲惨世界》中有关加夫罗什这位巴黎街边顽童的那一章节,恰如其分地解释了神话内容的转变),咖啡馆里玩纸牌的人、穿着护膝的吃老本的人、喝点儿小酒的人,巴黎也是他们的城市。现在,红磨坊里正唱着他的《马塞曲》:"巴黎,世界之女王"——"我有两位爱人"——"你会再次见到巴拿马"——"巴黎永远是巴黎"(已

---

① 译注:戈尔多尼(Carlo Goldoni, 1707-1793),原为意大利作家,后遭驱逐,成为法国作家。

经开始竭力固步自封)。1940年以后,游戏结束:巴黎,在全球化中变得愈发土气,再也无法忽悠其他省份,只剩下城市扩张和人口膨胀带来的问题。

大学会出于某种利益关系研究这个课题(但是,既然这项研究出现在脑海里,它就可能正在进行,或已经完成),这个课题是关于巴黎过去与现在的神奇,关于街垒中的巴黎和红磨坊中的巴黎。它的原因,它的条件。奇特的是,这种过去形式中的神奇,在雨果的《悲惨世界》中占据了相当的位置,在《人间喜剧》中却毫无地位可言,也许(但不仅仅)因为作者对君主政体的信仰。城市的神秘的巨人症表现出的夸张,在巴尔扎克那里,简单地表现在心理与物质两方面:与雨果本能的感觉相反,儒勒·米什莱(甚至还有兰波)也是如此。对他而言,没有所谓的巴黎的"守护神",只有社会化的河马①,意志缺失的无脊椎怪兽。对其神秘而复杂的原动力的认识,有时还有某些的确有魔力的实践,这些都使巴黎诞生出诸如巴尔扎克笔下拉斯蒂涅克、伏脱冷、费拉居斯之类的人物。

此外,颇具指导意义的是,近距离观察巴黎在伟大小说家笔下的形象。左拉:一匹没有肉没有骨头的怪兽(在这位左派小说家的作品里没有一点巴黎革命的神秘气息),消化系统发达。司汤达:这是18世纪的"大城市",各种沙龙再次出现,人们在此熠熠生辉,精于算计,似乎都可以用戏剧直接进行交流。福楼拜——当重读《情感教育》时,人们会为此而惊讶——竟然没有对这个首都的任何"观察",在他看来,巴黎只是个巨大而灵便的共鸣箱,使巴尔扎克笔下各种人物的

---

① 《约伯记》,40:15-19。

声音和音色传播得更远,它对巴黎的描述还不到雨果小说的一半。有点类似于爱因斯坦的时空观,福楼拜的巴黎只不过是个中立而具有包容性的社会空间,它的容量,随着居住在这里的人们浪漫花样的变化而改变。

\*

令人十分好奇的是,1789 年法国大革命在文学空白之中展开,几乎是极端空白的。那时所在的世纪,伟大的作家无一例外地集体消失,而他们的后人还在褴褛中(夏多布里昂只有 20 岁,还没什么见识;至于萨德,大革命对于他而言,只是使他摆脱心灵枷锁的短暂间隙)。从 1789 年到 1799 年,没有一位可以参比的"伟大见证人",更别提"重要的划时代作家"。唯一具有权威、位于高处、值得回味的作家,仅有 1792 年的歌德,他还值得研究一下。

伟大的祖先们在这方面可以说赢得相当辉煌。想想圣·西蒙——或甚至单说巴雷斯——国民公会会议的听众。

\*

在阅读马克思主义历史观时,让我烦恼的是,感觉舞台大幕拉开时,取代莎士比亚,演出一幕实验剧,人们本期待这是部好剧——所谓能火起来的剧本,尽管这位大师闪光的宣传手册上题目夺人眼球(《法国的阶级斗争——路易·波拿巴的雾月十八》)。幕布刚刚升起,三声枪响便相继响起;可以听见时代的深处,无产阶级正穿着大靴子迈步向前:完成"悬念"。

莫扎特:他的音乐如此中规中矩,其伴奏如此温柔而高雅,透过他的音乐,怎会读不懂 18 世纪的飘带战争?① 那时,常用的还是小提琴伴奏,穿着襟饰装的军官,谈完事情之后,掐掉烟蒂,将之放入音乐鼻烟盒中。瓦格纳,莱比锡大会战②爆发的那一年,生于莱比锡:19 世纪阴暗的人民战争,还有 20 世纪的,它们是海洋中的噪音,与序曲的主要和弦同时,其神秘的破坏性亦随之上升;这将他与莫扎特分开,这也首先是音阶和音量上的突然决裂,是历史上温柔小曲结束的时代。这个结局将拉克洛③与巴尔扎克分开,却未与司汤达分开,其人尚在莫斯科,他与这些人如此接近,但从未承认,也不理解这样的结局。

\*

某些生前被公认为伟大的作家,在其死后,作品也很快随之无声无息,这种比率还很高!而那些还活着的伟大作家们,其作品则像濒临火山口的边缘,时刻都有坍塌进去的危险。噢,伏尔泰的悲剧啊,噢,夏多布里昂的《那齐兹人与殉道者》(Natchez et Martyrs),缪塞的诗集《夜晚》啊,拉马丁的《吉伦特派史》啊,你们不会比那热风中的雪花存在的时间更长!噢,雨果的戏剧作品《老顽固》、《艾那尼》、《克伦威尔》和《吕布拉》。的确,你们现在还存在,但并不会像拉辛的戏剧般永恒,更像是小说中的"三个火枪手"。也许,这里,那些

---

① 译注:les guerres en dentelles,指当时某些军官们穿着带飘带的军服,他们远离前线,该短语暗含反对战争、爱好和平的意思。
② 莱比锡大会战爆发于 1813 年 10 月 16 日-19 日的莱比锡南部;战役以拿破仑撤退而重新夺回这个城市告终。一座巨大的纪念碑提醒人们,盟军的胜利似乎是自由战争的胜利 — 解放德意志邦国的战斗。瓦格纳于同年 5 月 22 日出生。
③ 译注:拉克洛(Choderlos de Laclos,1741-1803),法国作家,著有《危险的关系》。

经典作品表现出的不是优越性,而是更加伟大的稳定性:几个世纪以来,拉辛、高乃依、莫里哀在文坛的地位从未改变过。

某种既定的文学体裁(17 世纪的悲剧)的活力,而不是符合时代口味的某种优越性,也许是造成那时人们认为优秀的作品在我们看来依然优秀的原因:根据类似于学校分班,甚至体育的规则来进行最优的判定。相反,随着时代的变迁加快,文学愈加显示出"失者复得"的特征,且常见于伟大的作家:判断处于上升阶段的新兴运动所具有的能量是不可能的,它使作品具有超前性,然而,当这些作品成为过去时之后,公众才会关注起这些作品,这种延迟现象是无法避免的惯性。

\*

孟德斯鸠的《从格拉茨到海牙之旅》是逸闻趣事与写作技能的标杆,有距离、人数、统计、预算,事实上,简直是一个盎格鲁-萨克逊人的旅行日志,他那个世纪下半叶也能看到这样的作家:阿瑟·扬①或者本杰明·富兰克林。这种趋势却没有继续,它走了第一条路线,因此,过于细致的法则制定在这里并未得到很多支持。在各个邮政驿站的颠簸中,它似乎将欧洲所有人的账户公诸于众,就像烹饪日志上的菜单那样明明白白。

在本世纪上半叶的西方,已经浸润着启蒙运动(Aufklarung)的光芒,没有护照,没有警察的无理取闹,至少对于那些有教养的人而言,也没有征兵。但是,通过阅读这些旅行

---

① 译注:阿瑟·扬(Arthur Young, 1741-1820),英国农学家、经济学家和统计学家。

日志,这些日志限于一些国家最平常的地方,读者重新回忆起那些已经在本世纪"生活的舒适"中被淡忘的东西:那时,城市里驻扎着兵营,被堡垒围着,军鼓声与大炮声不绝于耳。每晚,当夜幕降临时,城门要上双重门闩。整个城池驻扎着军队,好像罗马的骑士兵团;壕沟、吊桥和护墙依然是笼罩生活的主要色彩,既有象征性,亦有功能性,但是始终像绅士身边的剑那样依然存在着,而欧洲拉布莱德城堡①的主人还在大吃大喝,悠哉漫步,吝啬地数着里面的商店和火药库,还有军队和半月堡,这不是伏尔泰笔下的欧洲,而是军曹国王②的欧洲。

\*

屠格涅夫或契诃夫书中俄罗斯王子半睡半醒的闲聊里,有更多的烦恼,更多的悲伤,无奈而忧郁;有种虚无缥缈的预感,莫名地回响着双重的空寂:好似枪口堵在枕头上。空,我们18世纪文学中没有任何一页,能隐约可见如此空无一物,那时的文学作品尽是乐趣,到最后一分钟,不留余味,不留失望,那富足的社会,无论人们如何评论,没有人们会想到自己终结的那一刻。也许,缺乏实用的历史资料是原因吧?1978年,已经很难想象,在两百年前,社会革命的观念不仅没能唤起任何或远或近的回忆,甚至,在漫长的三千年文化根基发展的过程中,没有任何,绝对没有任何明白易懂的画面:只有

---

① 译注:la Brède 城堡是孟德斯鸠出生的地方。
② "军曹国王"是腓特烈·威廉一世(1688—1740)的绰号,1713 年起开始统治普鲁士王国,是腓特烈二世的父亲。他以吝啬、粗鲁、野蛮而著名,喜欢军队,不惜重金在全欧洲招募身材异常高大的士兵来补充自己的精锐部队。同时,他是个严肃而谨慎的管理者,害怕战争,遗赠给自己的儿子一把从未使用过的军刀,后者则知道如何使用这把军刀。

朱韦纳尔的诗：Quis tulerit Gracchos de seditione querentes①，还有注定失败的土地改革可怜的替死鬼们②。

"如果在他们中说'爱'这个字，我会迷失的，"③《巴马修道院》中莫斯卡伯爵在某地说道。对于"革命"这个词亦是如此。富足的法国，以前从未听过这个词，或者早已完全忘记这个词，一直到最后一刻，在对待革命这个字眼时总是处于睡眠状态。这种迟钝一直延续到1789年那个重大事件发生的前夜，它如此引人注目，以至于此次战争之后，这种革命的状态成为普遍存在的事物。

*

伟大的作家从来不会完全任由自己的光芒被遮蔽，甚至在他弥留之际，甚至在他真的离开人世之后。在尼采不十分出挑亦不十分尖刻的作品《善恶的彼岸》(*Par-dela le Bien et le Mal*)里，时而会有他允许存在的前纳粹的东西，突然出现两页内容让人觉得心情晴朗放松起来，就像因为热情而拆除

---

① "谁能忍受希腊人抱怨骚乱？"（朱韦纳尔，《讽刺诗集》，第二部分，第24卷）。
② 提比略（公元前162-133），还有其弟盖约·格拉古（公元前154-121），罗马共和国护民官，曾尝试从贵族阶层手中夺回被他们霸占的公民财产，将之分给贫穷的公民，并借此重振毁于战争的经济，重新建立中产阶级。这些改革措施带有共和国民主管理的成分，遭遇到贵族阶层的顽固抵抗。提比略在贵族阶层挑起的冲突中被杀；盖约在阿芬丁山死于与奥皮姆斯执政官的士兵相对抗的战役中。
③ 此处为格拉克凭借记忆重新组成的句子，也许应该是这样的："[……]偶然性会带来一个词，它会给相互的感觉一个名字；然后，一瞬间，所有的后果"（《小说和新闻》，七星文库，第二卷，第157页）。阿兰的这篇文章是这样开始的："在这方面，他的情况是悲剧的，他不知道，伯爵夫人是否爱恋着法布里斯，但是，他很清楚，如果她真这么想，自己就会失去一切"（《艺术和上帝》，七星文库，第777页）。也许，对于这几句话的记忆与其他小说混淆了。

围墙的感觉。在这两页里,他毫无悔意且准确无误地将灵魂的季节用一个连字符圈了起来。在欧洲,这个灵魂从卢梭开始,到贝多芬结束(在这个季节里,诗歌方面有诺瓦利斯,政治方面有圣茹斯特,在我看来,他们处于天平的两端,当然还有歌德的全部作品,其作品非常繁复,显示出逐渐成熟的过程)。这个季节的后期是圣-马丁,其成就在日历中反向开花,历史令他的转折点变得最为无情——夕阳成为了曙光,最后,傅立叶可以算是最后的"绿光"①。

历史也许不止一次经历这些黄金时代的伟大孕育,这些布满了"洁白如雪、欢欣鼓舞的国度"②的天上海滩的景象。我们在过去稍微熟悉点的只有奥古斯都所在的时代,维吉尔未来性的历史:Jam redit et Virgo, redeunt Saturnia regna③。这正是,回溯时光、回溯年代的观点与富裕的、拿着退休金的幻想主义同时存在:世界停滞、边境冻结、法律未变、节制而美好的快乐无边。更加可笑的是,这种快乐实际上建立在卢梭乌托邦式的历史时刻中。罗马人中,有那么几位精英知识分子,疲于战争的纷乱,脑海里想象着,他们最终会坐下来休息休息。但是,真的坐下来休息,真的退休,却是在如此纷繁的战事之后。一两百年间,他真的退了休,规规矩矩地返乡,拿着月俸,却置身于人才荟萃的环境中。比赛之后,在个人

---

① 《绿光》是儒勒·凡尔纳的小说名字,它讲述了一对恋人为了能够看到"绿光"而游历欧洲的冒险经历。"绿光"即指夕阳西下时,太阳光掠过海面,借助海的蓝色而映射出来的绿色光芒:"[……]绿光到来的时刻,是瞬间的节日,如此珍贵,如此稍纵即逝,他将之称为'海滩的荣誉'"(《半岛》,第448页)。

② "— Quelquefois je vois au ciel des plages sans fin couvertes de blanches nations en joie"(兰波,《永别》,《地狱一季》)。

③ 这句话意为"贞女也已经回来,农神的统治回来"(维吉尔,《田园牧歌》,第四部分,第6卷)。

生活中感到疲惫却仍微笑的时候，一个默契的社会预感到某个世界最终的僵化，会将自己的好意放在这个世界里，并给予它休息；维吉尔镀金的诗歌只是千禧年讲究排场的挽纱，老树添新绿，任意地预言着未来，因为灵魂的衰老，在某个特别而延续的时刻，与还剩些美好事物的疲惫的文明统一成一体。受奥古斯都和梅塞纳斯资助的人，几乎在年轻时，就猜测他们属于百年后有可能消失的独一无二的文明：这令他们的诗歌具有独特的风格，诗歌中带着微笑，却已经被死亡的光芒照亮了一半，正如某个夏日午后，白色月亮的魅影没有离开苍穹，我们却无知地从一处光线移动到另一处光线。不再有未来：什么都不再有，只有中国式的年份、四季的循环；今起，所有的事件都归于过去；什么都不再有，只有面前白色空寂的枯燥，它只会跟随执政官的任期和庄稼活儿的节奏；什么都不再有，只有渐渐的叹息：为何心灵无法回到"永恒的回归"，这里，卸去可能性的世界变为半透明的图像？这曾经是——最辉煌和最奇怪时代停息的巨大空间——这曾经是真相。在这个被历史抛弃在沙滩上的空洞时代，基督教利用这个空隙获得了繁荣。

卢梭的幻想，他灌输给法国的幻想——进而在欧洲——人类经受自然洗礼后向道德迈进的美梦则完全是另一回事。当维吉尔在朋友间因为琐事而疲惫不堪，稍后会得到验证，进而使自己对几乎变得抽象的历史折射出的世界的预感枯竭之时，卢梭们、席勒们、诺瓦利斯们和圣茹斯特们在梦想一个抽象的伟人，一种充满道德、专制和孤独的自由，它成为逃避奴役与时间性的典范……甚至当整个位置很快变成它们的。这个抽象的伟人，源于自然，双手清洁，就这样不合时宜地竖立起还愿的雕像，很快这种情况转化为历史–上帝和历史–噩梦之间的关系类型。圣茹斯特在热月9号时的沉默,也许正是观察到这种尖锐的不一致性:即一位具有高尚道德情操、忠诚而淡泊名利的信仰者,却突然发现("共和国在迷失,强盗们在欢呼胜利!"①)疯狂的历史洪流将人类变成这样,将所有人变成这样。断头台的铡刀在高贵的野蛮人眼里已经足够尖锐,他田园诗般的观点,如此特别地出现在战乱时代的边缘:如何使一个完美的人立即变为这场纷争里的脱线玩偶和牵线木偶?至少,也是让它的线变短。

随着时间的推移,书店强行推举一些作家,使他们变为文坛的代表,令他们在思想方面变得神秘而刺激:西姆农(Simenon)或者儒勒·凡尔纳,正如丹舍尔·汉默特②或者托尔金。

这种情况揭示了游戏规则变化的任意性,这些规则在纯文学中处于垂帘听政的地位。这条规则乍一看似乎要考虑娱乐的心态,那条规则要考虑读者的年龄层次,再一条规则要考虑填补空白、珍惜才能、思想倾向和市场需求。但是,在艺术上,没有任何一条规则是关于作品品质的,这样的规则为数众多,使优秀的作品出现缺口,它们已经不再具有指导意义,也不会出现补偿。我们不知道,未来会带给当代基础文学什么,在我们看来,基础文学似乎在今天还处于边缘地位,受到不恰当的待遇。在文学中,幽暗的灯笼会使昏暗变

---

① 这是1794年热月9号(公元7月27日)圣茹斯特与罗伯斯庇尔一起被捕时,人们赋予他的词汇。众所周知,两人于第二天被执行死刑。
② 丹舍尔·汉默特(Dashiell Hammett, 1894–1961),美国作家,在成为著名的侦探小说家之前,曾经在著名的Pinkerton侦探社从事侦探工作,其作品主要有《马耳他之鹰》(1930年),《瘦子》(1932年)。其可贵之处不在于情节的曲折性,而在于他对小说对话和层次的真实性的把握,其用词严格而准确。

为"美的世界",它变幻莫测的光束随着时间而移动。让我们记住,几百年来,布道台上与护教论中出现的雄辩术已经陷入无尽的深渊,文学亦是如此,萨德将之比为葡萄牙修女(La Religieuse portugaise)。

\*

从森林的中心地带来到边缘地带,人们总会看到天边森林边缘最后那些树孤寂的轮廓,已经带着一种与众不同的光芒,混合在白日广袤的平原里。当森林逐渐远去,行者收回的目光下意识再次将这些树与森林看成了整体。这种情况,在艺术史或文学史上也多次出现,年代的倒退本身有理由出现这种错误的新生事物:勒孔特·德·利勒(Leconte de Lisle)重回雨果的森林,而拉马丁则重回情感上的伪古典主义,18世纪德利尔(Delille)的迂回说法得到发扬光大。只要有诞生于时代交接点上的机会,有时就足够在某一时刻赐予某位艺术家以极具优势的"逆光"效应,这一交接点在两个情感与技巧完全对立的时代交替之时。

\*

文学亦未能幸免——即使法国文学在世界上享有盛誉——而这种现象永远无法被接受(也许可以用某个短语来形容大家的愿望:躺在过去的光环上睡大觉)。1942年,颇具道德感的贝当政府的"文化"部门领导宣布《费德拉》和《达尔杜弗》(又名《伪君子》)为禁书,因为它们有伤风化。

在法国,曾经发生过两次事件,为数不多的中间力量,在社会演变中被无情地判为反动派,他们大多是知识分子——然而,因为民族灾难而重新"回流"手握重权:1814年和

1940年。

前者可作为参考模式,后者则不然:其抽象反动向萨朗特①外部倒退,萨朗特此前从未发生过,正如其思想家莫拉斯(Maurras),他自己还在吹嘘不可知论的天主教教义与没有国王的君主制。其基本点像是省略号,无非是他在学术和文学上的经历,他这种制度叫做法国政制。

*

环境的变化在几年时间内,使我们这个时代在生活和艺术某些方面变得不敏感,相反地,在其他方面则敏感起来。例如,几个世纪以来,对爱的描述在文坛占据了统治地位。过去,它曾经是懵懂少年梦中重要的内容;现在,根据丹尼·德·鲁什蒙②在《特里斯坦》之前所言,却变得次要。之所以人们还能容忍对它的表现,大多数时候只是因为不正常性行为这个借口。像莫里亚克(Mauriac)这种作家的浪漫创作,在这点上可被视为经典:其书中萦绕的所有"问题"——不仅是"身体原罪"的问题——几乎无一例外地成为下一个时代系统地抹掉或忽略的问题。如今,到哪里可以找到仍能感受《火之河》(Fleuve de feu)中身体痛苦的年轻基督教徒,甚至

---

① 萨朗特(Salente)是几位研究古代史的作家给予一个可能由伊多梅纽斯(Idoménée)建立的城市的名字,其是否在历史上存在过没有准确的考证。这个词在语言上还在使用,是因为费奈隆(Fenelon)在《泰雷马克历险记》(Télémaque)中使用该词来指伊多梅纽斯向启导者学习管理人类艺术的那座城市。这种理想的管理方式又被用于乌托邦中,萨朗特于是又指代幻想,永远不可能实现的制度。
② 译注:丹尼·德·鲁什蒙(Denis de Rougemont, 1906-1985),用法语写作的瑞士作家。

一个能帮其理解《弗龙特纳克的秘密》(Le Mystère Frontenac)①的家庭呢?

很容易将这样的变化归咎于资产阶级和基督教价值观的沦丧。十月革命之后六十年,很清楚,索尔仁尼琴今天(也许还有别的俄国人随他一起)重新阅读陀思妥耶夫斯基,正如人们在列宁之前阅读他的作品(还有暂时处于晦暗不明状态之中的马雅可夫斯基,无法再这样做)。与其说相信启蒙时代带来认清真相的进步,我更倾向于相信,社会在其活动、困扰和幻景方面,投射出的不透明的"隐藏的东西"再次改变,这变化不是很大。哪种意义上的改变? 其意义在于,对"原罪"认识上的一种崭新的心理变化,在新兴社会模式下突然出现。在 1968 年,甚至之前诞生的关于对极度污浊而"精神错乱"的艺术和生活的拒绝中,有种基督教徒反对艺术和"世界"的顽强劲儿。"因此,新洗礼的水不会泼向他们……"

\*

古希腊历史曾经如此影响我们的文学,毕业班的初中生也不会忘记古希腊史,他们会觉得古希腊史与英国历史有点像,后者在红白玫瑰战争后发生中断,也就是说,英国史此时才真正开始。在小封建领主互相混战屠杀停止之后,其他发生过的事情皆不再重要。文明世界的征服、无能后继者的巨大"自治领"、整个远东好似完全希腊化的美洲,它们像命中

---

① 这里涉及弗朗索瓦·莫里亚克的两部小说:《火之河》(1922 年)是其早期作品中的一部,书中主要描写了"贪欲"。《弗龙特纳克的秘密》(1932 年)则相反,它描述了一个完整的基督教家庭里精神生活的平和与安静,此处的灵感来自于作者自己的家庭,他们全家以寡居的母亲为核心。

注定的结局,这是言语无法描述的事实。在某种文明的艺术和其影响力之间,有时间差。正是神圣的艺术,拥有自己的坐标和时间顺序。

\*

除了个人差异外,是否有——通过其主导题材、风格、物质困扰——属于每个时代的具体的做梦方式?梦的风格(它存在的话)在其所处的时代有特别之处,它会否按照与具体而精确的实现风格相同的节奏进行修正?

根据它各式各样记录和固定梦想的尝试,我们正处在第一个提出这样问题的时代。它也是最后一个,因为缺乏已逝时代(在这些时代,梦想只会以刻板的华丽辞藻或预言的花招出现在作品中)对比的素材而无法解决这个问题的时代。

布勒东在第一份《超现实主义宣言》中,已经完全看到并提出,属于每个时代最美好的东西,都来自于一种"普遍的觉醒"①。鉴于他这种思想倾向,很奇怪他没有竭力将这样"普遍的觉醒"与集体的梦境连接起来。因此,也没有关于这些美梦的更广泛的调查,好像这个时代对他而言是再自然不过的事情。

\*

正是经过伏尔泰,文人主义才经历了最敌对的形式,完全如提比略或尼禄时代,告密主义找到自己的形式那样。在

---

① "美好的东西在每个时代的定义是不同的;这种美好的东西源自于整体上的觉醒,只有细节才是我们可以经历的;这些是浪漫主义的'灰烬',现代的'模特'或者其他某个时代能够唤醒人们感觉的象征。"(布勒东,《超现实主义宣言》)

法国,四分之一的执笔者,在 18 世纪中叶,不再拥有灵感,他们似乎变成了文学流氓、文学暴徒或文学的"另一把刀"。每一刻都能在费尔内(Ferney)修道院周围,隐约看到拙劣作家的生活,自始至终充斥着敲诈和剽窃、乞讨、奉承、受贿、监视、伪证、极力奉承、极力鞭挞,他们的生活像巴克街边沟里的水一样清澈。他们的力量源泉始终源于对这种生活方式的崇拜,而修道院则使这种力量更甚。

此外,很明显的是,文学圈定的最初王国,即伏尔泰的王国,如此之快地树立威信,只是因为它本身将神圣与世俗难解难分地混在了一起。事实上,伏尔泰的全球同业公会,头顶桂冠,他深受其害,并非意味着因才能而使平民身份升华,而是确认了圣灵庇护下,日常且随意的商业中诞生的神圣权利,这种确认也没什么价值。

\*

"法国人的智慧确实是无与伦比的。再没有比它更有力、更尖锐、更深刻的。也许人们会指责我不害臊,可我依然坚持自己的看法:法国人是当今世界绝无仅有的。只有我们会保留知识分子的传统,只有我们会坚持与实用主义的愚蠢行为抗争;只有我们会继续相信身份的原则;这世界上只有我们,我再次冷静地重复一遍,还会思考。在哲学、文学和艺术方面,只有我们的话还举足轻重。"①

这几行陌生的字眼来自于雅克·里维埃尔②(《智慧党》[*Le Parti de l'intelligence*]),写于 1921 年。如今,通过这几行

---

① 《新法兰西评论》,第 72 期,1919 年 9 月 1 日,第 615 页。
② 译注:雅克·里维埃尔(Jacques Rivière, 1886-1925),法国作家,《新法兰西评论》于 1919-1925 年间的负责人。

字,隐约还能看见,1918 年之后,在我们的国度,出现粗鲁向智慧的短暂转变,一种高卢式的 kulture(文化上)的陶醉,它完全无法和 1871 年之后德国俾斯麦和威廉二世时期泛日耳曼主义和瓦格纳主义式的陶醉相比。在战后莫拉斯、马西斯、巴雷斯身上还可以找回相关的其他痕迹。"这道阳光"只延续了两三年:不仅——每个人内心都知道——"胜利"落空,气数已尽,开始走下坡路,而且从大伤元气的事件开始:在其源头深处,这一事件的疯狂加剧,开始因为马克思,而后是列宁,法国的左派取得了如此胜利,却被禁止参加竞选。在政教分离之后——尽管阿兰付出努力,这种政教分离的思想却没有继续闪耀光芒——法国左派再也没有接收过民族知识分子的分支,这点意义深远:反对左派,就是反对我们。

\*

我的世纪,属于过去,它是 19 世纪,由夏多布里昂起始,一直延续到普鲁斯特,稍许逾越历史的边界线,正如瓦格纳自行完成浪漫主义。我不喜欢 18 世纪,也许只喜欢那时卢梭的一两本书:只针对书,不针对人(《一个孤独散步者的遐想》,《新爱洛漪丝》,《忏悔录》的几个章节)。还有萨德的几页内容,除此之外,我确实极其讨厌他:我非常喜欢《闺房哲学》(*La Philosophie dans le boudoir*),还有受到评论的大革命("法国人,若你们还想保留共和国,就再努把力吧"①)。当今最适合我的思想尺度的,都集中于此,比《危险的关系》中的还要令人激动。在这个世纪,也许一直都有生活和艺术,正如人们所保证的那样:我们不再运用这样的方法,对公

---

① 萨德在《闺房哲学》第五段对话中穿插的题目,这本宣传册即使用该题目(伽利玛出版社,"Folio"丛书,第 187-252 页)。

共事务还有阳光存在:我们利用过多。19世纪具有德尔斐神庙先知的性质:它达到了占卜的深度,而18世纪对于19世纪毫无启示作用,因为18世纪照亮了一切,无需任何预言;人类的笛声成为哈默林捕鼠人的笛声,但却不自知。

图书在版编目(CIP)数据

边读边写/(法)格拉克著;顾元芬译;--上海:华东师范大学出版社,2015.8
ISBN 978-7-5675-2869-7
Ⅰ.①边… Ⅱ.①格…②顾… Ⅲ.①随笔-作品集-法国-现代 Ⅳ.①I565.65
中国版本图书馆 CIP 数据核字(2014)第 295482 号

华东师范大学出版社六点分社
企划人　倪为国

EN LISANT EN ECRIVANT
by Julien Gracq
Copyright © Librairie José Corti,1967
Published by arrangement with La LIBRAIRIE JOSE CORTI through Shin Won Agency. Co.
Simplified Chinese Translation Copyright © 2015 by East China Normal University Press Ltd.
ALL RIGHTS RESERVED.
上海市版权局著作权合同登记　图字:09-2005-614 号

# 边读边写

著　者　(法)朱利安·格拉克
译　者　顾元芬
责任编辑　高建红　古　冈
封面设计　姚　荣
出版发行　华东师范大学出版社
社　址　上海市中山北路 3663 号　邮编　200062
网　址　www.ecnupress.com.cn
电　话　021-60821666　　　行政传真　021-62572105
客服电话　021-62865537
门市(邮购)电话　021-62869887
地　址　上海市中山北路 3663 号华东师范大学校内先锋路口
网　店　http://hdsdcbs.tmall.com
印刷者　上海景条印刷有限公司
开　本　889×1194　1/32
印　张　8
字　数　150 千字
版　次　2015 年 8 月第 1 版
印　次　2019 年 6 月第 2 次
书　号　ISBN 978-7-5675-2869-7/I·1302
定　价　48.00 元

出版人　王　焰

(如发现本版图书有印订质量问题,请寄回本社客服中心调换或电话 021-62865537 联系)